secession

secession

Die Prinzessin von.

EMMANUELLE BAYAMACK-TAM

secession VERLAG FÜR LITERATUR

Titel der Originalausgabe: »La Princesse de.«

Erste Auflage

Übersetzung: Christian Ruzicska
Mitarbeit an der Übersetzung: Flamm Vidal
Korrektorat: Patrick Schär
www.secession-verlag.com

Gestaltung, Typographie, Satz und Litho: KOCHAN & PARTNER, München
Titelfoto: Corbis GmbH, Düsseldorf
Druck und buchbinderische Verarbeitung: Kösel GmbH, Altusried
Papier Innenteil: Fly 05, 100 g/qm
Papier Überzug: Surbalin seda diamantweiß, 115 g/qm
Papier Vor- und Nachsatz: Papier Union, Popset Zitronengelb, 120 g/qm
Gesetzt aus 9/13 Cordale regular/italic

Printed in Germany
ISBN 978-3-905951-07-3

Die Prinzessin von.

EMMANUELLE BAYAMACK-TAM

Aus dem Französischen übersetzt von Christian Ruzicska,
unter Mitarbeit von Flamm Vidal.

secession VERLAG FÜR LITERATUR

Für Ubris.

Für all jene, die in Gefangenschaft verrecken,
»buchstäblich und auf allen Ebenen der Bedeutung«.

Von allen Frauen im Bus bin ich die einzige, die ein Mann ist. Folglich bin ich auch die einzige, deren Weiblichkeit kein aufgetakeltes Theater, sondern eine ebenso intime wie unbestreitbare Gewissheit ist. Eines Tages werde ich erklären, wenn ich es erkläre, wie Männer letzten Endes zu weitaus überzeugenderen Frauen werden als jene, die in utero das kleine, gut geschnürte Paket ihrer anatomischen Merkmale erhalten haben und darin von Anfang an einen guten Grund erblickten, nichts zu tun, ein Alibi, um nichts zu sein. Aber dies ist nicht die Stunde der Erklärungen, und was ich mit den anderen Reisegefährtinnen teile, offenbart sich als weitaus konsistenter als jegliche sexuelle Identität – die per se schon bei fast allen dieser Welt letzten Endes in sich strittig ist.

Was uns verbindet, ist ein gemeinsames Ziel, die Endhaltestelle dieses dreiziffrigen Busses, der uns, wie jeden Sonntag, eilig ausspuckt, was ich nur allzu gut nachvollziehen kann, schaue ich auf diese Herde abgezehrter Katias, Séverines, Amels, Jessicas, Fatoumatas, Cindys. Eine Ausnahme könnte man bei Cindy machen, denn die hat ihre Jugend und Anmut noch nicht komplett zugrunde gehen lassen im Laufe der Zeit, aber die anderen, Anmut, das haben die noch nie besessen, und ihre Jugend, die ist jetzt und das ist schrecklich.

Es wäre besser für sie, sofort alt zu sein, aber dieses Glück ist ihnen offensichtlich nicht eigen, und sie müssen da durch, die Jugend gleicht einem schlechten Streich, den man ihnen spielt, bei der Östrogensuppe, die ihnen zu Kopfe steigt und zeitgleich mit den Träumen der Liebe diese erfindungsreiche Akne beschert, jeder die ihre, Amel flammende Pusteln, Jessica rosenartige Krusten, Séverine leichnamblasse Körnchen, ganz zu schweigen von den ebenso gräulichen wie purpurnen Ekzemen dieser armen Katia.
Nur Cindy und ich sind von diesen Hautproblemen ausgenommen und Cindy überdies von allem, was die anderen so bitter anzusehen macht: unzähmbare Buckel, von unprofessioneller Handhabe verbranntes Haar, verdrehte Beine, gewölbte Nacken, schiefe Becken, von schlecht gewählten und aufgetragenen Lippenstiften rissige Münder – feistes Perlmutt, das sich über ramponierte Zähne schmiert –, und seien Sie sich sicher, dass ich nichts erfinde und dass ich es nicht nötig habe zu übertreiben, wo doch die Wahrheit sich selbst genügt und die Hässlichkeit die meistgeteilte Sache der Welt ist.
Aber ebenso wenig wie dies die Stunde der Erklärungen ist, ist es die Stunde der Klagegründe, und kraft dessen, was uns verbindet, kann ich meinen Weggefährtinnen diese Hässlichkeit sehr wohl verzeihen, die gradewegs ihrer Dummheit entspringt, diese Hässlichkeit, die aus nichts anderem resultiert als einer gewissen Anzahl falscher Entscheidungen, zu denen ganz offensichtlich die Wahl ihrer Sexualpartner gehört, und genau an diesem Punkt haben sie sich hervorgetan, es musste einfach die Krönung sein, die perfekte Illustration des Mangels ihrer Urteilsfähigkeit, dergestalt, dass sie sich gekrönt wiedergefunden haben, Bingo, mit Durchgeknallten, Mackern wie Drogensüchtigen, Kategorien der Nichtexklusivität, die einen wie die anderen, die ihnen dann auch noch die Chance eingeräumt haben, sich vor den Toren einer Vollzugsanstalt wiederzufinden, und zwar stehen gelassen. Und dass diese Tore auch noch blau gestrichen sind, ein nacktes Blau, ein

Blau der Sphären und ein Blau der Fluchtträume, erstaunt nur diejenigen, die noch immer nicht wissen, dass die vereinten Kräfte des Sadismus und der Ironie des Schicksals sich niemals heftiger entfesseln als hinter den Toren eines Staatsgefängnisses.
Sobald die Strafvollzugsbehörde der Ansicht ist, dass wir ausreichend lang gewartet und auf der Stelle getreten haben, öffnen sich die himmelblauen Flügeltüren. Die Herde der Katias ist schwer beladen mit Sporttaschen und recyclebaren Einkaufstüten aus ausgewaschenem und durchgescheuertem Plastik. Ich für mich, ich benutze ein Allzweckding aus moltongefüttertem Satin mit dem allerhübschesten Effekt: mir schwebt vor Augen, dass ich mir, sollte ich anfangen, mit Einkaufstüten rumzurennen, auch noch die Akne dieser Herde einfange oder, schlimmer, diese schwammartige Hirnentzündung, von der die Katias mir bereits befallen zu sein scheinen, alle bis auf Cindy, wohlgemerkt, aber Cindy wird nicht lange brauchen, um sich was anderes einzufangen, und ab und an, bedenkt man, was uns das Leben vorbehält, wäre es vielleicht besser, das Hirn gliche einem vollgesogenen Schwamm.
Die Sicherheitssperre durchlaufe ich gemeinhin wie eine Blume, wohingegen die Herde der Ks alle denkbaren Schikanen erduldet. Es muss angenommen werden, dass ich die Wächter nicht ausreichend verunsichere – oder aber, dass ich es zu sehr tue. Wie auch immer, ich habe nichts zu verbergen, abgesehen von meiner ursprünglichen Anatomie, und noch handelt es sich nicht in erster Linie darum, diese zu verbergen, sondern deren Effekte durch angemessene Bekleidung und Schminke zu unterwandern. Und plötzlich dann bin ich als Erste im Besucherraum, ein großes, in Boxen unterteiltes Zimmer, in dem unsere Partner uns jeweils ungeduldig erwarten, es sei denn, sie haben gegen den Schrecken anzukämpfen, was bei dem meinigen der Fall zu sein scheint, wenn ich der Zeichensprache Glauben schenken darf, die Art, wie er bei meinem Erscheinen sich in die Ecke drückt und die Lippen bis zum Zahnfleisch schürzt, jeder x-beliebige Mandrill im Käfig macht dies nicht anders.

Zu seiner Entlastung muss gesagt werden, dass er sich nichts von mir erbeten hat. Sollte ich in Erfahrung bringen, dass die Wächter ihn anhalten, Sonntag für Sonntag in den Besucherraum zu kommen, wäre ich darüber nicht erstaunt, wenn ich aber anfange, mich in solchen Betrachtungen zu verlieren, die Gefühle des anderen, sein freier Wille, all diese Dummheiten, dann wäre ich für eine Liebesbeziehung nicht so bald zu haben – denn er kann noch so sehr Grimassen ziehen und mit den Augen rollen, es handelt sich dabei sehr wohl um Liebe, und es hat mich noch nie gestört, für zwei zu lieben: man hat schon Pärchen auf einer weitaus fragileren Basis sich aufrecht halten und dahinvegetieren sehen, auf zehnmal weniger Liebe gebaut, als ich sie ganz allein in diese Geschichte einbringe.
Mein Partner widersetzt sich noch, aber ich sehe den Moment schon kommen, an dem er mich wählen wird, wie auch ich ihn gewählt habe, ihn, auf den Wink einer Online-Kleinanzeige hin, deren Bescheidenheit sich so sehr von den Prahlereien der anderen Gefangenen abhob, dass ich davon hingerissen war. Während diese ihr Schicksal beheulten und ihre Qualitäten feilboten, ohne mit geilen Details zu sparen, suchte er schlicht und einfach nach Austauschpartnern, deren Alter und Geschlecht er nicht näher präzisierte, und der erste Besuch, den ich ihm abstattete, hatte mir diesen guten ersten Eindruck bestätigt.
Die Busreise mit den kreischenden Ks allein hätte bereits genügen können, mich zu demoralisieren und unter sehr widrigen Umständen vor das Gefängnis im Allgemeinen und die Gefangenen im Besonderen zu stellen – und wenig zählt's, dass Letztere die Opfer des Ersteren sein mögen – man erleidet keinen Schiffbruch im Knast, ohne es nicht auch ein wenig gewollt zu haben. Es ist in diesem Zusammenhang wichtig zu verstehen, dass die Ks dieser Welt sich sehr leicht von der Erregung gewinnen lassen, vor allem auf der Hinfahrt – die Rückreise, da findet man sie weitaus abgeschlagener vor, als hätte die Realität sie nach einer Woche vergeblicher Träumereien eingeholt.

Alle – mit Ausnahme von Cindy – sprachen von ihren Männern in einer Art hysterischer Überbietung, und wenn ich nicht sehr solide in meinem Körper die Hoffnung verankert hätte, dass der meine von einem anderen Schlage sei, ich wäre aus dem Bus gesprungen, sogar zwischen zwei Haltestellen, nur um diesem lästigen Geplapper zu entkommen, das eindeutig zutage förderte, dass sie aufs falsche Pferd gesetzt hätten und der geringste Makel all dieser Gauner nur darin bestünde, dass sie jetzt auch noch im Knast sitzen. Man möge sich also meine Erleichterung ausmalen, als ich den Erwählten meines Herzens entdeckte, und die schmerzhafte Würde, mit der er sich erhob, um mich zu empfangen:
»Marie-Line?«
Mein wahrer Name lautet Daniel, aber meine Briefe hatte ich stets mit meinem Szenenamen unterschrieben.
»Armand?«
In den Nachbarboxen sudelten sich die Ks bereits auf den Knien ihrer Gatten, einige mit halboffener Bluse, den Verschluss der Jeans weit geöffnet über ihren Fettwülsten und der ockerfarbenen Spitze eines furchtbaren, für diese Gelegenheit erstandenen Schlüpfers. Allein Cindy und ihr Freund blieben einander gegenüber sitzen, Knie an Knie, Stirn an Stirn, mit Händen, die sich gefunden haben, ein Inselchen der Anständigkeit inmitten dieser Auslage der Schamlosigkeit – ich habe übrigens nichts einzuwenden gegen Schamlosigkeit, Schamlosigkeit ist mein Metier, aber es gibt dafür Orte und der Begriff eines privaten Besucherraums ist für sich genommen schon reiner Unsinn.
In der Folge habe ich begriffen, dass Cindy jeden ihrer Besuche damit begann, ihrem Freund ein mit Dope getränktes Kaugummi bei einem lang andauernden Zungenkuss in den Mund zu schieben, was sie beide mit aufgewühltem Herzen und benebeltem Kopf atemlos zurückließ. Auf jeden Fall war es eine Wonne, die beiden anzusehen, sie, mit ihren klaren Augen und der aufgestellten schwarzen Haarkrone, eine billige Färbung, abgestimmt

auf ihren rußigen Kajal und ihre Piercings en masse; er, von einer spektakulären Schönheit, aber eben jener der Schnösel und beinahe zu süß.

Ich hatte meine Aufmerksamkeit wieder auf Armand gerichtet. Es hatte ihm die Luft genommen, aber dies war keinem emotionalen Effekt geschuldet, sondern eher seiner üblichen Art zu atmen, wie ich nicht lange brauchen sollte, um es zu verstehen.

»Du siehst aus wie eine Nutte.«

Dies war die zweite Entgegnung und ich verspürte größte Lust, ihm seinerseits umgehend mitzuteilen, wie er aussah, ja er, aber man hat mir keine guten Manieren beigebracht, nur um mich schnurstracks auszulassen über die Körperlichkeit der Leute, auch nicht, wenn sie nur knapp dem Albinismus und Gigantismus entkommen sind. Also habe ich Armand ganz einfach eingeladen, sein Urteil zu überdenken:

»Beliebst du zu scherzen? Hast du die Frauen der anderen gesehen?«

Die Ks hatten inzwischen ihre Gatten bestiegen, ein einziges Klagen und Stöhnen von einem Ende des Besucherraums zum anderen, ganz zu schweigen von der Tatsache, dass ihre Frisuren abstoßend verunstaltet waren und sie selbst beschmiert von diesem Lippenstift für einsfünfzig, dessen Existenz ich bereits beklagt habe. Ich hielt mich aufrecht vor ihm in meiner bis zum Hals zugeknöpften Bluse, die Hände gekreuzt auf dem hochwertigen Tweed meines Rocks, aber anstatt diese Gelegenheit zu erkennen und sich zu gratulieren, hat er weiter vor sich hingebrummt, dass er einfach kein Glück hätte und dass dies immer schon so gewesen sei. Ein anderer an meiner Stelle hätte das Handtuch längst geworfen, aber dafür gefiel er mir bereits zu gut und er war nicht wirklich in der Situation, den Schlaukopf und Schwierigen zu spielen. Eines gilt sicher, ich sehe nicht aus wie eine Nutte. Wie eine lächerliche Transe, mag sein, aber man muss schon völlig ignorant sein, um beides zu verwechseln, und noch war es nicht zu spät, als dass Armand den Unterschied nicht hätte lernen können.

Also komme ich Sonntag für Sonntag auch ein wenig seiner persönlichen Bildung wegen, ein wenig für ihn, hauptsächlich jedoch für mich, da er ja, bedenkt man seine kolossale Statur, seine skandinavische Blässe, seine unruhigen grauen Augen, die er so gut wie nie auf mich richtet, vollkommen meinem Typ entspricht. Wenn er es überraschenderweise dann doch mal tut, dann ohne zu blinzeln und mit jener Brutalität, die für unsere Beziehung von Anfang an charakteristisch ist, aber es ist mir schnuppe, dass er brutal ist: er wäre es nie so sehr, wie ich es fähig bin zu sein, und besser, er weiß davon nichts, besser, er kennt von mir nur meine vordergründige Sanftheit, diese gurrende Sänfte, welche ich von meiner Mutter geerbt habe, selbst wenn ich ihr in Bezug auf Sanftheit nicht das Wasser reichen kann, auch nicht, übrigens, in Bezug auf Brutalität. Eines Tages werde ich erklären, wenn ich die Worte dazu finde, bis zu welchem Grade meine Mutter sie auf alles und jeden, angefangen bei mir, überträgt.

Gut, ich halte mich bislang bei Armand und den Anstrengungen auf, die ich jedes Mal an den Tag lege, um ihn heiter zu stimmen. Ich lasse dabei die neuen Klamotten außer Acht, das Geld für die Knastkantine, die Zeitschriften, die er irgendwann von mir erbeten hat, spezialisiert auf so wenig einladende Interessen wie Flugzeugträger oder Münzkunde. Ich muss zugeben, dass er mich beeindruckt mit dieser seiner Fähigkeit, den Kurs zu halten, selbst im Knast, stets derselbe Armand zu bleiben, der sich für nichts anderes interessiert als für sich selbst und seine müßigen Hobbys. Ich erzähle ihm trotzdem von mir, zur Beruhigung des Gewissens und weil es darum geht, die Dispositionen so einzurichten, dass wir bei seiner Entlassung, die in sechs Monaten ansteht, einander nicht völlig Unbekannte sind. Meine Arbeit erweckt für einige Augenblicke seine Aufmerksamkeit:

»Ach ja? Du jobbst in einem Nachtclub? Kannst du mir die Champagnerkorken aufheben? Ich sammle die. Zumindest die Metallfassungen, wo die Marke draufsteht, weißt du? Aber bring die nicht mit her: die lassen uns hier nichts, was schneiden könnte. Bewahr sie für mich auf, bis ich rauskomme.«

Wenn es eine Denkungsart gibt, die ich niemals gelebt und auch nie habe verstehen können, selbst nicht mit zwölf, dann die des Sammlers. Ich, ich bewahre nichts, ich bin ein Schmetterling, aber besser krepieren als vor Armand Bezug nehmen auf diese tief greifende Abweichung: im Gegenteil, ich bringe ihm immer, und zwar bei jedem Besuch, Briefmarken mit, Figürchen und Zeitschriften, womit ich auf dem Vormarsch bin in Richtung seiner Intimsphäre.

Für den Augenblick heißt das, auf keinen Fall zu weit oder zu schnell vorwärtszuschreiten: ich halte mich strikt an zwei vorsichtige Küsschen, die er jedes Mal mit dem gleichen Ausdruck an Fassungslosigkeit empfängt und immer wieder kurz davor ist abzuwischen, was beweist, dass wir beileibe nicht die gleiche Erziehung genossen haben – wenn überhaupt angenommen werden darf, dass Armand erzogen worden sei, was zu bezweifeln bleibt bei den gegebenen Schwierigkeiten, die er noch immer aufweist, will er mit seinen Mitmenschen in Kontakt treten und die elementaren Regeln einer guten Kommunikation meistern.

Den Besucherraum einmal hinter uns, geht es mir in der Regel erstaunlich gut, zu schade nur, dass niemand außer Cindy anwesend ist, der dies genießen könnte, und nicht einmal das, wo die doch still gegen die Fensterscheibe unseres dreiziffrigen Busses flennt, nach welchem sie dann auch noch die Metro zu nehmen hat und dann den Zug in die stiefmütterlich behandelte Provinz, aus der sie und ihr Victor stammen – es ist in diesem Zusammenhang wichtig zu wissen, dass die Ks aus allen Winkeln Frankreichs zusammenströmen und manchmal Stunden in öffentlichen Verkehrsmitteln verbringen für einhundertzwanzig Minuten Besucherraum, einhundertzwanzig Minuten, von denen man ihnen manchmal noch die Hälfte kappt durch schlagartig gesetzte, zufällige und pedantische Kontrollen.

Wie auch immer, Cindy ist des Trostes bedürftig und ich begleite sie um einer liebgewonnenen Gewohnheit willen zum Bahnhof: ein Gläschen und ein Sandwich in einer Kneipe bis zur Abfahrt des Zuges. Meist heult sie dann noch über ihrem gezapften Bier, wohingegen ich mich am Tisch, der uns trennt, festkralle, um bloß keine Dummheiten zu begehen, um weder gegen Cindy noch mich selbst die demenzartige Energie zurückzuschleudern, die ich während dieser Besuche bei meinem Mann abkriege – es sei denn, es wäre der Knast, der das bei mir bewirkt und ich mich vom Zorn und der vorherrschenden Frustration hätte anstecken lassen, und ich rede hier nicht von einer erotischen Spannung, von der ich nicht wusste, dass ich auf sie anspringe, die ich aber meinen ganzen Körper durchdringen spüre.
Cindy ist untröstlich: ihr Victor hat vier Jahre abgekriegt, da er das letzte Glied der Kette eines ebenso erbärmlichen wie ungefährlichen Drogenhandels war, beinahe schon eine öffentliche Wohltat, wenn man's genau wissen will. Da ich Victors Stoff einmal probiert habe, kann ich sagen, dass es sich um 90 % Laktose handelte und 8 % unterschiedlichen Dreck, die beiden verbleibenden 2 % hatten nur eine annähernde Ähnlichkeit mit Heroin, kurz, ein Placebo, ein Ersatzprodukt für den Umlauf, für das man ihm eine Auszeichnung hätte verleihen müssen, stattdessen haben seine Kumpel und er außergewöhnliche Strafen aufgebrummt bekommen – und die schlichte Tatsache, dass sie auch noch auf die Schnauze gefallen sind, ist ein weiterer Beweis ihrer Unschuld.
Ich konsumiere und deale seit ich fünfzehn bin, man möge mir also bloß nicht damit kommen, dass dies ein Risikogeschäft wäre – der Weiterverkauf von Heroin, wie der gesamte Rest, da braucht es ein Minimum an Kaltblütigkeit, Organisationstalent und Psychologie –, denn es dreht sich darum, die Einfaltspinsel und Angsthasen zu meiden, die zahlreich sind unter den Drogenkonsumenten. Meinen Kundenstamm, ich wähle ihn sorgfältig aus, nur Discogänger, die mich unter dem Namen Marie-Line kennen und ausschließlich

bei meiner Arbeit aufsuchen dürfen. Ich bescheide mich damit, die Qualität des Stoffes bei jeder neuen Lieferung zu prüfen, denn schließlich geht es darum, denen weder ein beschissenes noch ein außergewöhnlich reines Produkt anzudrehen: man hat schon für weniger als dies eine Überdosis zu sehen bekommen.

Nachdem ich Cindy in den Zug gesetzt habe, gehe ich zu mir nach Hause, das heißt zu meiner Mutter, vorher aber, da tausche ich den biederen Rock und die Bluse mit Stehkragen gegen die Klamotten eines Typen. Das heißt, sollte ich als Mädchen auftauchen, würde sie dies möglicherweise als schönen Scherz auffassen, als eine weitere Eskapade ihres Daniels, dieses Musterbeispiels an Männlichkeit – aber man weiß es nie, ich gehe da besser kein Risiko ein: manchmal hat sie kurze Augenblicke an Hellsichtigkeit, die sich vom meist freundschaftlichen und umgänglichen Nebel ihres psychischen Universums abheben.

Jedes Mal öffnet sie mir die Türe mit dem gleichen Ausruf an Verzückung, diesem slawischen und lieblichen Gurren, das nur ihr eigen ist und dem polnischen Akzent ähnelt, von dem es ihr nie gelungen ist, sich zu trennen, obgleich sie sich vom ganzen Rest getrennt hat, Polen, hopp, vorbei, Blackout an dieser Stelle, nur ein paar Pierogi an Festtagen, nur ein paar Landsmänner unter ihren Besuchern und ein paar Sätze, die ihr rausrutschen in Augenblicken größter Verwirrung oder unter Einwirkung von Alkohol, allein, dass sie bei Alkohol so widerstandskräftig ist wie keine andere und sie sich ein Glas nach dem anderen einverleiben kann, ohne dass es aufstößt, was die Sätze auf Polnisch ebenso seltener wie kostbarer werden lässt, magische Formulierungen, auf deren Erscheinen an ihren hübschen Lippen ich lauere, wenn wir gemeinsam trinken, ohne auch nur das Geringste unserer gleichartigen Gefühlslage zu verlieren – denn sie hat mir beigebracht zu trinken, wie sie mir auch den Rest beigebracht hat, und sie hat mir zudem beigebracht, dass nichts eindeutiger über die Leute aussagt als die Art, wie sie trinken, will heißen, nichts Gutes für die allermeisten.

Eines Tages werde ich erklären, wenn ich es erkläre, dass Alkohol keine einzige Grenzüberschreitung rechtfertigen kann und dass es außer Frage steht, am nächsten Morgen aufzutauchen und sich unter dem Vorwand zu entschuldigen, man habe zu viel getrunken: nie ist man mehr man selbst als im Zustand der Trunkenheit, ein anmaßender und bitterer Hanswurst, eine Stute mit siedendem Hintern oder ein sadistischer, bornierter Rohling. Ich habe nichts einzuwenden gegen Trunkenheit – Trunkenheit ist mein Metier –, viel jedoch gegen die Suffköppe, die nichts verstanden haben von ihrem tieferen Sinn, und ich werde meiner Mutter auf ewig dankbar sein, dass sie alles unternommen hat, damit ich ein Mann werde nach ihrem persönlichen und polnischen Bilde von Männlichkeit – denn ich glaube liebend gern, dass ich direkt aus den Geschichten entstamme, die sich meine Barbara im Biebrza-Tal erzählte; dass ich die reine Ausdünstung ihrer kindlichen Träumereien bin, ein charmanter Prinz, ihr allein zu Diensten.

Rasch schließt sie mich mit einem erneuten Turteltaubengurren in ihre Arme. Wie immer packt mich ihre Schönheit. Würde sie von mir nicht die größte Umsicht erwarten, ich ginge mit leidenschaftlichem Gestammel unverzüglich vor ihr nieder auf die Knie, ich würde ihre Beine mit meinen Armen umschlingen, ich würde ihre Waden küssen, ihre Knöchel und vor allem ihre Füße, ihre Füße, die mich wie wahnsinnig machen seit ich dreizehn bin, ihre Füße, die mich Fetischismus lehrten, eine Perversion, auf die mich nichts im Vorfeld festgelegt hatte und die mir im Übrigen vollkommen fremd bleibt, mit der erwähnenswerten Ausnahme der Empfindungen, die ich von nun an den weiblichen Füßen im Allgemeinen und denen meiner Prinzessin im Besonderen widme.

Man muss sich, um mich genau zu verstehen, meine Mutter in einem riesigen Supermarkt vorstellen, eine üppige Rothaarige in der vollen Blüte ihrer vierzig Jahre – heute ist sie über fünfzig – wie sie ihren Einkaufswagen lässig anfüllt mit Produkten, eines irritierender als das andere – Körperlotion darunter, Deodorants

oder auch Tampons und unglücklicherweise auch ein bernsteinfarbenes Fläschchen Eau de Cologne, das ihr entgleitet und auf dem Boden zerbirst, nicht ohne ihr dabei tief in den Rist zu schneiden. Nach einer kleinen Ewigkeit zieht Barbara ihren Schuh mit einem verwirrten Lächeln in meine Richtung aus und wir sehen, einer ebenso versteinert wie der andere, dem Austreten von Blut zu, zunächst einem Gunstbeweis ähnelnd, der diese hinreißende Krümmung mit Bändern verziert, dieses konvexe, kaum gemaserte Weiß; dann ein wahrer Schwall, den Barbara einzudämmen versucht mit ihrem Seidentuch, einer zierlichen, rosafarbenen, puderigen Halsumhüllung, die umgehend von Blut getränkt ist.
Meine Trommelfelle beginnen zu rauschen, die Welt verschließt sich über einem innigen und betäubenden Geschrei, während ich meine erste Ejakulation habe, ein Genuss, der mich durchrüttelt und völlig niederschlägt. Das Geschrei gerät ins Wanken, die Schiffsschraube versetzt einen letzten Schlag mit dem Propellerblatt und ich sacke in mich zusammen. Unmöglich, diese glückselige Dunkelheit zu genießen, denn meine Mutter packt mich am Kragen, lehnt mich gegen ein Regal voller Duschgels und heißt mich wieder zu mir kommen.
Wir beenden unsere Einkäufe, sie heldenhaft humpelnd und ich mit dem Versuch, eine gute Figur abzugeben in meiner klebrigen Unterhose, das Herz mehr als nur auf der Zunge, mit zitternden Knien und vor allem einem schmerzenden Schädelgehäuse, das gesättigt ist von unverständlichen Bildern, Bildern spannungsgeladener Füße, Füße, auf die verwiesen wird, die dargeboten werden, mal nackt, mal in mit Pompons verzierten Pantoffeln, in Riemchensandalen, in geschnürten Pumps – eine wahre Modenschau, die droht, mich erneut zum Orgasmus zu bringen, zumal die Apotheose, der Höhepunkt der Darbietung, einen Fuß darstellt, der schlichtweg von einem blutenden Kratzer zur Geltung gebracht wird, fünf aneinandergereihte Tropfen, zitternd noch immer, noch immer zögerlich vor der noch einzuschlagenden Bahn.

Wir kommen genau in dem Moment beim Auto an, als sie sich entscheiden auseinanderzulaufen, drei von ihnen Richtung Mittelfußknochen, die beiden anderen wählen noch zwischen innerem und äußerem Knöchel. Glücklicherweise führt mich Barbaras abwesender und bittrer Gesichtsausdruck wieder zurück in die Realität. Wir räumen die Einkäufe ein und sie startet, ohne etwas zu sagen, kein Wort, auch kein Blick, bis zum nächsten Tage nicht. Es liegt an mir zu verstehen, dass ich einem der Artikel ihres ungeschriebenen Gesetzbuches zuwidergehandelt habe, das schwarze Gesetzbuch, unter dem ich meine gesamte Kindheit verlebt habe und in so mancher Hinsicht noch immer lebe.
Den ganzen Tag über, der auf den Vorfall folgt, klebe ich an den Rockschößen meiner Basia wie ein kleines Hündchen, lauere der Zeichen meiner Wiederaufnahme durch ihre Gunst, aber sie ist hartherzig und der Groll nur umso zäher, als ihre Klagegründe dunkel sind, sogar unaussprechbar. Ich brenne danach, ihr alles zu beichten, ihr zu sagen, dass ich, noch am selben Morgen, ein Mann geworden bin, fähig der Erregung und Erektion – ein Mann, kein Schwächling, der die Augen verdrehte beim Anblick von Blut, der sie allein sich zurechtkommen ließe mit ihrer zu unterdrückenden Blutung und ihrem zu schiebenden Einkaufswagen. Sicherlich, meine Version der Geschichte liefe auf die Anerkennung der Tatsache hinaus, dass ich einen Schwächeanfall vor Lust erlitten habe, dass die Füße meiner Mutter mich zu Tode erregen und dass das Blut, weit davon entfernt mich anzuekeln, erotische Träume in mir erzeugt, aber da ich sie kenne, habe ich gute Gründe anzunehmen, dass sie sich weniger über die inzestuösen Gelüste ihres Sohnes empören würde als über dessen unangebrachte Synkope. Im Übrigen bin ich nicht ihr Sohn, auch wenn ich es eindeutiger bin als jede noch so beliebige biologische Nachkommenschaft.
Um genau nachzuvollziehen, bis zu welchem Grade ich es bin, stelle man sich die Ufer der Biebrza im Frühjahr 1971 vor, den

blühenden Ginster, den Schrei der Rätschen, das Gezwitscher der Meisen, den Aufflug der Regenpfeifer und Barbara als nachdenkliche Prinzessin dieses Königreiches, in welchem man während zweier Monate des Jahres, Mai und Juni, klare Ideen hat, die es zu nutzen gilt, um Entscheidungen zu fällen, denn der Sommer wird nicht zögern, dieses Eden in eine malariakranke Hölle zu verwandeln, auf die ein nicht enden wollender Winter folgen wird.

Sie entkleidet sich und streckt sich auf der Wiese aus. Ihre Brüste breiten sich in der Sonne aus, die Warzen ziehen sich zunächst zusammen im Kontakt mit der Luft, entspannen sich dann und schmelzen ein in die blassen, beinahe farblosen Warzenhöfe, wie sie häufig sehr blonde Mädchen haben oder sehr rothaarige – und das Haar meiner Mutter ist von einem Farbton, wie ich ihn nur bei ihr kenne, ein erloschenes Rot, ganz ohne Aufruhr, beinahe zum Grün neigend, ein Rot der Pfahlpflanzen. Hopp, dreht sie sich auf den Bauch, und dieses Mal quetschen sich die Brüste gegen die Goldknöpfe und Kleeblüten.

Barbara hat nur einen Büstenhalter, den sie tagein, tagaus trägt und mit peinlicher Sparsamkeit reinigt, um ihn davor zu bewahren, zu rasch abgewetzt zu sein – nur, ihre Brüste haben ein so unglaubliches Volumen angenommen, dass sie die gräuliche Baumwolle an manchen Stellen transparent erscheinen lassen. Sie weiß, dass ihre Brüste ihr Scherereien einbringen werden, und nachdem sie ihr Scherereien eingebracht haben werden, werden sie erdulden müssen, was den Brüsten im Biebrza-Tal für gewöhnlich zustößt. Barbara hat nicht viel Phantasie, aber es bedarf auch keiner Phantasie, um sich vor Augen zu führen, was den Brüsten zustößt, denn ihre Mutter und ihre Tanten tragen die ihren wie verblühte Trophäen, deren Fall und grausames Hängen dreimal gefaltete Dreieckstücher nicht zu verbergen vermögen.

Ins Gras und zwischen die Halme, die sie betten, die sie zerquetscht unter ihrem Gewicht und die ihren grünen Saft und ihren stechenden Geruch freisetzen, taucht Barbara ihre rosa marmorierten

Wangen, ihre polnische Nasenspitze, ihre schönen Lippen und ihren Bauch, ihre Hüften, ihre Schenkel, all ihre wunderbaren Rundungen, diese spektakulären Umfänge, die zu rasch gewachsen sind und die ihr Scherereien einbringen werden, es sei denn, dass sie sie nicht hier verscharren werde, an den innig geliebten Ufern der Biebrza, es sei denn, dass sie sie nicht für immer zwischen den grünen Rohrblättern belassen werde, dem Schrei der Regenpfeifer, dem keilförmigen Abdruck der Fischreiher, den blauen Nestfedern der Haubentaucher und dem anhaltenden Piepsen der Bachstelzen.

Barbara erhebt sich und kleidet sich wieder an. Ihre Brüste finden das Reiben der dünn gewordenen Baumwolle wieder; ihr Bauch, ihre Hüften, ihre Schenkel das des Linnen und der spröden Wolle, hundertmal geflickter Rock und Pullover. Die Frische des Grases, die gepfiffenen Rufe der Fischreiher, die Sonne und der Juniwind haben ihr Werk vollbracht und Basia in ihrer Entscheidung bestärkt, Polen zu verlassen. Sie stellt sich auf die Spitze ihrer hinreißenden Füße. Sie weiß, dass sie der Entschiedenheit ihres Vorsatzes trauen kann, aber noch fühlt sie sich unsicher, fassungslos, als wäre noch nicht alles in Vollendung. Mit dem Fuß löst sie geistesabwesend eine Erdscholle, deren Geröll sie in den lichtdurchfluteten Wassern beobachtet.

Hier jetzt greife ich ein, an genau dieser Stelle ihrer Geschichte, die ich so wenig kenne, denn meine Mutter ist wortkarg hinter dem glücklichen Geplapper und dem slawischen Gurren, was zur Folge hat, dass sie mir nur ein paar Erinnerungen geliefert hat, tröpfchenweise und immer dieselben – darunter diese hier, die in mir stets den leidenschaftlichen Wunsch wachgerufen hat, ein sechzehnjähriges Mädchen zu sein, das bereit ist, die Taue zu lösen, ein hübsches, leicht verunsichertes Mädchen, den einen Fuß im Wasser, den andren am Ufer, der eine Fuß, um die Welle der Biebrza zu streicheln, der andre, um sich in die schwarze Erde und rotfarbigen Wurzelfasern zu versenken; ein hübsches Mädchen mit zu

großen Brüsten und der gefällten Entscheidung, das Land, in welchem ihm Scherereien blühen werden, zu verlassen.
Obgleich meine Jugend einer Befreiung hätte gleichen können, habe ich unglücklicherweise mein sechzehntes Lebensjahr damit verbracht, ein verschüchterter Junge zu sein, zu schwächlich, zu dürr, mit zu dunkler Haut, zu dunklem Haar, weit entfernt von der freudestrahlenden Schönheit und Seelenkraft Barbaras. Pech für mich. Und umso mehr, als mich der Wunsch, ihr gleichen zu wollen, systematisch immer wieder reaktiviert durch ihre seltenen Vertraulichkeiten, nie verlassen hat, und ich will glauben, dass er, dieser Wunsch, nachprägend die verwunschenen Mäanderbewegungen der Biebrza, bis hin zu ihr vorgedrungen ist, um schließlich eine Barbara anzutreffen, die sich nicht von der Stelle bewegt hätte, noch immer so rosenfarben unter der Sonne und den Juniwinden, den einen Fuß im Wasser, den andren am Ufer. Sie kann nicht fort, ohne zuvor verstanden zu haben, was sie verunsichert und welche letzte Formalität sie dort zurückbehält und den Kopf hin und her bewegen lässt wie ein Vogel, dessen Aufmerksamkeit dem Rumoren des Moores gezollt ist. Etwas von meinem Zorn und meiner Frustration, in den Körper eines Makaken gesperrt zu sein, ist in der Zeit zurückgegangen, um sich in ihrem hübschen Schädel einzunisten, perfekt unter dem blassen und wächsernen Scheitel, der sich schlängelt in der fügsam gemachten Seide eines Kopfhaars, das nur gemacht ist, die Opulenz der Schultern und Brüste zur Geltung zu bringen, das entfaltete Weiß, die flügelgleichen Arme, die segelgleichen Schenkel, den Bauch, der vor den Bug gespannt ist wie ein gewölbter Schild.
Barbara erzittert, fängt mit vollen Händen ihre schweren Hüften ein, genau zur rechten Zeit, um ihre Eingeweide zittern zu spüren vor biblischer Leichtigkeit, und bei diesem Stand der Erzählung zittere auch ich, denn hier erkenne ich mein Eingreifen, die perverse Form, erfasst von dem Wunsch, sie zu sein, umgewandelt in einen Hauch, um einzuhauchen meiner Mutter die Idee, Mutter

zu sein. Nicht weniger als vierzehn Jahre später werde ich geboren werden, aber ich schwebe bereits im prangenden Rumoren des Moores wie eine zur rechten Zeit vollstreckte Eingebung für meine Barbara, welche den Eingebungen unter ihrer hübschen, fahlgelben Schädeldecke für gewöhnlich nur so wenig Raum belässt. Ich bin die tröstliche Idee, die ihr erlaubte, Polen Frankreichs wegen zu verlassen, das, auf wundersame Weise, unter der hübschen, schwerfälligen und so wenig zur Metaphysik neigenden Schädeldecke zu jenem Land geworden ist, in welchem ihr Sohn geboren werden sollte, dem letztendlich nur noch ein Erzeuger fehlte, ein kleiner französischer Verlobter, den sie schleunigst zu treffen und in den Bann zu schlagen gedachte: mein Vater, der schöne Cyril mit den sanften braunen Augen, mit dem Profil eines Medaillenporträts und der gebieterischen und zugleich unruhigen Kopfhaltung, die charakteristisch ist für jene Männer, die sich ihrer kleinen Statur bewusst sind.

Soviel ich weiß, haben sie jahrelang vergeblich versucht, ein Kind zu bekommen. Ich, der einzige metaphysische Gedanke, den meine Mutter je hatte, ich verweigerte offensichtlich, die gewöhnlichen Bahnen der Zeugung zu beschreiten. In Bezug auf diese Versuche ist meine Mutter wenig weitschweifig, aber gern erzählt sie von der geburtshelferischen Sprechstunde, während derer man ihr auf brutale Weise ihre Sterilität mitteilte.

Dieses Mal stelle man sich Basia und Cyril eng aneinandergeschmiegt in einem unpersönlichen Untersuchungszimmer irgendeines Krankenhauses vor. Der Arzt ist ein spöttischer Assistenzarzt, der sich entscheidet, das Wort nur an meinen Vater zu richten, mag sein aufgrund des immer noch sehr starken Akzents meiner kleinen Polackin – viel wahrscheinlicher jedoch, da das Studium des weiblichen Genitalbereichs ihm eine zähe Verachtung eingebracht haben wird gegenüber allem, was auch nur annähernd an eine Frau erinnert. Er schlägt die Ärmel seines Kittels über schillernd behaarte Unterarme zurück und setzt dazu an, seine

Diagnose mit einem Jubel laut werden zu lassen, der meiner Mutter in der Tiefe ihres Unglücks nicht entgeht:
»Sie ist steril. Vollkommen atropische Eierstöcke. Primäre Sterilität. Nichts zu machen. Sie hätten früher bereits einen Arzt aufsuchen sollen, anstatt ...«
Mein Vater, der seinerseits die hämische Freude des kleinen Arztes ebenfalls genau erkannt hat, geht mit einer für ihn untypisch dunklen Ironie gegen diesen auf die Barrikaden:
»Anstatt was? Anstatt weiterhin Liebe zu machen? Sie haben recht, wir hätten die Kosten senken sollen, anstatt wie die Irren zu ficken und Lust zu verspüren, wir würden uns heute weitaus weniger verarscht fühlen.«
Der kleine Doktor hebt die rundlichen Hände, über die sich der schillernde Flaum in rötlichen Windungen bis zu den ersten Fingergliedern zieht:
»Na, na, na! Kriegen Sie's nicht in den falschen Hals! Immerhin ist es nicht mein Fehler, wenn ich nicht nur gute Nachrichten verkünde!«
Und er denkt, ohne es auszusprechen, aber es liegt zwischen den dreien in der Luft:
»Immerhin ist es nicht mein Fehler, wenn Ihre Frau verstopft ist!«
Wir befinden uns Anfang der Achtzigerjahre und er hat ihnen nichts anderes anzubieten als die scheinheilige Enttäuschung seines Lächelns und die fleischlichen Rundungen seiner Unterarme, was zur Folge hat, dass er, als er an ihnen vorbeigeht, an ihnen, die noch immer unter Schock dasitzen, die gern ein wenig Zeit gehabt hätten, um die furchtbare Botschaft zu verdauen, da er also an ihnen vorbei einen Schritt Richtung Tür macht, mit dem Ziel sie loszuwerden, damit sie woanders leiden können – denn niemand bezeugt weniger spontanes Mitempfinden als ein frischgebackener Mediziner von der Fakultät –, da haut ihm meine Mutter ihre spitzen Zähne in das verführerische Fleisch seiner Unterarme. Sie geht mit der heftigen Bissigkeit vor, die ihr dieser Träger

der schlechten Botschaften einflüstert, wie er da so ganz ohne jegliches Schamgefühl ihre verwunschenen Träumereien zertrampelt, das spiegelnde Versprechen der Biebrza, den charmanten, nur ihr zu Diensten stehenden Prinzen, das Kind, versprochen, um sie übers Exil hinwegzutrösten. Und da es sich definitiv darum handelt, einen Kindsmörder zu bestrafen, versenkt sie ihre kleinen Eckzähne sehr tief und rüttelt ihren Kopf hin und her, als wollte sie sagen »Nein – Nein – Nein«.

Nein, es ist nicht gesagt, dass sie ohne Kind bleiben wird, fruchtlos bei ihren Brüsten und ihrem Bauch – so viel Opulenz für nichts. Der Assistenzarzt brüllt. Geschieht ihm recht, und ich weiß, wovon ich rede: unzählige habe ich gekannt, die von der Höhe ihrer Jahre des Studiums und ihrer Unkenntnis dessen, was Menschlichkeit ist, herabjubelten. Unzählige habe ich gekannt, die herabjubelten kraft ihrer geistigen Gesundheit – und ihre Jubelgesänge stanken nach der Erleichterung, dass sie ausgenommen wären, wie sie glaubten, von unseren ärmlichen kleinen Pathologien. Wie viele Male war ich nicht kurz davor, meine unnachahmbare Mutter nachzuahmen, wie viele Male habe ich nicht das Platzen der Haut unter meinen Zähnen und in meiner Gurgel den Geschmack des Blutes eines schlecht zu Munde geführten Medizinstudenten vorweggenommen, der mir zärtlich erklären wollte, dass die Chirurgie für meinen Fall nicht vorgesehen wäre und ich besser daran täte, mich dem Schicksal, eine Frau im Körper eines Mannes zu sein, zu ergeben. Einer Frau, die keine Kinder bekommen kann, oder einer, die ein Leben lang in den Körper eines Makaken gesperrt ist, zu predigen, sie möge sich ihrem Schicksal ergeben, das ist ausgesprochen einfach, weitaus weniger schwierig und gefährlich, als in den Käfig der Affen herabzusteigen, ihnen die verkrampften Fäuste von den Gitterstäben zu lösen und den Geruch ihrer Angst zu spüren. Wie auch immer, jeder kann sich zumindest einmal im Leben in den Körper eines Makaken eingesperrt wiederfinden, und so würde ich den Sängern der Schicksalsergebenheit, die zugleich

Experten guter geistiger Gesundheit sind, raten, ihr kleines Liedchen nicht zu rasch anzustimmen.

Nie besaß ich die Kühnheit noch die Energie der Hoffnungslosigkeit, die meiner Basia den Schritt zu einer solch rasend schnellen, auch beeindruckenden Handlung erlaubten, dazu erkoren, nicht nur den Medizinstudenten zur Säule erstarren zu lassen, sondern auch meinen Vater, den ewigen, für immer ihrem Charme verfallenen französischen Gatten. Tatsächlich, der kleine herz- und schamlose Doktor fühlt auf der Stelle den vollen Umfang seines Fehlers und es verschlägt ihm die Sprache. Weit davon entfernt, sie abblitzen zu lassen, lässt er sie sich wieder setzen und bietet ihnen endlich all jene Milde, die er ihnen verweigert hat, solange er in ihnen nur ein ratloses Pärchen angesichts der unerbittlichen Allmächtigkeit der wissenschaftlichen Medizin erblickt hatte. Ebenso, wie nur den Reichen geliehen wird, haben allein die Harten ein Anrecht auf Sanftheit. Aber die Sanftheit und die Milde kommen zu spät für meine Polackenprinzessin und ihren winzigen Ehemann: würdevoll kleiden sie sich wieder an, sie gehen, sie sind verschwunden.

Und hier die dritte Erinnerung, die einzige der dreien, die auch mir gehört, selbst wenn die Liebe und das Mitgefühl mir erlaubt haben, die beiden vorhergehenden mir anzueignen. Ich bin zwei Jahre alt. Ich hocke am Rand eines Sandkastens in ich weiß nicht welcher der Institutionen, die mein Universum bilden. Cyril und Barbara ihrerseits haben die nötigen Formalitäten für meine Adoption Stück für Stück erledigt. So wie ich sie kenne, wird Barbara wohl einige Unterarme bis dahin gebissen haben, aber jetzt ist sie hier, errötet und außer Atem aufgrund der Hundstage.

Ich bin kein schönes Kind. Bis dato konnte kein Erzieher, keine Amme, keine Betreuerin mich dazu bringen, Nahrung zu mir zu nehmen, und stets habe ich Mahlzeiten schreckerfüllt auf mich zukommen sehen, konnte kaum an mich halten vor Schluchzern angesichts der Fläschchen, kleinen Gläschen, Suppen und Kekse, die man mir unnachgiebig dargeboten hatte. Aus diesem Grunde

habe ich keine der kindlichen Rundungen, die die Erwachsenen weich werden lassen; um sie für mich versöhnlich zu stimmen, besitze ich allein meine siechende Zierlichkeit, meine fragilen Schultern, große, dunkelbraune Ränder unter den Augen in einem mutlosen Gesicht – aber kaum, dass meine Mutter angekommen ist, bin ich im Sandkasten es, auf den sie mit dem Finger weist, und nicht die pausbackigen Babys, die ebenfalls im Sandkasten spielen. Als hörte ich auf ein Signal, lasse ich meine Schaufel und meinen staubigen Eimer liegen. Ich richte mich auf, indem ich meine viel zu mageren Beine schmerzhaft auseinanderfalte. Man hatte es für überflüssig befunden, mich bei dieser Hitze anzuziehen, und ich trage nichts als eine Windel, die über meinem verschwitzten Rückgrat klafft. Ich wende mich mit abgezählten, schwankenden, vorsichtigen Schritten dem Pärchen zu, sie in einer sehr kurzen Tunika aus grellrotem Musselin mit Hüftkordel, deren Seidenquasten gerade gegen ihre drallen Schenkel schlagen; er in einem Sommeranzug, ziemlich chic, aber ein wenig zerknittert. Auf halbem Wege halte ich inne, verunsichert von diesem Operettenaufzug, ich, der ich bislang nur Sozialarbeiter kannte, die sich einen Ehrenpunkt verdienen in Sachen schlechter Kleidung. Meine Mutter applaudiert und hängt sich an den Arm meines Vaters, um ihn als Zeugen ihrer Verzückung zu haben.
»Schau nur, schau, wie süß er ist! Er ähnelt diesem Vogel, na, du weißt schon, der mit den langen Beinen und dem langen Hals!«
Sie sucht nach dem französischen Namen und rüttelt energisch am Arm meines Vaters, der wiederum fühlt, dass es umgehend einer Simultanübersetzung bedarf, um der Unruhe seiner Ehefrau ein Ende zu bereiten. Er riskiert:
»Storch?«
Meine Mutter lässt ein verärgertes Schnalzen der Zunge vernehmen, unempfänglich für die Angemessenheit dieses Vorschlages, sie, die ja nur allzu gut weiß, was die Störche bringen. Durchflutet von der Bündigkeit ihrer Vision – der vorsichtige Schritt eines

Stelzvogels, sein ausdrucksloses Auge und sein kleiner, aschfarbener Kopf – wird Barbara nur noch ungeduldiger, da ich mich vorsätzlich wieder auf den Weg mache. Ich stürze absichtlich gegen ihre Beine und umschlinge sie unter dem leicht auflebenden Musselin. Ich klebe meine feuchte Wange an ihre Innenschenkel und hebe meinen ausgehungerten Blick zu ihr empor. Barbaras Augen füllen sich mit Tränen. Sie stellt sich vor Cyril auf und will von ihm das richtige Wort:
»Ein Vogel, der im Fluss lebt, der Fische fängt ...«
Cyril hat schließlich die erwartete Erleuchtung:
»Fischreiher?«
Meine Mutter hebt mich hoch, setzt mich auf ihre Hüften und betrachtet mit Genugtuung das Kind der Biebrza, die Ausdünstung der spiegelnden Moore ihrer Kindheit.
»Ja, genau, der Fischreiher ...«
Cyril sieht mich ebenfalls an, und während Barbara mir Liebkosungen auf Polnisch ins Ohr flüstert, die ich kein weiteres Mal mehr würde hören sollen, unterdrückt er seine eigene, nicht weniger spiegelnde und verwunschene Träumerei, diejenige von einem kleinen Mädchen mit zarten Zöpfen, eine kleine Rothaarige, die man vor der Sonne zu beschützen und rosa zu kleiden hat, ein Miniaturmodell seiner innig geliebten Basia. Er seinerseits setzt zu einer Geste in meine Richtung an, schlagartig abgebremst von der Abstoßung, die ihm mein plattnasiges Gesicht, mein gelblicher Teint und mein Indianerhaar einflößen. Er weint, Tränen, die Barbara dem Gefühl und der Zärtlichkeit zuordnet, obwohl es Zornestränen sind. Er weint, da eine zu weite Distanz herrscht von seinen Träumen hin zur Realität und er sich aufgefordert sieht, von den seinen abzusehen, um in diejenigen seiner Frau einzutreten, dem Scheinversprechen der Biebrza, der faulen Verzauberung der Moore – denn wenn man schon nicht verzaubert ist, warum dann ein Kind wollen, das ein Fischreiher wäre und zugleich ein zitternder Affe? Er weint, da sich niemand so sehr nach Normalität

sehnt wie er und da die Adoption bereits eine beachtliche Verstauchung seines Ideals eines achtbaren Lebens bedeutet. Er weint, da er weiß, dass er mich niemals lieben wird. Er ist nicht der Mann, der die geheiligte Verpflichtung, seinen Sohn zu lieben, fliehen würde, aber er sieht nicht, wie er es anstellen soll mit demjenigen, den ihm die Frau seines Lebens da geangelt hat.
Ich bin meinem Vater niemals böse gewesen für seine Unfähigkeit, mich zu lieben, die ich vielleicht nur allzu gut verstehe, umso mehr, als seine bedingungslose Güte diese furchtbare Lücke stets ausfüllen konnte, indem sie ihm die Worte und Gesten einflüsterte, die sein Herz ihm nicht diktierte. Kurz und gut, an diesem Tag, als Barbara ihr Baby anstrahlt und verwöhnt, ihren geliebten Sohn, ganz sicher eindeutigere Frucht ihrer Eingeweide als irgendeine beliebige biologische Nachkommenschaft, als ihr Lachen aus ihr herausbricht und sie sich die ganze Welt und insbesondere Cyril zum Zeugen nimmt dieser Glückseligkeit, die sie verwandelt, während ich selbst mein erstes Lächeln springen lasse, da fühlt der kleine französische Ehemann, dass ihm nicht nur seine Träume entgleiten, sondern auch die Realität, denn die Realität, für ihn, das sind die Schenkel meiner Mutter, ihre fülligen Hüften, ihre milchigen Brüste, ihr wunderbares Lachen, ihre rote Nasenspitze, ihr leuchtender und neckischer Blick – denn wenn nicht ich den Träumen meines Vaters entspreche, Gott weiß, dass meine Mutter dies in allem tut, Gott weiß, dass meine Mutter in seinen Augen exakt dem entspricht, was eine Frau zu sein hat.
Sie hebt mich stolz hoch, höher noch, schwingt mich mit ausgestreckten Armen in die Luft, trotz meines sichtbaren Schreckens. Mein Vater weint noch immer, Liebestränen für seine Basia, Zornestränen gegen sich selbst, Ohnmachtstränen, die zugleich, aber dies weiß er nicht, Abschiedstränen sind von der Aufrichtigkeit – denn von nun an ist nur noch die Lüge denkbar. Was mich betrifft, dessen erste Erinnerung dies bunt gemischte Durcheinander ist, Barbaras Lachen, Cyrils Tränen, die niederschmetternde

Wärme, die Liebkosungen auf Polnisch, der Keks, akzeptiert und dargeboten von der rundlichen und dennoch spindelförmigen Hand derjenigen, die ich nicht mehr zögern werde, Maman zu nennen, was mich betrifft, ich werde meinerseits ebenfalls der Wahrheit entsagen.

Eines Tages werde ich erklären, wenn ich die Mysterien dieses Paradoxons je entflechte, wie man lügen und zugleich im tiefsten Inneren ehrlich sein kann und wie mein Vater und ich über Jahre hinweg in Barbaras Haus ein Doppelleben führten und jeder von uns beiden sein schändliches und erbärmliches Geheimnis verhehlte. Mein Vater wischt die Tränen weg und streichelt mir übers Gesicht, bemüht, die schwere, schwarze Strähne zur Seite zu streichen, welche mir die Stirn verdeckt und die meine Mutter mir mit ekstatischem Gurren täglich durchkämmen und zu einem kleinen Zopf flechten wird, trauriges Augenzwinkern hinüber zu den väterlichen Träumen einer Miniaturausgabe seiner Basia, einer Puppe zum Ausstaffieren und fürs Festtagsgewand; trauriges Augenzwinkern aber auch und über jegliche Zeit und sämtliche Territorien Nordeuropas hinweg hinüber zum schwarzen Schopf des Fischreihers der Biebrza, zu der spiegelnden Verzauberung der Moore, zur modrigen Eingebung, die uns irregeführt hat, uns alle drei, tief in ein Leben, das nicht das unsrige war – denn aller Logik gemäß hätten meine Eltern Kinder nach ihrem Bilde haben müssen, einen Haufen robuster Bälger, die niemals die Idee der Geschlechtsumwandlung durchlaufen hätten: Jungen, die ihre Mutter bewundert hätten, ohne sie zu begehren, und Mädchen mit glänzenden Zöpfen, gurrend und doch artig auf den Knien ihres Vaters.

Fehler welcher Art auch immer, Fehler der Logik und Fehler der Normalität, ich habe mit stetig wachsender Steigerung die Angewohnheit zu lügen mir zu eigen gemacht, ein leichtes Verhehlen rief ein weiteres auf den Plan. Ich nehme an, dass für meinen Vater ein Gleiches gilt, aber es mag auch sein, dass er sich in der Lüge

eingerichtet hatte, bis hin zu dem Punkt, dass ihn die Realität nicht mehr irritierte, bis hin zu dem Punkt, dass er der erste Betrogene seiner tugendhaften Fiktion zu sein vermochte, wohingegen mich das sehr klare Bewusstsein in Bezug auf meine Betrügereien und den täglichen Kraftakt, den sie mit sich brachten, niemals verlassen hatte, ja, stattdessen sogar einen gewissen Stolz in mir wachgerufen hat, ohne dabei jedoch noch lange nicht die Scham entwertet zu haben, ein Makake zu sein, sogar ein kleines, in einen Makakenkörper gesperrtes Mädchen oder, schlimmer noch, Ausgeburt der Doppelzüngigkeit, ein kleines, in einen Makakenkörper gesperrtes, jedoch äußerst entschiedenes Mädchen, bereit, seine Eltern hinters Licht zu führen, fest dazu entschlossen, und zwar unter allen Umständen, das Verhalten eines Jungen vorzugaukeln, der sich gewaschen hat.
So verharrte meine problematische Wahrheit in den Abgründen, während sich an der Oberfläche die Komödie meiner Männlichkeit abspielte, was mich aber niemals daran hinderte, mich im beruhigenden Orbit meiner Mutter als wahr zu empfinden. Man möchte meinen, dass die Verzauberung der Biebrza, vom ersten Augenblick bis heute die bleibende Illusion, die meiner Barbara erlaubte, mich als Mann anzusehen, nicht von uns gewichen sei. Was Cyril betrifft, der hat sich seine eigenen Verzauberungen erfunden, um von seinen Träumen der Achtbarkeit nicht vollständig Abstand nehmen zu müssen. Der Ort der Wahrheit, liegt er nicht immer in den Abgründen auch und in erster Linie der achtbarsten Familien? Und hatte ich nicht letzten Endes den besten aller Väter, vom Mangel an Liebe familiengerecht geworden, beschwichtigt von seinen Strafmaßnahmen und Zärtlichkeitsbekundungen, wohingegen meine Mutter jegliches Maß und alle Kontrolle verlor, sobald es um meine Erziehung ging?
Aus Mangel an Fähigkeit, der beste aller Söhne zu sein, war ich ein problematisches Kind par excellence, insbesondere in Hinsicht dessen, was Nahrung betraf, welchselbige ich mit heldenhafter

Beharrlichkeit verweigerte. Jahrelang bildeten Mahlzeiten die Gründe bedrückender Auseinandersetzungen, Momente von solch heftigen Spannungen, dass ich, wäre ich es nicht bereits gewesen, magersüchtig geworden wäre. Für Barbara war meine Appetitlosigkeit unvorstellbar, frevelhaft und vor allem so schmerzhaft, dass es jenseits meiner Vorstellungskraft lag. Mein Vater konnte mich mit noch so gravitätischem Ernst auf seine Knie setzen und mir erklären, dass ich meiner Mutter sehr weh tat, es gelang mir nicht, über den Tellerrand hinauszublicken, etwas anderes anzustarren als die randvoll mit steifem Püree, gräulichen Bouletten, klebrigem Spinat gefüllten Teller, als die Joghurts und die Kuchen, die mir den Mund verstopfen und den Magen mit einem unerträglichen Gewicht belasten sollten, ein Gewicht, vor dem mein Körper bereits im Vorhinein zu rebellieren begann, wollte ich doch unter allen Umständen eines ganz sicher bleiben: flink und leicht.
Schon beim Aufwachen musste ich daran denken, betete ich, dass keine Milchschale mich erwarten, man die Schnitten mit Butter und Marmelade vergessen haben möge. Beim Anblick des gedeckten Tisches zogen sich meine Mundwinkel unaufhaltsam nach unten und mein Blick verschwamm hinter großen, zitternden Tränen, obgleich ich mich bemühte, eine gute Figur abzugeben. Ich versuchte immer wieder, ein wenig Optimismus in mir zu finden, und Optimismus war es, dessen ich bedurfte, um einen Moment lang hoffen zu können, dass das Brot den Weg in meinen Magen finden, das Müsli ungehindert nach unten gleiten, mir vom Kakao nicht so speiübel werden würde, dass ich nur noch hätte sterben wollen.
Was meine Mutter nicht sah, war, dass ich vor Nahrung Angst hatte wie vor einem Todfeind und also Jahre benötigen sollte, um mich furchtlos an den Tisch setzen zu können, Jahre, während derer sie vergeblich zwischen erdrückenden Liebkosungen und Einschüchterungsabsichten schwankte: über Stunden behielt ich den gleichen Bissen zwischen Wange und Zahnfleisch, angsterfüllt von

der Vorstellung, ihn aus Versehen hinunterzuschlucken, hopp, ein Schluckreflex, der mir durchgerutscht wäre; ich spie meine Suppe mit Schauder aus, und egal ob ich das enttäuschte Gesicht meiner Basia schändete, egal ob ein Donnerhagel an Schlägen auf mich niederging, egal ob sie auf das Kind einschlug, das ihr die Freude verwehrte, es zu ernähren, wachsen und groß werden zu sehen – all dem zum Trotz blieb ich lange Zeit über klein und mager, gemäß meinem Wunsch nach Leichtigkeit.

Und dennoch kam es vor, dass sie immer wieder einmal an die Grenze meines Widerstandes stieß, sei es, weil ich die vorhergehenden Tage ausreichend viel gefastet hatte, sei es, weil es ihren bestürzten Gesichtsausdrücken gelang, mich in den Bann zu schlagen. Das Schlimmste waren im Übrigen nicht die Mahlzeiten, denen gegenüber ich sogar eine gewisse Annehmlichkeit empfinden konnte; das Schlimmste war die Verdauung. Beim Verlassen des Tisches fing mein Herz an zu schlagen, meine Schläfen und meine Augen wurden feucht, ein Ekelgefühl schnürte mir den Hals ab, bevor es mich völlig durchzog, nur um daraufhin wieder zu weichen und mich zutiefst deprimiert zurückzulassen. Ich zog mich dann nach oben auf mein Bett zurück, wo ich gegen die Bilderwelten dunkler und weinrotschmutziger Fertiggerichte und schwerer Gerüche anzukämpfen hatte, die nur in meiner Phantasie existierten.

Um nicht selbst verschlungen, verdaut zu werden von den Monstern, die ich in meinem Kinderzimmer freigelassen hatte, schaltete ich das Radio ein. Es schien mir, als umfasste die Musik alles, was ich benötigte, eine Art wundersam ätherischer Kontrapunkt zu dieser ätzenden Verdauung. Dann, nach einem Moment, mein Schwung war wieder mit mir, tanzte ich schließlich würdevoll vor dem Spiegel, überwachte die Koordination und Harmonie jeder einzelnen meiner Bewegungen. Da ich vollkommen verinnerlicht hatte, dass diese Aktivität in den Augen meiner Eltern keine Gnade finden würde, ermahnte ich mich dazu, das

zwanghafte Interesse, das sie mir einflößte, zu verhehlen, heuchelte Gleichgültigkeit und tanzte im Verborgenen. In Wirklichkeit versetzte mich Musik, sobald sie auch nur etwas Rhythmus hatte, in Trance, und mein Wunsch nach Leichtigkeit fand in dieser Trance seine Erfüllung: unmöglich wäre es mir gewesen, mich mit den bleischweren Gliedern zu bewegen, die mir die Nahrung und insbesondere die kräftigenden Lebensmittel einbrachten, die meine Eltern schätzten, ihrerseits wahre Liebhaber der Käse- und Wurstspezialitäten.
Paradoxerweise liebte ich es, Barbara essen zu sehen, und ich hätte mich gern mit einer solch manifesten Freude wie der ihren vollfressen wollen. Auf ebenso inkonsequente Weise träumte ich davon, sie zu sein, bei dem aufrechterhaltenen Wunsch, die zarte Größe und zierliche Schlankheit beizubehalten, die mir die Pirouetten und Entrechats einer Ballerina erlaubten. Schlussendlich hielt ich eine ganze Menagerie an Lügen und Widersprüchen verborgen, die mich, während sie mit mir heranwuchsen, mehrmals an den Rand des Wahnsinns brachten. Ja, ich wollte sie sein, wo ich doch nur ich war, ein leichtfüßiger, hüpfender Affe. Ich wollte sie sein, wo doch allein schon ihre Gestalt unvereinbar gewesen wäre mit den Verrenkungs- und Muskelübungen, denen ich mich seit meinem jüngsten Alter hingegeben habe, denn die einzige Art, meinen Körper zu ertragen, bestand darin, ihn exakt das ausführen zu lassen, was ich ihm abverlangte. Je korpulenter und fetter Barbara wurde, ohne auch nur das Geringste ihrer spektakulären Schönheit einzubüßen, desto heftiger stellte ich mich einem wahnsinnigen Programm an Diät und Gymnastik. Ich musste mir eingestehen, dass es auf jeden Fall einen zu großen Abstand gab zwischen meiner und ihrer Statur, ihrer Hautfarbe und der meinen, ihrer blühenden Weiblichkeit und meinen männlichen Geschlechtsmerkmalen, deren kraftvolles Wachsen ich resignierend beobachtete, ich musste mir eingestehen, dass da nichts zu machen war, und da es nun mal galt, ein Mann zu sein, war es eben

besser, athletisch und klar definiert zu sein – auf die Gefahr hin, die Lebenshygiene an jenem Tag wechseln zu müssen, an dem ich endlich eine Frau geworden sein würde, ging es doch darum, wie sich Rundungen und Erhabenheiten von ebensolcher Weichheit anzueignen wären, wie sie denen meiner Mutter entsprachen.
Ich dachte bereits sehr ernsthaft darüber nach, mich operieren zu lassen, beließ aber dieses Vorhaben wie auch den Rest meiner Wahrheiten, etwa meine Lust am Tanz, tief unten in den Abgründen. Hätte ich nicht so viel Liebe bewiesen für meine Barbara, hätte ich nicht ihre Wünsche so deutlich erraten und vorweggenommen, ich wäre sicherlich ein viel glücklicheres Kind gewesen. Aber man macht seine Verluste nicht wett, und noch heute wünsche ich mir weder eine andere Mutter noch eine andere Kindheit, da ich die meine ja nun einmal durchlebt habe unter der wollüstigen Ägide meiner Polackenprinzessin, völlig von ihr besessen, stets an ihren Lippen hängend und lauernd nach dem auch nur geringsten Heben ihrer wunderbaren Augenbrauen, Zeichen eines Zorns, der mich niederschmettern konnte – und es war übrigens vonnöten, dass mein Ekel vor Nahrung und meine Angst, an Gewicht zuzunehmen, gut in mir verankert waren, damit ich die Kraft finden konnte, sie in Rage zu versetzen und zugleich ihrer Missbilligung die Stirn zu bieten.
Eines Tages, ich hatte wieder einmal jeglichen Bissen Fleisch und jeglichen Löffel Reis verweigert, da reißt sie mich schonungslos aus dem Hochstuhl, in welchem man es praktisch findet, mich essen zu lassen, obgleich ich schon kein Baby mehr bin, denn er besitzt den Vorteil, mich bewegungslos zu machen, während mir auf seinem halbkreisförmigen Tablett die Lebensmittel in unabänderlichen und trostlosen Rotationen vorgesetzt werden. Meine Mutter zischt blitzartig aus der Küche, während ich mir buchstäblich die Hände wringe, kopflos aufgrund der Gewissensbisse, aber unfähig zu schlucken, was immer es auch sei.

Schließlich erklimme ich mühselig die Treppe und betrete, indem ich allen unseren Verhaltensregeln zuwiderhandle, ihr Zimmer und lege mich wie sie und ihr gegenüber mit angewinkelten Beinen auf ihr Bett. Sie öffnet die Augen ohne ein Zeichen von Überraschung oder Missbilligung. Leicht aneinandergedrückt quellen ihre Brüste aus einem perlgrau festonierten Spitzennegligé aus Naturseide. Durch das Satintuch hindurch blickt mir der körnige Hof entgegen und bietet sich mir an, verlockend – eine Einladung, meinen Mund daranzulegen, der schlagartig den Saugreflex der Neugeborenen wiederfindet. Meine Mutter hat keine andere Reaktion als eine unmerkliche Versteifung, gefolgt von einer glücklichen Entspannung ihres gesamten Körpers. Einen Augenblick später wechsle ich zur anderen Brust, ganz so, als handle es sich darum, eine nach der anderen ihrer Milch zu entleeren, dann verlasse ich das Zimmer. Der Rest des Tages spult sich ab, ohne dass ich das ausdauernde Schmollen, das Schweigen und die gewichtigen Blicke zu ertragen hätte, mit denen sie mich für gewöhnlich meine Nahrungsverweigerung bezahlen lässt.

Sehr schnell wiederholt sich die gleiche Szene, wird zu unserer Gewohnheit und zu unserem Geheimnis, eine weitere schändliche Wahrheit, die es in die Abgründe unseres Hauses abzuschieben gilt. Ich sauge, als hinge mein Leben davon ab, das Gesicht in die phänomenalen Brüste meiner Mutter vergraben, mein Körper gegen den ihren gepresst und umgehend vom gemeinsamen Schweiß getränkt. Ich erstehe aus diesen scharlachroten Séancen, zerzaust, betäubt von ihrem zugleich moschusartigen und blumigen Geruch. Ich gehe wie in einem anderen Zustand die Treppe hinab und halte mich dabei unter den argwöhnischen, aber unseren Wunsch nach Intimität respektierenden Blicken meines Vaters am Geländer fest.

Einige Zeit nach der Ingangsetzung unseres gut eingefahrenen Rituals, ich hänge gerade an der Brust meiner Mutter, da scheint es mir, als würde ich einen feinen und süßlich-faden Ausfluss auf meiner Zunge verspüren. Ich halte mich nicht daran auf, aber am übernächsten Tag strömt vernehmlich eine Flüssigkeit tief in meinen Rachen. Dieses Mal spürt meine Mutter es auch, befreit sich von meinem gefräßigen Mund, dergestalt, dass wir gemeinsam dem Aussprühen einer wässrigen Milch beiwohnen, die in bläulichen Tropfen über die vom Saugen gerötete und ausgedehnte Brustwarze fällt. Sie zieht mich am Nacken heran, setzt mich wieder an, und auf meiner anspruchsvollen Zunge werden die Spritzer zunächst süßer und dann sirupartig, bevor sie endgültig versiegen.

Schließlich setzen wir uns beide auf die Bettkante. Im Spiegel ihres Schminktisches bemerke ich, dass die Brust eine Art rote und klebrige Aureole rund um meine Lippen herum hinterlassen hat. Barbara vergräbt ihr Gesicht in ihren Händen, ohne ihre Wachsamkeit auf die heruntergeglittenen Träger ihres Negligés zu richten – feinster Stoff aus pfauenblauer Seide, gefüttert mit schwarzem Samt. Ihre Schultern zucken, die Tränen quellen zwischen ihren Fingern hervor, fließen vom Handgelenk zum Ellenbogen, wo die Tropfen für einen Moment verharren, bevor sie hinabstürzen auf ihre Schenkel, den erregendsten Teil ihrer Anatomie, zwei lange und dichte Massen, durchzogen von einer einzigen Ader, einer wiegenden Alge, die auf wundersame Weise ihre zuckerhelle Blässe, ihre marzipanweiche Sänfte, ihre ideale Zartheit steigert. Trunken von ihrer zu Kopf steigenden Milch, verstört davon, sie zum ersten Mal weinen zu sehen, bin ich kurz davor, in mich zusammenzusinken, mein Gesicht fallen zu lassen in ihren Schoß, diesen zittrigen Nachen, dessen Buglinie, kaum wahrnehmbare Demarkationslinie, mich schwindelerregend anzieht. Aus Unfähigkeit, mein in Schweiß und Milch gesottenes Gesichtchen dort zu vergraben, verlangt es mir danach, meine Finger hineinzustecken, die beiden erhabenen Schenkel auseinanderzuspreizen, die Pfauenfeder unter der Seide zu entdecken, das heikle Vlies des Schambeins, das ich noch nie Gelegenheit hatte zu sehen und das ich mir

ebenso fahlgelb und moiriert vorstelle wie den begriffsstutzigen Schädel meiner Basia – in Hinsicht auf Schambehaarung jedoch erlebt man oft genug Überraschungen.
Glücklicherweise weiß ich, vierjährig, wie ich bin, ungefähr genauso viel wie heute über die Vorbehalte meiner Mutter gegenüber allem, was auch nur ansatzweise daran erinnert, sich gehen zu lassen, und bewege mich also nicht fort vom Bett, genüge mir darin, wieder etwas Ordnung in mein Kopfhaar zu bringen und mir das Kinn mit dem Zipfel des Bettlakens zu trocknen. Sie selbst nimmt wieder Haltung an, erhebt sich, verlässt das Zimmer. Ich finde sie unten wieder, geschäftig in der Küche, sie, die es liebt, mich zu nähren, es aber hasst, zu kochen. Ihre Augen sind gequollen, die Bögen ihrer Augenbrauen, ihre Nasenlöcher und ihre Wangenknochen sind von einem leicht violett gefärbten Rosa. So weinen die Blonden und erst recht die Rothaarigen, es wird Zeit, dass ich das kapiere, ich, dessen Haut, ein meinen Stimmungen und Gefühlen gegenüber unsensibles Leder, unveränderlich matt und gelblich bleibt.
Durch die Vorstellung beunruhigt, sie unabsichtlich verletzt zu haben, schleiche ich um sie herum, schnüffle an ihr, berühre sie, ziehe an ihrem Rock, aber sie zeigt mir nur das verschlossene Gesicht der schlechten Tage. Dennoch, das, was geschehen war, ist ein Wunder, zu dem sich Barbara schüchtern gegenüber unserem Familiendoktor äußert, um dann einvernehmlich zu vernehmen, dass das unmöglich sei, dass im äußersten Fall der Milchfluss zwar, selbst Jahre später, wieder einsetzen könne bei einer Frau, die bereits Kinder gestillt habe, dass dies aber noch nie beobachtet worden sei und auch niemals würde beobachtet werden können bei einer Nullipara. Womit sich ein weiteres Mal meine Polackenprinzessin vor eine physiologische Unmöglichkeit gestellt sieht, vor eine im Dozentenjargon verbreitete Wahrheit. Sie hat die Wahl, in einen Unterarm zu beißen oder ihren Büstenhalter aufzuknöpfen, ihre hochherrschaftliche Brust auszustellen und den Herrn

der Künste einzuladen, sein Urteil zu revidieren angesichts eines Schauspiels bläulicher Tröpfchen, welche nicht lange auf sich warten lassen würden, bis sie aus ihren Warzen perlten. Sie zögert, da sie das Alter hat weise werden lassen und sie mit ihrem Mediziner eine höfliche Verbindung unterhält, die sie nicht kompromittieren möchte. Sie geht ihrer Wege und belässt ihn in seiner Unkenntnis über die Wunder, die die Liebe eines Sohnes vollbringen kann; sie geht ihrer Wege mit dem bittren Bedauern, ihr Geheimnis vergeblich gelüftet zu haben.

Aber es hatte stattgefunden, das Wunder, und wir beide waren dabei. Erinnere dich, Barbara, dass deine Milch mich gerettet hat vor dem Wahnsinn: zwar bin ich Nahrung gegenüber anspruchslos geblieben, misstrauisch und abgeneigt; als es galt, zu Tisch zu kommen, tat ich es leicht beklommenen Herzens, als es aber ans Essen ging, habe ich dich immer seltener mit standfesten Verweigerungen konfrontiert – bevor ich vollständig kapitulierte kurz vor meinem siebten Geburtstag, der zugleich auch derjenige Tag war, an dem du mich abgestillt hast, zweifelsohne mit der Überlegung, dass ich mich von dieser Gewohnheit zu lösen hätte, bevor ich in die Grundschule käme. Schluss mit Stillen, mit der Perfektion dieser Momente, da meine Füße krampfartig deinen Bauch bearbeiteten oder meine Hände deine Schultern ergriffen, als drohte ich zu stürzen, und du mir dabei die Wangen streicheltest, die Stirn und das Haar, und wir am Ende gemeinsam in die Tiefe stürzten, erfasst von derselben Zeitlosigkeit und glücklichen Verblüffung.

Als ich mit Heroin Bekanntschaft machte, einige Jahre später, waren es ebendiese Erinnerungen, die mich plötzlich heimsuchten. Ich war fünfzehn, es handelte sich um meinen ersten Schuss, ich habe mich rücklings auf die Kissen fallen lassen, die mein Gastgeber auf dem Boden ausgebreitet hatte, und konnte nicht mehr vor Lachen, denn in diesem ungewöhnlichen Rahmen, zumindest doch so fernab vom cosy living à la Doppel-D meiner Basia, da war es ihr Gesicht, das ich wieder vor mir sah, ihre schönen blassen

Lippen, die Sommersprossen auf ihrem Nasenrücken, ihre strahlenden Augen in der Farbe eingelegter gelber Pflaumen, ihre Arme, die sich öffneten, um mich zu empfangen, und dann ja auch eines Tages das Negligé, welches sich über ihre marmornen Schenkel zog und dabei flüchtig den moirierten Glanz im Vlies ihrer Scham freigab.
Eines Tages werde ich erklären, und zwar sobald ich es selbst verstanden haben sollte, durch welch gemeinhin zugestandenen Hokuspokus die kleinen in ihre Mütter verknallten Schwuchteln dazu kommen, ausschließlich andere Männer zu lieben, Antipoden ihrer ersten Erregung, meilenweit entfernt von der geöffneten Höhle der monumentalen Schenkel, der seidenweichen Federkrone, über die sich, ähnlich einer auslaufenden Wachslinie, die zögerliche Musterzeichnung der inneren Schamlippen und der Klitoris wölbt, die hinreißende Girlande, so verschwiegen, da, wo die männlichen Genitalorgane sich in heroisch-komischer Manier mit Überschwänglichkeit aufspannen.
Ich bin fünfzehn. Ich strecke mich über die Kissen, lasse zwanzig Zentimeter gebräunter Haut zum Vorschein kommen. Mein Gastgeber, der mich soeben eingeweiht hat ins Heroin und der nicht zögern wird, mich zu entjungfern, lässt sich neben mir nieder und beobachtet mich mit einer Neugierde, die nicht frei ist von Beunruhigung.
»Alles gut? Gefällt es dir? Fühlst du dich gut? Bist du sicher?«
Er hat mich auf der Straße aufgesammelt, als wäre ich wer weiß was für eine dahergelaufene Hure, nur dass ich keine bin, ich bin schlichtweg ein Teeny, dem das Teenageralter das Geschenk bereitet hat, nicht in Ungnade gefallen zu sein, sondern eine Befreiung erleben zu dürfen, ein von sich selbst trunkener Teeny, trunken auch von der Welt, die sich ihm eröffnet, zu naiv und zu verwegen, um nicht loszuziehen und Scherereien zu suchen, für den unwahrscheinlichen Fall, dass diese zu lange auf sich warten lassen würden. Und logischerweise ist es jetzt hier, wo sie beginnen werden;

hier jetzt ist es, wo sie auf mich zugerast kommen, mit diesem Typen, der mich mit zu sich nimmt, mir seine Bar öffnet, mir seinen Stoff andreht und mich auf seine Kissen streckt. Außerdem bin ich zu allem bereit, ich habe eine Mörderlatte und noch nie hatte je ein Junge so viel Lust empfunden, die Hölle zu durchreiten und im Höhenflug zu explodieren wie ich mit fünfzehn, was einem Profi der Erregung wie Arcady nicht hatte entgehen können.
Er stützt sich auf einen Ellenbogen und legt mir eine Hand auf den Bauch, den ich willfährig zur Schau stelle. Ja, das stinkt nach Scherereien prall in die Fresse, nach den unzählbaren Scherereien, die sich eine kleine fünfzehnjährige Schwuchtel, überglücklich, sich endlich aus dem Rang der Makaken katapultiert zu haben, zuziehen kann. Aber bitteschön, das, was da heute vor dem Hintergrund eines Rausches beginnt, harter Alkohol und coole Musik, das ist das sehr genaue Gegenteil davon, denn ich bin keine kleine Nutte, Arcady ist auch kein Lude und noch weniger ein Dealer, vielmehr ein Liebhaber, wie ihn sich alle erträumen, besser als eine Mutter, besser als ein Vater, besser als ein Mentor oder spiritueller Führer – denn ich hatte dieses ungewöhnliche Glück, dass mein erster Geliebter zugleich ein außergewöhnlicher Mann war. Arcadys Hand knetet meinen Torso.
»Schade, dass du erst fünfzehn bist.«
»Bin ich dir zu jung?«
»Zu jung und zu breit.«
»Aber du hast mir den Schuss gesetzt!«
»Du scheinst es zu mögen.«
»Ich liebe es: es macht mich verrückt.«
»Wir werden also ein wenig warten: ich schlafe nicht mit Verrückten.«
»Was soll das heißen, wir warten? Ich bin geil, jetzt.«
In seinen Augen, in seinen schönen, hellen, ein wenig hervorstehenden Augen lese ich seine Begierde, aber auch eine Art Traurigkeit, die mich stärker noch berührt als der Rest, das aufgespannte

Gepränge, um mich zu verführen, der Whisky, das gedämpfte Licht, das hochwertige Hi-Fi-Equipment, dieses Heroin, von dem ich bislang noch nicht weiß, bis zu welchem Grad es außergewöhnlich ist, das mich aber glücklich und zungenfertig macht. Während er unbemerkt die Lautstärke der Musik ansteigen lässt, schlängle ich mich unter seiner Nase, biete ich ihm meine schlanken Hüften an, meinen flachen Bauch und die Vorwölbung meines Geschlechtes unter der schwarzen, gleich einer zweiten Haut eng anliegenden Jeans.

»Du bewegst dich gut.«

»Nicht mein Verdienst. Ich mach das, seit ich vier bin.«

»Bewegen?«

»Bewegen, tanzen. Ich bin eine Null in der Schule. Sogar im Sport.«

»Welche Klasse?«

»Achte.«

»Ich fang nichts mit Schülern an, Daniel. Du bist ernsthaft zu jung.«

»Warum hast du mich mit zu dir geschleppt, wenn dem so ist?«

Er platzt vor Lachen. Das hat er mit meiner Mutter gemein, dieses helle Lachen, freudvoll und verbindlich.

»Keine Ahnung. War ganz klar eine Dummheit. Bist du noch Jungfrau?«

»Jungfräulicher geht's nicht.«

»Warst du schon mal verliebt?«

»Mehrmals.«

»In Mädchen?«

»Niemals.«

»Nicht einmal in deine Mutter?«

»Mütter, zählen die?«

»Du hast recht, die zählen nicht, diese Schlampen.«

Dass man so leichthin Barbara unter die unzähligen Schlampen rechnen kann, haut mich da doch vom Hocker und eröffnet mir die Perspektiven, dennoch lege ich Protest ein, kraftlos und formell:

»Ich glaube nicht, dass meine Mutter eine Schlampe ist.«
»Weil du sie schlecht kennst, mein kleiner Daniel. Auf jeden Fall ist meine die Königin unter den Ludern, du wirst schon sehen, wenn ...«
Er beabsichtigt, mich seiner Mutter vorzustellen, er schließt mich in seine Zukunft ein: ich bin im siebten Himmel und meine Erektion nimmt phänomenale Proportionen an. Arcady wird sich dessen gewahr:
»Lass deine Buxe fallen.«
Er grinst angesichts meiner formlosen Unterhose.
»Wofür denn die, wenn schon, denn schon. Vor allem, wo du so gut bestückt bist.«
Bestätigung zu hören, wie ich sie heimlich erhoffte, da mir ja alle Vergleichsmöglichkeiten fehlten, verschlägt mir den Atem vor Glück in einem Maße, dass ich alle Zurückhaltung zu verlieren drohe. Ich lege meine Unterhose ab, wohl entschieden, nie mehr eine anzulegen, nichts anderes mehr von nun an zu tragen als das, was Arcady mir rät, nackt und am Ende einer Leine zu spazieren, wenn dies sein Wunsch wäre, und siehe da, das trifft sich gut, ich bin bereits auf allen vieren und erwarte nur noch seinen Befehl, ganz und gar seine Hündin zu sein. Innerhalb von fünf Minuten habe ich die Angewohnheiten der Bewunderung und Unterwerfung angenommen, die diejenigen meines kompletten Sexuallebens hätten werden können, wäre ich nicht an einen Mann geraten, der keine Hunde mochte – auch keine Affen, keine Fischreiher, keinen einzigen Repräsentanten meiner geheimen Menagerie. Er hebt mich hoch, er kleidet mich wieder an, er schließt mich in seine Arme. Abgesehen von Barbara hat mich noch nie jemand weder in die Arme geschlossen noch auch nur mit etwas Zärtlichkeit berührt – mein Vater hatte unsere körperlichen Kontakte stets auf einige vorsichtige Umarmungen beschränkt. Somit löst jede von Arcadys Gesten bei mir eine leidenschaftliche Anerkennung aus, die ihn in Rage zu bringen scheint. Er wollte vielleicht weniger Erniedrigung,

mehr Achtung vor dem, was ich mich nun anschicke, ihm mit unermesslicher Treuherzigkeit darzubieten: diesen Hintern, der nichts weiß von seiner eigenen Perfektion.
Für den Moment reicht es ihm, mich beinahe unwillkürlich zu streicheln, geistesabwesend in irgendwelchen Erwägungen, die an mir vorbeiziehen, auch wenn sie mich betreffen. Meine Entjungferung wird warten. Nicht sehr lang. Einige Wochen. Genau die Zeitspanne für Arcady, jene Gründe zu finden, derer wegen die Verehrung meine zweite Natur ist, sowie die anderen, die bedingen, dass ich in meinem eigenen Leben eine so wenig zentrale Rolle spiele – bis hin zu dem Punkt, dass ich überborde vor Dankbarkeit, sobald man mir gegenüber auch nur ein wenig Freundlichkeit erweist. Er behält seine Schlussfolgerungen für sich, aber an jenem Tag, an dem wir zum ersten Mal miteinander schlafen, da bringt er derart viele Vorsichtsmaßnahmen ins Spiel, flüstert mir derart bewundernde Liebkosungen ins Ohr und bezeugt mir derart feinfühlige Aufmerksamkeiten, dass ich schließlich unruhig werde, lechze und mit meinen Gliedmaßen unter ihm ausschlage in der Hoffnung, dass wir zur Sache kommen.
Vergebliche Liebesmüh, er behandelt mich wie eine Schönheitskönigin, die man ihres Thrones beraubt hätte und die es gleichermaßen gälte, wieder in ihren Stand zu heben und ob ihrer Anmut zu beruhigen. Bei dem, was mir wie Stunden vorkommt, streichelt er mich ununterbrochen von den Füßen bis zum Scheitel, leckt mir die Ohren, die Schläfen, die Innenbeuge meiner Arme, bringt meine Eier auf seinen großen Handflächen zum Tanzen, führt die Kante seiner Hand zwischen meinen Arschbacken entlang auf und ab, berührt dabei aber nicht, oder wenn nur zufällig und flüchtig, meinen Schwanz, Berührungen, die mich wie wahnsinnig werden lassen bis zu dem Augenblick, an dem er ihn, eingespannt zwischen Daumen und Zeigerfinger, zur Ejakulation in drei meisterhaften Stößen bringt – dann, ohne mir die Zeit zu gewähren, mich wieder zu fangen, dreht er mich brutal auf den Bauch und

beschäftigt sich mit einer solchen Effektivität an meinem Arsch, dass ich in null Komma nichts erneut kurz vor dem Orgasmus bin und ihn anflehe, in mich einzudringen. Anstatt mir zu gehorchen, beschleunigt er die Rotationsbewegungen seiner Zunge an meinem Anus: ich stöhne, ich schluchze, ich beiße in die Laken, ich höre Arcadys Lachen, ich nehme seinen warmen Atem zwischen meinen zusammenzuckenden Arschbacken wahr und schließlich das Einführen seines Mittelfingers in mein Loch. Ich explodiere. Vor Lust, aber auch vor Zorn und vor Enttäuschung, da ich mir die Dinge anders erträumt habe und weil ich mich zudem nicht als entjungfert ansehen werde, solange ich seine Eichel meinen Eingeweiden nicht die Peitsche erteilen und seinen Saft mir nicht bis zum Hirn heraufspritzen gefühlt habe. Arcady lacht erneut. Nichts entgeht ihm von meiner Ungeduld und nichts von meiner Enttäuschung. Er verschwindet ins Bad und kommt mit einem angefeuchteten und warmen Handtuch zurück, dessen er sich bedient, um mir die Schenkel und den Bauch zu reinigen, meine Körperhaare zu befreien von deren klumpigen und bläulichen Spermakrusten. Er heißt mich tanzen, er heißt mich trinken, genau das Richtige, dessen es bedarf vor unserem Höhepunkt auf dem Teppich, auf den Punkt genau ebenso herrschaftlich und verrückt wie in meinen Pennälerträumen. Er kommt, ich komme, ich brülle meinen Stolz heraus, meine Erleichterung und, zu guter Letzt, mein Glück.

Heute, zehn Jahre nach dieser Episode, ist Arcady noch immer mein Liebhaber, von dem ich mich angezogen fühle, und ich der seine, was ihn nicht daran hindert, zugleich auch mein Arbeitgeber zu sein und in meiner Existenz ein breites Spektrum wesentlicher Rollen abzudecken: Seelsorger, Outfitberater, Trainer, Partner beim Tennis oder Gesellschaftstanz. Er hat es sogar geschafft, dass er meine Lehrer aufsuchte, indem er sich als mein Vater vorgestellt hat. Er ist es, der meinen Gymnasialabschluss überwacht hat, während doch meine Lehrer einhellig mir geraten hatten, einen Berufsweg nach der Achten einzuschlagen. Dabei musste er sich gar nicht besonders anstrengen, um sie zu überzeugen: ein transparenter Schüler, wie ich einer zu sein verstand, kann immer mit der Nachsicht der Lehrerschaft rechnen. Meine Diskretion wurde umso mehr geschätzt, als meine Optik sie das Schlimmste befürchten ließ, der meist vorhandene latente Rassismus wurde durch meine braun gebrannten Wangen, mein Haar eines Indianers und meinen Negermund angestachelt – ganz zu schweigen davon, dass ich seit meinem Dreizehnten mit Tätowierungen protzte und dem Look des Abschaums, der die Erwachsenen täuschen konnte, selbst wenn er weit davon entfernt war, mich in den Pausen nicht verkloppen zu lassen. Arcady seinerseits war überzeugt davon, dass ich hinter diesen beunruhigenden Verkleidungen eine künstlerische Sensibilität verbarg und überdurchschnittlich hohe intellektuelle Fähigkeiten. Er irrte sich in mir, aber genau dieser Fehler, wie sehr hätte ich es geliebt, hätten meine Eltern ihn begangen ... Stattdessen verhielten sie sich bezüglich meiner Ausbildung gleichgültig und besaßen die Überzeugung, dass ich mich im Leben durchschlagen würde, was mir, jetzt, da ich darüber nachdenke, ein einzigartig bescheidener, ja sogar beinahe ehrenrühriger Ehrgeiz gewesen zu sein scheint.

Die tiefe und uneigennützige Liebe, die Arcady und ich uns gegenseitig geschworen haben, bildete in meinem Leben eine unerhoffte Chance, in dem seinen ein Inselchen an Rechtschaffenheit und Uneigennützigkeit. Ihn, den ich so viele Male mit dem derbsten Zynismus habe agieren sehen, vor allem bei Geschäften, aber nicht nur da, er hatte mich stets mit grenzenloser Großzügigkeit und Feinfühligkeit behandelt. Mag sein, dass er mir seine Brutalität vor allem dadurch erspart hat, dass er die Inbrunst und die Leidenschaft für die anderen zurückbehielt: er hat mich geliebt, er liebt mich noch immer, aber nie habe ich bei ihm das ausschließliche und beunruhigende Begehren hervorgerufen, mit dem gewisse Männer ihn quälten – meist selbstgerechte Heteros oder kleine unzugängliche Halunken.

Als er gewahr wurde, dass meine einzigen Fähigkeiten im Tanz und im Gesang lagen, hat Arcady sich verneigt, von den Studien, welche er für mich erträumt hatte, abgesehen, mich eingestellt, mich ausgebildet und mich an unterschiedlichen Posten erprobt: Bar, Buchhaltung, Bühne. Heute weiß ich ausreichend viel über das Nachtleben, um einen eigenen Club zu eröffnen, ihn für einige Zeit blühend zu leiten, ihn im richtigen Augenblick zu schließen und anderorts neu erstehen zu lassen, um mit der gleichen Anstrengung erneut Erfolg zu haben. Ich werde es vielleicht eines Tages tun, aber in der Zwischenzeit wiegen für mich mein Platz an Arcadys Seite und der Absatzmarkt, den er meinen kleinen Talenten angeboten hat, mehr als alle Hoffnung, denn er hat aus mir den Star unter den Verwandlungskünstlern seiner Shows gemacht.
Ich kann tanzen, singen, Federn und Lamé tragen, falsche Wimpern und Lippenstift, meine geheime Wahrheit aus den Abgründen hervorholen, sie sich spreizen und um den Hintern winden lassen, sie auf der Bühne langsam hin und her führen, sie vom Publikum beklatschen und wiederholen lassen, anstatt ihr das schweigende und eisige Missfallen meiner Eltern zu verschaffen. Meine abgründige Wahrheit liebt das Diventum, nie blüht sie besser auf als unter Pailletten und dem Lichtkegel der Scheinwerfer. Und wieder ist es Arcady, der mir meinen Szenenamen erwählt hat, und dies trotz meines Zögerns:
»Marilyn, bist du dir sicher? Gefällt mir nicht besonders, ehrlich gesagt.«
»Marie-Line, in zwei Worten, ein zusammengesetzter Vorname, verstehst du? Damit die Leute was Familiäres damit verbinden. Und gleichzeitig bleibt es Marilyn, der Mythos ...«
»Ist nicht wirklich das, worauf ich abfahre, Marilyn.«
»Marilyn, darauf fahren alle ab. Wenn du das mal begriffen hast, dann hast du alles begriffen.«
Ich bin ein bisschen sauer, hätte ich doch meine künstlerische Karriere unter verlockenderen Vorzeichen beginnen wollen. Und

während wir so reden, knöpft Arcady seine Hose auf und bezwingt die Talsperre meiner vollmundigen Lippen. Während sein Schwanz an Schlaffheit verliert im salbungsvollen Futteral meines Mundes, fährt er mit seinem Referat eines Träumenden fort:
»Bei mir ist es nicht anders, ich bin auch kein großer Fan. Sie macht mich nicht an, tatsächlich nicht. Und doch sehe ich zugleich sehr genau, warum es funktioniert: Marilyn, die ist schlichtweg eine Kloake.«
Ich ersticke beinahe an seinem Schwanz, Ausdruck meines Unverständnisses. Ohne schlaff zu werden, erörtert er seine Meinung aufs Genaueste, während er kleinere Stöße gegen meinen Hinterkopf drückt, sobald er findet, dass ich aus dem Rhythmus komme, und zugleich mit Daumen und Zeigefinger mechanisch meine Wangen aufhebelt, um etwas Luft zwischen sein Geschlecht und meine Gaumenwölbung treten zu lassen.
»Marilyn, wenn du scharf genug nachdenkst, ist ein ekelhaftes Loch. Schau sie dir an: zu massiv, zu blond, mit ihren großen, zittrigen Brüsten und ihren kleinen, flimmernden Augen, als wäre sie permanent im Halbrausch. Ist dir klar, dass sie niemals Kinder kriegen konnte? Innerlich komplett zerstört. Und frigide, ganz klar. Zu verhaltensgestört, um feucht zu werden, aber meiner Meinung nach ist das niemandem bewusst gewesen, nicht einmal ihr. Die Leute hielten sie für eine großartige Bettnummer, denn dass es zumindest eine gäbe, davon träumten sie, dass es zumindest jemanden gäbe, dem zu ficken Spaß mache. Wie auch immer, bevor Marilyn überhaupt eine Nymphomanin hätte abgeben können, hätte sie zuallernächst Frau werden müssen, bis zum Schluss aber ist sie doch nur kleines Mädchen geblieben im Körper einer Frau, ein Traum der Pädophilen: du kannst sie dir vorspannen, ohne den Knast zu riskieren, aber im Grunde genommen ist dir klar, dass ihr Herz Papa gehört und das ganze Tralala.«
Er kommt. Wie so häufig erinnert mich der Zustrom an Sperma in meinem vibrierenden Rachen an das, was ich erlebt habe, noch

bevor meine Mutter mir meinen Entzug verordnet hatte. Ein kurzer Seitenblick in den Spiegel lehrt mich übrigens, dass ich den gleichen verirrten Gesichtsausdruck habe wie nach dem Stillen und den gleichen Abdruck auf den Außenlinien meiner Lippen, rot, unsauber, verschmiert von unterschiedlichen Sekreten – bloß keine Milch dieses Mal, kein verführerischer und blumiger Geruch, um mich in Schwindel zu versetzen, allein Arcadys Hände, die mich hochheben und bis an seinen Mund führen, bis zu seiner Zunge – die jetzt auf der meinen nach einem so viel herberen und spröderen Geschmack sucht als demjenigen von Muttermilch.

Ich werde also zu Marie-Line und gewöhne mich daran. Das Wesentliche ist die endlich zur Schau gestellte Menagerie, die endlich freigelassenen Bestien der Manege. Natürlich erwarten die Gäste von mir das Rauf und Runter von Marilyns Liedern, ein Ding der Unmöglichkeit bei meiner Statur, in allem das genaue Gegenteil der ihren, meine wie ein Kupferschild von Hämmern bearbeitete Brustmuskulatur, meine ellenlangen Beine, meine schwarze Mähne, unzähmbar, es sei denn mit Pomade nach hinten geschmiert, ganz zu schweigen von meinen dunkelhäutigen und rasch vom Bart bläulich gefärbten Wangen; was soll's, ich schenke meinem Publikum das Puh-puh-pee-doo und *My Heart Belongs to Daddy*, ein hübscher Scherz in Bezug auf mich, denn mein Herz, für eine Zeit ergriffen von Arcady, hat sich bald wieder seiner Besitzerin zugewandt und so wird es auch für immer sein: die Jungs können mir noch so sehr den Kopf verdrehen, Barbara ist nicht vom Thron zu stoßen.

All dies hält mich aber nicht davon ab, schmachtende Blicke durch die Fliegenbeine falscher Wimpern zu werfen, meinen perlmuttschimmernden Mund zu grotesken Schnuten zusammenzuziehen und aufzureizen mit den Pobacken, ganz bestimmt schön und rund gewachsen, aber nicht zu vergleichen mit dem Hintern der wahren Marilyn, diesem Hintern, den der Denim hat obszön werden lassen, da er sich so sehr bemühte, die schwankende Herrlichkeit im Zaum zu halten.

Wenn Marilyn meine Pflichtpassage ist, eine lustlos perfekte Nummer, um mein Pseudo zum Abziehbild zu machen und von der ich immer wieder erstaunt bin, dass sie erwartet wird, begehrt, beklatscht, so gehört meine Vorliebe eindeutig Michael und Prince, denen ich mich um so vieles näher fühle, da ich tanzen lernte, indem ich ihnen zusah. Ich ahme weder den einen nach noch den anderen, ich habe beide inkarniert, ich bewohne sie, ich bin der Michael von *Dirty Diana*, der Prince von *Lady Cab Driver*. Diesmal benötigt mein Körper kaum eine Verwandlung: ich besitze ihre feine Muskulatur, ihr schwarzes Haar, ihren leicht gemischten ethnischen Ursprung, Mischform oder schwer erarbeitete Instandsetzung, ganz zu schweigen von ihrer Androgynität – und ich werde eines Tages erklären, wenn ich es erkläre, wie sehr diejenige von Prince eine andere ist als die von Bambi. Übrigens mache ich nie einen auf Bambi, niemals: nur Michael, zu seiner guten Periode, bevor noch die Chirurgie ihm dieses Maul eines Hirschkalbs verpasste, dieses bei Walt Disney nachgestaltete Profil. Mein Erwählter jedoch, obgleich er nicht zu meiner musikalischen Familie zählt und ich ihn nur bei besonderen Titeln wähle, mein Erwählter ist Julio Iglesias.

Meine Schwärmerei für ihn beginnt im Sommer meines zehnten Lebensjahres. Ich sitze vor einer Varietésendung, eine Wiederholungsausstrahlung, die soeben die benommene Langeweile dieser Nachmittage, die ich stets allein verbringe, aufgerüttelt hat. Sobald die Musik auch nur ein wenig Rhythmus zeigt, tanze ich und beobachte unnachsichtig meinen Widerschein auf dem Bildschirm. Ein aufwirbelndes Intro, eine rasche Wendung der Geigen, ein untanzbares Stück wirft mich zurück in meinen Sessel und ich werde zum Zeugen eines Bühnenauftritts von einem Sänger im makellosen Anzug, mit azurblauer Krawatte, der Bräune und dem Lächeln der Reisenden auf Kreuzfahrten.

Schon mit den ersten Silben, die er ins Mikro säuselt, bin ich erobert, hänge an dieser sterbenden Stimme, an diesen zitternden Lidern und dieser andächtigen Ausstrahlung, die er besitzt, wenn er singt. Meine Augen werden feucht und mein Unterkiefer klappt leicht nach unten. Was in mir wirkt, ist nicht nur der einstudierte Charme des Hidalgo, sondern auch die Verse seines Liedes: *Vois, c'est moi qui fais ce soir le premier pas, on s'ennuyait un peu mon cœur et moi, on revient près de toi …* Ich zittre. Ich zittre bei der Vorstellung dieses erhabenen Mannes, wie er da heimkehrt und der Frau gegenüber eine Ehrenerklärung macht, die er zweifelsohne erst verführt und dann verlassen hat – bevor er schließlich kapierte, dass sie die Frau seines Lebens war, die einzige, die ihn je hätte glücklich machen können, die ihm ein heiterer Ankerplatz hätte sein können, ihm, der sich von Erfolg zu Erfolg hin und her werfen lässt, von einer leichten Eroberung zur nächsten, ohne dabei wahre Zufriedenheit zu erlangen. Ja, ich verstehe alles, was er sagt, und alles, was er nicht sagt, besser als er und besser als alle anderen.

Während die weiche Stimme fortfährt, das »r« dabei in einer Weise rau und das »e« kurz auszusprechen, dass es mir unwiderstehlich erscheint; während der Schnulzensänger einen Schritt zur Seite andeutet, einen merkwürdigen Hüftschwung, der meine Erregung krönt, habe ich eine Vision. Ich sehe mich im langen Kleid umherschweifen *mitten unter meinen Blumen*, Berge an Hortensien von zartem Blau und Körbe voller Aronstab, leicht verschwommen, verletzlich und jämmerlich, ich sehe mich ihn auf den Knien wiegen, ihm die Stirn streicheln und ihm Worte ins Ohr flüstern, die Verzeihen besagen, Liebe und das Versprechen auf ein Leben zu zweit. In genau diesem Augenblick heben sich die Geigen zum Himmel empor und Julio, mit der gleichen Aufwärtsbewegung, wirft Kinn und Mikro hoch zu den Schnürböden, um den niederschmetternden Refrain dieses Liedes zu intonieren. *Je sais, en amour il faut toujours un perdant, j'ai eu la chance de gagner souvent, je t'ai perdue, pourtant* ... Sein leichtes Lispeln wirft mich vollends zu Boden – aber vor allem merke ich mir die Lektion, ich merke sie mir umso besser, als ich sie bereits kenne, ist sie doch eingeschrieben in das genetische Programm der Makaken: wo Liebe im Spiel, bleibt ein Verlierer zurück.

Ich bin zehn, ich sehe fern in meinem Fußballdress, rote Shorts und ein weißes T-Shirt, das meine Mutter liebt, mich tragen zu sehen, da es der Vorstellung schmeichelt, die sie sich von Jungs im Allgemeinen und dem ihren im Besonderen macht. Sie hat mich beim Fußball angemeldet und ich gehe gewissenhaft hin und gebe dort eine gute Figur ab, aber die anderen haben sehr wohl begriffen, dass ich ihre besessene Leidenschaft nicht teile, und man schiebt mich häufiger in die Kabine oder auf die Ersatzbank, als die Regel es will. Umso besser. Für den Augenblick wische ich mir mein schweißnasses Gesicht ab, meine tränennassen Augen, und beobachte Julio, wie er die letzten Funken seines strahlenden Lächelns verschleudert, sich dann grüßend zurückzieht, nach einer hübschen spanischen Geste, einer Art skizzenhaft in den Raum geschriebenen Paraphe, die seiner Wirkung eine bittere Würde verleiht.

Noch nie habe ich mich so sehr von der Schönheit und Liebe ausgeschlossen gefühlt wie an jenem Tag, schlaff und weich in meinem Sessel, mit dem Schauspiel meiner schlanken Schenkel in meinen Shorts aus roter Seide und dem feindlichen Widerschein meines unwürdigen und übellaunigen Gesichts auf dem Bildschirm. Was Julio betrifft, ich habe ihn über Jahre hinweg geliebt, selbst als er auf dem absteigenden Ast seiner Karriere war; ich habe ihn mit der traurigen Hellsichtigkeit eines Fans geliebt, der weiß, dass er nie etwas Persönlicheres erhalten wird als ein halbherzig hingekritzeltes Autogramm; ich habe ihn geliebt, denn der Fanatismus lag in meiner Natur und ich schulde ihm meine besten präpubertären Orgasmen – aber es muss betont werden, dass ich noch keine Ahnung hatte von all dem, was man zu Recht von einem wahren Orgasmus erwartet.

Ich musste warten, nicht nur auf meine ersten Samenergüsse, sondern noch immer auf die Verabschiedung der Menagerie, auf die endlich freigelassenen Raubtiere und mit ihnen gemeinsam auf die geheimen, weniger herrschaftlichen, aber nichtsdestotrotz für einen Wettlauf beim Grand Prix würdigen Tiere, schäumende Nüstern, die Scheuklappen über Bord geworfen, die Brust zügellos, die Galoppbahn unter Hochrufen, das Meer, das man tanzen sieht. Geduld – und um mir zu helfen, mich zu gedulden, die Szenarien, in denen ich die Königin bin, liebenswürdig und sexy in meinen Rüschenkleidern, ganz zu schweigen von der irisierenden Schminke, die ich zum ersten Mal benutze, um die Rückkehr zu feiern meines Schnulzensängers mit dem Brushing à la Mahagoniglanz und dem Lächeln eines Yachtman, mein reuevoller Liebhaber, der mich sinnenfreudig umarmt zwischen den Hortensien und all dem Aronstab, um mich vergessen zu lassen, dass er mich vergessen hat, verlassen und verhöhnt, tausende Male – ach, tausende Male verzeihe ich ihm, denn das Verzeihen auch gehört zu meiner Natur und meine Erregung gebiert sich ebendort, aus dieser Vision eines großherzigen Ichs, einer nachsichtigen Herrscherin, die verteilt, ohne ihre Gunstbeweise auch nur vorzuhalten dem Undankbaren, der nichts verdient und doch alles erhalten wird.
Ohne zu zögern fahre ich mit dem letzten Teil des Szenarios fort, als Julio auf die Knie fällt und es unternimmt, mir seine Reue durch ein wenig orale Befriedigung zu signalisieren. Durch einen ebenso urplötzlichen wie unerklärlichen Hokuspokus verschwindet mein Schwanz, Julios Zunge kreist verliebt um meine Klitoris, beschmiert meine üppige Beharrung mit Speichel, und da jetzt, Bingo, Banco, Royal Flush, historischer Wettlauf, selbst der letzte meiner Maulesel verspritzt Schlamm unter seinen Hufen und platziert sich unter den ersten drei. Aber was geschieht mit meinem ursprünglichen Genitalapparat während dieser Zeitspanne aufgehobener Zeit, und wie gelingt es in der Folge meinem Schritt, sich wieder zu integrieren, während ich zu Atem komme? Ich befinde mich bereits auf

den Bahnen des unergründlichen Rätsels, welches mein komplettes Sexualleben bestimmen wird, mit diesen Unterwasserkreaturen, diesen blutenden Füßen und dieser Ersetzung in extremis eines Schwanzes durch eine Möse, zu der ich mir ja nur gratulieren kann.
In Kenntnis gesetzt von meinen Cunnilingusphantasien mit Julio, ebenso von jenen, die die perlmuttschimmernden Zehen meiner Polackenprinzessin betreffen, zeigt Arcady sich zugleich ungläubig als auch vergnügt. Für ihn sind die Gesetze der Begierde von biblischer Einfachheit: wenn man wirklich sexversessen ist, dann bedarf es weder der Hervorrufung seltsamer Chimären noch der Ausfeilung spitzfindiger Szenarien. Arcady braucht keine sexuellen Phantasien, er geht über zum Akt, Funktionsweise, die ihn weder daran gehindert hat, den seltsamen Chimären seiner Kundschaft gegenüber ein feines Verständnis entwickelt zu haben, noch in der Lage zu sein, spitzfindige Szenarien all den Frustrierten und lustlos leidigen Läuftnichtsmehrnieten zu bieten, die bei uns stranden, da bei ihnen nichts von all dem vorhanden ist, was auch nur annähernd oder im Entferntesten daran erinnert, was wir ihnen im Arcadia liefern: nicht unbedingt mehr Glamour als durch Schminke vergrößerte Münder und durch Heroin verengte Pupillen; nicht unbedingt mehr Show als Bänkellieder, die jeder kennt, und ein paar verängstigte Hüftbewegungen; nicht unbedingt mehr Schamlosigkeit als die ungeschliffene Erregung, die der Frequentierung von Sexarbeitern entstammt, nicht unbedingt mehr menschliche Wärme als die Verbrüderung für einsfünfzig, jenseits aller Cocktails mit phantastischen Namen.
Ich mache den Anschein, als wäre ich ein Nestbeschmutzer, aber nein, ich liebe dieses Leben. Umso mehr, als ich auf der richtigen Seite stehe: eine Bar trennt mich von jenen, die die Schamlosigkeit suchen, den Glamour und die menschliche Wärme, und wenn ich nicht hinter der Bar bin, dann stehe ich auf der Bühne oder bin auf der Tanzfläche, Marie-Line zu allen Gelegenheiten, in welchem Aufzug auch immer – in Zivil halte ich mich an Skinny Jeans,

Stiefel, Hemden und eng anliegende T-Shirts, meine Phantasie jedoch entfesselt sich, wenn es um die Show geht, wo ich Pulloverkleider aus Lurex mit folkloristischen Röcken und Blusen wechsle, Smokings à la Marlene, Mieder, die mich schnüren, und hautenge Kleider, die sich mir bis zur Perfektion anschmiegen – ein Hauch von Nichts kleidet mich.

Ich bin nie an den Plattentellern, aber ich habe ein Wörtchen mitzureden beim musikalischen Programm unseres Clubs, und das ist wichtig, denn wenn man sich auf Arcadys Musikgeschmack verließe, es liefe nur, was läuft, funktionierende Standards oder brandneue Schlager. Ich habe ihn unter Verdacht, dass er Musik gegenüber völlig gleichgültig ist, was er nur umso weniger zugeben kann, als er sein Leben damit verdient, die Leute zum Tanzen zu bringen und vor ihren Augen lyrische Künstler aufmarschieren zu lassen – denn genau das ist mein Status und auch derjenige meiner beiden Mitstreiter, Ashley und Mme Arthur.

Bei uns niemals Playback, nur wahre Spottlust, wahrer Scat oder wahres Tremolo, je nach Gegebenheit, Temperament und Gefühlslage eines jeden. Ashley und Mme Arthur bieten keine schlechte Burleske, das lebensnahe Repertoire nach tuntiger Art überarbeitet mit schlüpfrigen Wortspielen, Refrains, die von den Gästen auswendig mitgeraunt werden, und Mme Arthur, die zwischen die Reihen schreitet, um sie zu begrapschen – nicht zu vergleichen mit meiner mir eigenen Spezialität, die Schwergewichte von Motown oder Stax: Michael, Marvin, Stevie, Otis, denen ich Prince und Curtis hinzufüge. Kein Varieté, wenn ich es verhindern kann, abgesehen von Julio mit seinen spanischen Spektakeln, die einen jeden einwickeln und die ich in meinem azurblauen Anzug interpretiere, Mikro nah an den Lippen, zitternde Lider und lispelnde Stimme, meine Gesten und Gesichtsausdrücke den seinen abgepaust, eine dem Scheitern gewidmete Nachahmung, da mir der Charme fehlt, der Sexappeal, der Duende und so manche andere ebenso wesentliche wie unbenennbare Eigenschaft.

Glücklicherweise sind wir hier die meiste Zeit unter Verlierern, als führte ein siebter Sinn all die Leergänger, Durchgefallenen, Stiefkinder der Liebe zu uns. Ich habe es umso weniger schwer, hier eine gute Figur abzugeben, als Arcady mich auf die beneidenswerte Position des Favoriten gehievt hat, der verwöhnten Jungschwuchtel, der man alles überlässt, die ihrerseits wiederum das Recht auf persönlich ausgewählten Sound hat, die die DJs aussucht, die das Personal einstellt und abmustert, die neue Cocktails ausheckt und benennt – Beau Jule, Queen Basia, Purple Rain etc. –, Privilegien, die ich nicht missbrauche aus Angst, dass man ihnen nur ja nicht den Betrug anmerke, dass man nur ja nicht den zitternden Makaken unter der phlegmatischen Haltung, die ich permanent ausstrahle, entdecke, ein Phlegma der Fassade, das mich ganz und gar nicht daran hindert, meine Brüder, die Verlierer, unter der Kundschaft zu erkennen; und ich rede nicht von denen, die eindeutig ihre Absichten bekannt geben bei dem, was als Verwegenheit durchgehen könnte, aber nur allzu oft schwindelerregender Mangel an Selbsterkenntnis und mangelnde Kenntnis des anderen ist. So sieht es mit Mireille aus, ein Fünfzigjähriger, der jeden Abend bei uns auftaucht in Mini-Shorts und Netzstrumpf, seine Bestellung aufgibt mit übertrieben hoher Stimme, die seiner Vorstellung einer Frauenstimme entsprechen dürfte, dann ununterbrochen tanzt, indem er mit seinen Armen wedelt. Mireille redet nur, um ihren Caipirinha zu verlangen oder um zu fragen, ob man sie fotografieren würde mit ihrer alten, silbernen Automatikkamera. Bis zu den digitalen ist sie noch nicht vorgedrungen, und ich habe sie unter Verdacht, keinen einzigen der kürzlich erst errungenen Fortschritte der Technologie zu kennen, sogar die späten Regierungswechsel der Achtzigerjahre nicht, denn gewisse Informationen können das Hirn der Mireilles nicht erreichen, geschweige denn diejenigen verjagen, die sich dort für immer eingekalkt haben und ihnen erlauben, in einer abseitigen Welt ihr Leben kümmerlich zu fristen. Mireille tanzt, von sich selbst entzückt, und bemerkt dabei nicht, dass ich sie gegen Blicke und Sarkasmen hartnäckig schütze und das Gleiche mit allen Mireilles mache – Samantha zum Beispiel, die Antoine heißt und sich als Schülerin mit leichtem Hippieeinschlag verkleidet: schwarze Leggings, weite, weiße Bluse, bunte Halskette, Silberringe an Nase und Ohren, lange, kastanienbraune Ponyfransen, die sie bauschig abstehen lässt. Im Gegensatz zur wahren Mireille ist Samantha zu schüchtern, um zu tanzen. Für gewöhnlich begnügt sie sich damit, an den Rand der Tanzfläche zu watscheln, festgekrallt an ihren Drink und ihre Handtasche.

Zu der Zahl der zu schützenden Kreaturen zähle ich auch Dalil, der seinem Namen nichts als ein »a« hinzuzufügen braucht, um zur Königin der Nacht zu werden, bei der gegebenen Vorstellung einer geilen Nacht, wie sie ihr vor Augen schwebt, auch genau das, was sie sich nicht entgehen lässt: eine kleine persönliche Legislaturperiode, die sie genutzt haben wird, um alle Welt in den Bann zu ziehen mit ihren tyrannischen Launen und den gerechten Tribut an Lobhudelei zu erhalten. Zu all ihrem Unglück sind es aber nicht die Diven, an denen es im Arcadia mangelt, was zur Folge hat, dass sie sich meist damit begnügen muss, ihren Ärger hinunterzuschlucken über ihrer Champagnerschale, die ich ihr zeitgleich mit meinem achtsamen Ohr für ihre Misserfolge oder was immer sie auch als solche erlebt anbiete – denn für sie ist alles ein Quell an Enttäuschungen, alles Geschehen ist für sie dazu da, ein zierlich und tragisch geformtes Gesicht zu verzerren, ein großartiges und unleugbar feminines Gesicht, das jedoch von einem kraftvollen Hals und einem außerordentlich hervorspringenden Adamsapfel konterkariert wird, den sie so gut es geht mithilfe eines mit Zecchinen bedruckten Halstuches kaschiert.

Dalila ist ein Tanzprofi und wirft sich aufs Parkett, sobald sie eine auch nur annähernd orientalisch klingende Musik vernimmt. Wenn alles gut läuft, bildet man einen Kreis um sie herum und sieht ihr zu, wie sie sich fächergleich entfaltet, völlig versunken in den Wellenschlägen der Hüften, den Manieriertheiten des Handgelenks und den provokanten Wirbeln ihres Zecchinenhalstuches. Dalila setzt sich in Szene, jubiliert, saugt Blicke auf, aber es kann vorkommen, dass ein hübsches, ahnungsloses Mädchen seinerseits unter den bewundernden Beifallsbekundungen des eben noch von Dalila eroberten Publikums mit einem Bauchtanz loslegt. Leider ist Dalila unfähig, eine auch nur annähernd ernst zu nehmende Konkurrenz zu akzeptieren: sie rafft den ganzen Plunder ihrer orientalischen Verführung zusammen und kommt zum Wettern zurück an die Bar, stundenlang wird sie nun die Augen verdrehen und Anschuldigungen auszischen.

Arcady, der sie gefickt hat, behauptet, sie sei eine frigide Schlampe, die er aber todgeil fände, da sie überwältigend schön wäre und beim Ficken weine. Ich vermute übrigens, dass sie in Arcady verknallt ist, aber ich bin ihr deswegen nicht böse und beschütze sie dennoch. Mein Schutz wäre gar nicht notwendig, könnten wir für immer unter uns bleiben, unter großartigen Verlierern und hochherzigen Gewinnern; aber das Arcadia ist nun mal leider eine Institution, die permanent von Scharen junger Besserwisser aufgesucht wird, die der Überzeugung sind, sie seien die einzigen Träger des wahren Pariser Chic und sich von daher mitleidslos grausam gebaren gegenüber dem Aufgetranse und pathetischen Tralala meiner Ms, den Fluchbeladenen.

Arcady hat nichtsdestotrotz unser Markenzeichen daraus gemacht, er selbst verkleidet sich sogar als Frau, nur gelegentlich zwar und auch nur, um denen auch was für ihr Geld zu bieten, die da zu uns kommen, um ein wenig vom Schauder des Gesindels zu spüren. Er begnügt sich damit, eine Art Tunika aus Silberlamé überzustreifen, und zwar stets dieselbe, eine, die sich eng an seinen Bierbauch schmiegt und viel zu viel freigibt von seinem Rücken, seinen haarigen Armen. Er macht sich nicht einmal die Mühe, High Heels anzuziehen, und durchquert in seinen schwarzen Weston den Saal im Sturmschritt, wunderbar männlich mit seinem Rauschebart und seinen Luchsaugen hinter Gläsern für Alterskurzsichtige, einfache Lupen, die er sich für fünf Euro auf dem Trödel geholt hat.

Jeden Abend kommt er einmal auf mich zu und fordert mich zum Tango, Walzer oder Rock'n'Roll auf, Tänze, die er mit Schwung und Methode, aber ohne besondere Grazie beherrscht. Er ist im Übrigen ein Kavalier erster Klasse und ein effektiver Lehrmeister und hat mir im Laufe der Zeit fast alle Gesellschaftstänze beigebracht. Es wird niemanden verwundern, dass der Schüler den Meister übertroffen hat: Arcady kann dem Tanz nichts anderes abgewinnen als die Tatsache, eine professionelle Verpflichtung unter vielen zu sein, während für mich Tanzen die einzige Aktivität darstellt, bei der ich leidenschaftlich bin – und mein Status im Arcadia erlaubt es mir glücklicherweise, seine formellen Codes nicht beachten zu müssen, jene, zu denen sich selbst die hemmungslosesten unserer Gäste zwingen, selbst die extrovertiertesten unserer Tunten, selbst die Mireilles, die vom Planeten Mars hier gestrandet sind und keine Ahnung haben, wie das Leben auf Erden abläuft.

Ich tanze wie sonst niemand, ohne jeden Anstand, ohne jede ästhetische oder räumliche Rücksichtnahme. Ich tanze auf die Gefahr hin, Angst zu machen, und nicht selten ist dies der Fall: ich baue Leere um mich herum, die in Erstaunen versetzten Gäste weichen hinter die falschen Goldsäulen zurück, die den Dancefloor einrahmen, oder sie fliehen an die Bar, hinter der Arcady mich mit strengem Auge beobachtet, sich aber hütet einzugreifen. Er weiß, dass ich mein emotionales Gleichgewicht der Musik und dem Tanz verdanke. Ab einem bestimmten Zeitpunkt, wenn er der Meinung ist, dass die Leute ausreichend schockiert sind, wenn er mich tropfnass vorfindet, zitternd, ausgelaugt, dann gibt er Charbel, unserem DJ, einen Wink, ein etwas weniger rhythmisches Stück aufzulegen, sogar unverblümt einen Slow, zur großen Erleichterung der Schwachköpfe in Bluejeans und weißem T-Shirt, welchselbige ab jetzt vorsichtig den Dancefloor zurückerobern und sich auf ihm ebenso artige Zungenküsse reinschrauben werden, wie mein Tanz durchgedreht war. Manchmal ist genau dies der Augenblick, den er für unser gemeinsames, von unseren Stammgästen erwartetes und gefeiertes Tanzritual als geeignet empfindet, und seine Hand, nun, sie trocknet dabei zärtlich meine Stirn und meinen nassen Hals, streichelt mein noch von Ticks bewegtes Gesicht – denn Arcady kennt keine Angst, weder vor meinem Wahnsinn noch vor meiner Hässlichkeit.

Wenn die Stammgäste uns applaudieren, dann liegt das zweifelsohne daran, dass sie uns dankbar sind für diese Beziehung, die der Zeit spottet. Ich bin fünfundzwanzig, aber Arcady und ich bilden bereits ein altes Paar, alte Partner, flatterhaft, aber einander vollkommen loyal. Aus Gründen, die ich mir nicht erkläre, die mich aber unendlich traurig stimmen würden, ist es uns nie gelungen, die Zuneigung, Wertschätzung und Begierde, die uns vereinen, in ein intensiveres Gefühl umzuwandeln, das uns ausschließlich aneinandergebunden und uns Leiden und Enttäuschungen erspart hätte, die wir einzustecken haben auf der Suche nach der wahren Liebe. Hätte ich Arcady den Kopf verdrehen können und er mir, unser beider Existenzen wären wesentlich anders verlaufen und wesentlich glücklicher, aber dies ist eines der Grundcharakteristika der Existenz, dass Dasein unvollkommen ist. So verliert Arcady seine Zeit mit süßen Jungs, die weder ihm noch mir das Wasser reichen können, und so muss ich mich damit begnügen, verstohlene und häufig von verfickten Analdurchsuchungen begleitete Visiten einem Mann abzustatten, der, bestenfalls, tiefgründig verkennt, wer ich bin – dass ich in ihm zumindest keinen eingefleischten Ekel wachrufen möge, einen Ekel, dessen Anzeichen er zwar vollständig äußert, ich mich aber weigere, als definitiv anzusehen.

Manchmal während unserer allwöchentlichen Tête-à-Têtes versuche ich Armand etwas objektiver zu sehen und sage mir zum tausendsten Mal, dass ich mich in ihm irre, aber es genügt, dass er sich nur ein wenig aus seinem feindseligen Schweigen löst oder mir auch nur den Verdacht eines Interesses entgegenbringt, und schon schöpfe ich wieder Hoffnung und Vertrauen in unsere Geschichte. Die beste Methode, sein Interesse zu gewinnen, besteht darin, ihm vom Arcadia zu berichten, von den Gästen im Allgemeinen und meinen fluchbeladenen Ms im Besonderen. Er ist, wie alle anderen auch, im Großen und Ganzen transphob und dennoch fasziniert. Ich liefere ihm also deren Eskapaden. Notfalls erfinde ich welche, was jedoch selten vorkommt, denn die *male to female* besitzen den Chic, sich Scherereien einzufangen. Armand liebt Storys über Schlägereien und Raufereien, über Dalilas ägyptische Dramen, die Suizidversuche von Samantha, die immer irgendjemand blutleer und entseelt im Abort des Arcadia zu allen Wechseln der Jahreszeiten auffindet. Es ist merkwürdig für einen derart verkrampften Typen, aber nie binde ich ihn besser an meine Lippen, als wenn ich die anatomischen Enttäuschungen unserer *mtf* ins Spiel bringe. Unschlagbar wurde er, als es um die völlige Haarentfernung ging, die Hormontherapie oder die partielle Ablation des Adamsapfels. Letztere habe ich ihm gegenüber angesprochen, da Dalila darauf zurückgegriffen hat und mit einem von blutgetränkten Tüchern verbundenen Hals ins Arcadia geschneit kam – auf Dalila ist eben Verlass, sobald es um die Zurschaustellung von Schmerzenslust geht.

Am heutigen Sonntag brummt mir der Schädel und mir geht's beschissen genug, um mich nicht im Besucherraum an der Nase rumführen zu lassen, wo Armand sich doch außergewöhnlich redselig zeigt. Zu viel Alkohol, zu viel Heroin, und zwar gutes, eines, das praktisch jede andere Aktivität verbietet als seine eigene freie Zirkulation in den Adern, vom Herz zum Hirn und vom Hirn zum Herz, in immer fauleren Schleifen.

Ich tanze nicht, wenn ich auf Schorre bin, aber es kann vorkommen, dass ich mich mitten auf den Dancefloor begebe und dort eine gute Viertelstunde verharre, um mich zu überzeugen, dass ich mich mit der Musik bewege und mich mit der mir üblichen Wildheit befreie. Voller Sorge, dass diese beunruhigende Unbeweglichkeit nicht nur damit enden werde, die Gäste zu hemmen, bittet Arcady meist Ashley oder Mme Arthur, mich aus meiner Trance zu befreien. Mit ein wenig Glück stellen sich die Leute vor, dass dies eine unserer Nummern wäre, zumal ja Ashley und Mme Arthur bereits massenhaft neue, x-beliebige Nummern hinzuerfunden haben. Ausgerechnet gestern feierte Ashley den bürgerlichen Todestag jenes Mannes, der sie gewesen war, ein Fest, dessen Höhepunkte ich mich bemühe, einem in angeregte Stimmung versetzten Armand zu berichten, der mich mit müßigen Fragen bedrängt:

»Wie hieß sie vorher?«

»Raul.«

»Soll das 'n Vorname sein?«

»Anscheinend.«

Ich muss mich am Crémant vergriffen haben, den Arcady seinen Gästen serviert, als wäre es Champagner, was zur Folge hat, dass ich mich nicht wie gewöhnlich in Unkosten stürze, um Armand anzumachen. Schon was das Niveau meines Aufzugs betrifft, herrscht pure Laxheit vor: ich bin in Jeans unterwegs, einer von Barbara ausgeliehenen moirierten Bluse, kaum geschminkt und schlampig frisiert. Meine Gesichtsbehaarung allerdings wird mich nicht verraten, da die ebenso langen wie schmerzhaften Elektrolysesitzungen ihren Zweck erfüllt haben: mein Bart ist nichts anderes mehr als eine üble Erinnerung und meine Augenbrauen erwecken von jetzt an nur mehr den Eindruck zweier kaum aufgetragener Pinselstriche. Meine Mutter hat nichts bemerkt. Selbst wenn meiner Wachsamkeit etwas Schminke entkommen sollte, eine Paillette, ein Hauch an Rouge oder Wimperntusche, scheint sie nichts davon zu realisieren, begrüßt mich mit dem immer gleichen Lächeln, bereitet mir das immer gleiche kräftigende Frühstück, obwohl ich gegen die dem Heroin geschuldete Übelkeit anzukämpfen habe, verschwindet dann Schlag sieben, adrett, aufgedonnert, manchmal unter Anwendung des gleichen Lippenstiftes, dessen ich mich Stunden später auch bedienen werde, denn wenn auch unsere Hautfarben sich deutlich voneinander unterscheiden, so haben wir doch denselben Geschmack, und nichts wird mich je davon abhalten, mir nicht nur ihren Lipgloss und ihre Wimperntusche auszuleihen, sondern auch ihre Kaschmirpullover, ihre teuren Tücher, ihre kleinen paspelierten, durchbrochenen, schulterfreien Oberteile, und egal, dass ihre Rot- und Violetttöne meinem schokoladenbraunen Teint nicht schmeicheln, und ebenso egal, dass sie über meinem knöchernen Brustbein Falten werfen.

Ich muss klarstellen, dass ich unter Zuhilfenahme von Östrogensalben einen vielversprechenden Brustansatz erhalten habe, der natürlich in keiner Weise zu vergleichen ist mit den sahnigen, schweren, überwältigenden Brüsten meiner polnischen Prinzessin. Das zieht, Armand möchte, dass ich ihm von Ashleys Brüsten erzähle. Ich war so dumm gewesen, ihm eines Tages zu erzählen, dass sie sich aus der Haut ihrer Hodensäcke eine Vagina hat machen lassen, seitdem verlangt er nach den heikelsten Details.

»Hat sie Implantate? Sind sie groß?«

Ja, Ashley hat sich Implantate machen lassen. Wie alle *mtf*, aber auch wie alle billigen Vorortmuschis ohne Transeneinschlag, die ich kenne. In Wirklichkeit trägt alle Welt, abgesehen von mir, Silikoneinlagen, was Armand sich nicht zu schade ist, bitter zu kommentieren:

»Schau doch, wie flach du bist! Das ist ja krank! Wenn du willst, dass was läuft zwischen uns, lässt du dir besser auch welche machen.«

Zu guter Letzt hat er kapiert, dass ich ebenfalls eine *mtf* bin, aber zu diesem Zeitpunkt hatte ich ihn bereits gründlich genug seiner Unschuld beraubt in Sachen Transen und Transvestiten, sodass die Botschaft wie geölt ihren Weg nehmen konnte. Er wäre sogar ein Typ, der das Einsetzen von Brustimplantaten unter dem Gesichtspunkt einer ersten Etappe hin zur kompletten chirurgischen Instandsetzung betrachten würde.

»Ich versteh gar nicht, worauf du wartest. Du willst 'ne Frau sein? Na, dann los: lass dir den Pimmel abschneiden.«
Klar, alles besser als eine empörte Ablehnung meiner abgründigen Realität, und ich sollte mich glücklich schätzen, dass er das Thema meiner sexuellen Neuzuweisung so sang- und klanglos anspricht, aber ich finde, dass er ein wenig zu selbstgefällig darüber spricht.
»Hast du keinen Bock auf 'ne Möse?«
Wie soll ich ihm denn sagen, dass ich bereits eine solche besitze oder alles so ist als ob? Wie soll ich ihm denn sagen, dass beim Sexualakt, selbst wenn mein Partner mich hemmungslos nimmt und in welchem Maße mein eigener Schwanz auch geschwollen sein mag, der Augenblick doch kommt, an dem ich fühle, wie er sich einzieht, gleich dem Finger eines Handschuhs sich nach innen stülpt und zwischen meinen Schenkeln nur meine Mündung erblühen lässt, feucht und aufregend wie eine Vulva und dabei wahrer als je von Natur.
Ganz behutsam habe ich mich in Bezug auf diese Erfahrung meinen *mtf* anvertraut, um nicht auch noch bei ihnen auf leicht neidisches Unverständnis zu stoßen. Mme Arthur, Dalila, Ashley, die sich doch in unterschiedlichen Stadien ihres jeweiligen Übergangs befinden und verschiedene Erfolge ihrer Feminisierungsversuche erlebt haben, sie alle sind sofort bereit, sich lauthals über den Horror zu äußern, den ihnen ihr eigener Penis immer eingeflößt hat. Zwei von ihnen sind sogar bis zur Selbstkastrierung gegangen, mit in beiden Fällen katastrophalen Folgen. Für Mme Arthur und Ashley, die den Entschluss bereits hinter sich haben, war die Vaginoplastie eine Erleichterung, trotz einer Serie an grauenvollen Operationen – und da man sich auf die *mtf* verlassen kann, wenn es darum geht, dass ihrer Zuhörerschaft kein Detail erspart wird, kenne ich die permanent wiederkehrenden Fisteln von Mme Arthur und die Geschwülste, die verhinderten, dass Ashleys Vagina zu penetrieren war. In Hinsicht auf das Theater, das uns die Ablation ihres Adamsapfels eingebracht hat, fürchte ich den

Tag, an welchem Dalila sich ihrerseits operieren lassen wird, denn nicht eine Sekunde zweifle ich daran, dass ihr sämtliche Komplikationen blühen werden, die man sich nur vorstellen kann, ganz zu schweigen von allen anderen.

In Wirklichkeit bin ich recht zufrieden mit dem Zwischenstadium, das ich erreicht habe, recht zufrieden mit meinen glatten Wangen, meinen luftigen Augenbrauen, meinen 75 A, meinem einziehbaren Schwanz und meinen Eiern, die im Nu mit meinem Damm verschmelzen können. Die Tochter aus schlechtem Hause, die in meinen Abgründen haust, steigt nur hervor, wenn ich sie rufe, und zieht sich bei beim kleinsten Anzeichen von Gefahr wieder in sie zurück. *I like it like that.* Anders ausgedrückt, ich will Barbara sein oder nichts, und da ich meilenweit entfernt bin vom dergestalt bestimmten weiblichen Ideal, erscheint mir das Nichts, das meine Seinsbedingung ausmacht, unendlich annehmbarer.

Vielleicht bin ich keine *mtf* in Reinform, alles in allem. Was soll's. Ich bin gern, was man gern hätt'. Und wenn Armand Lust auf das hat, was er eine wahre Frau nennt, dann werd ich es ihm liefern. Brustimplantate, so was lässt sich allemal machen und so was lässt sich allemal auch wieder wegmachen; und was meinen Schwanz betrifft, den kann ich gern ein wenig unauffälliger werden lassen: da gibt es unzählige Techniken, Slips mit einstellbaren Schlitzen in Form von Latexhöschen mit integrierter Vagina bis hin zu Miedern mit Spezialtaschen. Aufgrund der Strafmilderung wird Armand sich bald schon in Freiheit unter Auflage befinden, und ich werde mich bemühen, seine erste Zusammenkunft mit meiner Anatomie so angenehm wie möglich für ihn zu gestalten. Cindys Freund durfte dieses Glück nicht genießen, er hat noch mehr als zwei Jahre abzusitzen.

Nur, ebenso sehr wie Armand den Vollzug erstaunlich gut erträgt, so sehr fängt Victor an abzudrehen: eine gemeine gelbliche Fettschicht hat sich über seine Züge, denen es bereits an Spannkraft mangelt, gelegt, eine Art entzündlicher Haarausfall lässt unregelmäßig seinen Schädel durchschimmern, aber vor allem ist es sein Blick, der sich verändert hat, dieser bewundernde und inständige Blick, den er immer ausstrahlte, sobald er Cindy kommen sah und mit ihr das Leben draußen, ein Leben, das ohne ihn weiterlief, das er aber bald wieder aufnehmen wollte, dieser Blick war dann eines Tages weg zugunsten eines eintönigen Augenaufschlags bei ihrer Ankunft, eines vagen, mutlosen Lächelns, und danach war dann gar nichts mehr.

Nach jedem Besuch heult Cindy und krallt sich an mir fest. Ihrer Meinung nach könnte nur noch Stoff Victor helfen, das auszuhalten, und Stoff ist es nicht, woran es im Knast mangelt, aber da er keine Kohle hat, ist er darauf beschränkt, seine Mithäftlinge sich den Zinken vollschlagen zu sehen. Als Cindys Zwischenhändler habe ich ihr sehr dazu geraten, ihren hübschen Blondinenheterohintern zu verkaufen, aber es war wohl so, als habe ihr Hintern bereits nicht gerade wenige unschöne Handhabungen erdulden müssen, ohne dass sein Besitzer daraus auch nur den geringsten substanziellen Vorteil gezogen hätte. Einige wissen nicht, wie Gebote hochzutreiben sind, und werden es auch niemals lernen.

Da ich eine gute Freundin bin, habe ich Cindy vorgeschlagen, sie aufzunehmen und ihr einen Job zu suchen, was ihr ermöglichen könnte, Victor zu helfen, dieses schwierige Kap zu umschiffen. Sie wäre vor Ort, anstatt Stunden im Zug, in der Metro, im Bus zu vergeuden, und zudem hätte sie ein wenig Geld, um es diesem armen Victor zukommen zu lassen.

Es geht nicht darum, mich zu loben, aber Armand hält das Ganze eben besser aus. Ich habe ihn sogar gebeten, Victor ein wenig unter seinen Schutz zu stellen, was mir nur ein verächtliches Heben der Augenbrauen eingebracht hat. Meine Theorie lautet, dass man umso besser dem Knast standhält, je lebloser man innen ist, je freier von Skrupel und seelischen Vorgängen; dass man umso widerstandsfähiger ist, je mehr man nur aus einem Stück geschlagen, ungeschliffen und grob behauen ist wie Armand. Man kann denken, was man will von seiner Egozentrik und seinen bärbeißigen Manieren, Tatsache ist, bei ihm wirkt es anmutig. Ich würde sogar sagen, dass ich mit jedem Besuch finde, dass er an Kampfeslust gewonnen habe, während Victor dahinsiecht wie eine Gewächshausblume, die brutal ins Freie gepflanzt wurde – wenn es sich hier nicht sogar umgekehrt verhält, bei Metaphern weiß man das ja nie.

Cindy kreuzt also eines Sonntagabends bei uns auf, schöner denn je, mit ihrer eben erst abgekühlten schwarzen Haarkrone und der Grabesschminke, der es nicht gelingen will, den bunt schillernden Glanz ihrer vollen Wangen zu verringern: Cindy kann sich noch so sehr ins Zeug legen, um giftig zu erscheinen, man muss nicht besonders lange kratzen, bis ihre barbiepuppenhafte Frische zum Vorschein kommt, diese leicht pastorale Anmut, die sie so gern vergessen machen möchte – bis hin zu der Einforderung, dass man sie Sin nennen möge und nicht Cindy, Vorname, den sie verabscheut und der unweigerlich an blonde Zöpfe, kristallklare Iriden und flaumige Grübchen denken lässt, Qualitäten, die sie im Übrigen bis vor kurzem noch besaß.

Wenn Armand seinerseits auftauchen wird, wird mein Vater vielleicht auf See sein, was nur umso besser wäre, kann ich doch in seinem Fall nicht auf die modrige Verzauberung der Biebrza zählen, wollte ich im rechten Augenblick bei ihm Eindruck schinden: allein meine Mutter lebt unter dem Zauber, der sie einen unwiderstehlichen heterosexuellen Don Juan erblicken lässt, wo doch nur ein dürrer Makake zugegen ist, der sich mehr schlecht als recht damit abmüht, seine Büchse der Pandora geschlossen zu halten, die bis zum Bersten angefüllt ist mit Geheimnissen, die alle mehr oder weniger seine sexuelle Identität betreffen – bis zum heutigen Tage bleibe ich der festen Überzeugung, dass der Erfolg unserer familiären Einbildung auf meiner Männlichkeit beruht, und ich bemühe mich, überzeugende Anzeichen davon zu liefern, damit Armands Aufenthalt bei uns bloß nicht kompromittierend werde.

Obgleich sie nur Marie-Line kennt, die Marie-Line der Sonntage, die unnatürliche, geschminkte, die für ihren Mann parfümierte, möchte Cindy liebend gern das Spiel spielen und die Existenz eines Daniels für den Hausgebrauch glaubwürdig erscheinen lassen. Errötend schließt sie mich in ihre Arme und küsst mich vor meinen entzückten Eltern, in deren Augen sie im Handumdrehen als die ideale Schwiegertochter durchgeht. Ihre provinzielle Höflichkeit und mädchenhafte Schüchternheit, Beigaben ihrer spektakulären Schönheit, die ich, für den Fall, sie hätten sie doch noch nicht bemerkt, zu jeder Gelegenheit mich nicht scheue anzupreisen, und siehe da, so sieht er aus, der, der den Sieg davonträgt. Arcady, dem ich sie eines Abends vorstelle, zeigt sich ebenfalls rundum begeistert und noch dazu bereit, sie als Serviererin und Topless-Tänzerin einzustellen. Diese Methode, kürzlich erst im Arcadia erprobt, erweist sich als einigermaßen erfolgreich und beschert uns eine zwar sicherlich schwierige, aber in Zeiten der Krise höchstwillkommene Kundschaft. Dazu aufgefordert, sich auszuziehen, fügt sich Cindy der Bitte, wird mehr denn je blutrot, was ihr engelhaftes Ensemble aus slawischen Wangenknochen und italienischen Engelsbäckchen, der Perfektion ihrer gradlinigen Nase, dem schwachen Schimmer ihrer Augen und ihrem erstaunlichen Mund einer fiebrigen Schlampe nur noch steigert, erstaunlich für den, der Cindy kennt, ihre unerschütterliche Treue gegenüber ihrem Victor und ihre Unkenntnis in allen Belangen des Sexuellen – hat doch Heroin dafür gesorgt, dass jegliche auch nur leicht befriedigende sexuelle Aktivität bei ihr in noch größere Ferne gerückt ist. Von Cindys Nacktheit ist Arcady ebenso ergriffen wie ich, denn selbst wenn ich die wollüstigen Formen unter ihren schlabberigen Klamotten erraten hätte, wäre ich doch weit davon entfernt gewesen, mich auf eine solche Pracht einzustellen. Cindys Brüste, wenn sie auch den monumentalen Glanz derjenigen meiner Mutter nicht erreichen, sind nichts weniger als pure Wunder. Vollkommen weiß und sahnig, zeichnen sie sich durch erdbeerfarbene Brustwarzen und vor allem eine unverschämte Haltung aus, was bereits an Provokation grenzt. Ein zu Arcady geworfener Blick erlaubt mir festzustellen, dass er seinerseits ebenso wenig unempfänglich ist für diese stolz in unsere Richtung geschleuderten 90 C, ganz zu schweigen davon, dass der Rest sich ihnen fügt und Cindys Körper sich mit größter Zerbrechlichkeit und höchstwillkommenen Rundungen vor uns entfaltet. Die Idee eines flotten Dreiers keimt sofort in mir auf, aber für Arcady handelt es sich offensichtlich nur um ein Einstellungsgespräch und in aller Eile legt er Musik auf:

»Kannst du dazu tanzen? Damit wir sehen können, was du drauf hast?«

Cindys schönes Gesicht bricht in Stücke.

»Ich kann nicht tanzen.«

Arcady hebt skeptisch eine Augenbraue:

»Tanzen kann jeder. Versuch's.«

Um ihr beizustehen, werfe ich mich umgehend ins Zeug. Cindy ahmt mich linkisch nach, wiegt sich unter aller Missachtung jeglicher rhythmischen Erwägung in den Hüften. Arcady seufzt, ist überrascht, bei einem so großartigen Mädchen eine so unerklärliche Ungeschicklichkeit zu erleben – aber im Grunde genommen sollte es ihn gar nicht so sehr verwundern: in Sachen Tanz, da lebt der Großteil der Leute im Pleistozän; ihre Trommelfelle sind so unglücklich von den Enden ihrer Nervenfasern getrennt, dass ihnen jegliche synchrone Bewegung und körperliche Koordination untersagt ist.

Während Cindy sich gekränkt wieder anzieht, beobachte ich, dass sie, trotz des Spitznamens, an den sie sich unerbittlich klammert, und trotz der gotischen Krone und der Piercings, die ihre Ohrknorpel, Augenbrauen und ihre zarte Unterlippe schmerzhaft mit Nägeln verzieren, makellose Unterwäsche trägt und einen Seifenduft ausströmt, der das kleine, harmlose und um seine persönliche Hygiene besorgte Mädchen verrät. Sin, so siehst du mir aus! Niemand ist von aller sündhaften Absicht, ja sogar leicht verruchten

Geisteshaltung weiter entfernt als diese arme Cindy. Ihre einzige Abweichung ist das Heroin, und ich bin gut genug aufgestellt, um zu wissen, dass Heroin sich wunderbar mit den aller Phantasie baren und herdenartigsten Existenzformen verträgt.
Ich kenne haufenweise Gäste des Arcadia, die sich am Wochenende einen Schuss setzen und am Montag ins Büro gehen, solange sie keine Profs sind oder Allgemeinmediziner. Ich denke inzwischen, dass Heroin sie von allem Risikobewusstsein entbindet und ihnen als Alibi dient, um anderweitig ein ebenso kälteempfindliches wie engstirniges Leben zu führen. Bei Cindy liegt die Sache noch mal anders, aber über die Natur dieser Sache wage ich nicht zu spekulieren. Während wir warten, bringt Arcady ihr schonend bei, dass sie nicht dafür geeignet ist, unter unserer kleinen Gruppe topless auftretender Tänzerinnen zu figurieren. Da dies für sie eher eine Erleichterung darstellt als eine Enttäuschung, stoßen wir miteinander an, diesmal mit echtem Champagner, Arcady ist nur bei seinen Gästen eine Krämerseele, niemals aber bei seinen Freunden, denen gegenüber er der großzügigste und aufmerksamste Gastgeber überhaupt ist.
»Ich werde dich in der Garderobe unterbringen, Cindy. Für zwei Euro pro Tasche oder Jacke wirst du ein Maximum an Kohle scheffeln. Und weil du auch noch niedlich bist und ein wenig wie eine Lesbe wirkst, könntest du sogar Gefahr laufen, Trinkgeld abzugreifen.«
Cindy weiß nicht so recht, wie sie dieses Kompliment verstehen soll, aber mit der Garderobe, einem Posten, der sie vor einer zu schwierigen Show bewahrt, na, da haben wir, was ihr perfekt zupasskommt. Es ist Freitagabend. Ich entscheide mich, Cindy ganz und gar in Begeisterung zu versetzen. Es ist übrigens das erste Mal, dass ich, abgesehen von Arcady, jemanden im Publikum habe, der sowohl Daniel als auch Marie-Line kennt. Bis zu diesem Abend hat sich der furchtbare Zufall nicht ereignet: kein Schulkamerad, kein Freund meiner Eltern ist je im Arcadia aufgetaucht.

Und wenn, er hätte vielleicht den dunklen Jungen im Gewand und Schmuck des Bühnenbiestes nicht erkannt. Selbst wenn ich die Kasse mache oder den Service schmeiße bin ich Marie-Line und, anders als Arcady, begnüge ich mich nicht damit, ein Kleid und eine Perücke überzustreifen – aber wenn Arcady in seinen persönlichen Abgründen eine Tochter aus schlechtem Hause verborgen hielte, es hätte sich bereits herumgesprochen.
Ich ziehe ein rosafarbenes Lederjackett über und stimme *Dirty Diana* an, während Ashley mit wiegenden Schritten die Bühne abschreitet wie ein Topmodel unter Kokain oder eine Britney Spears der großen Tage. Ihre vernähte Vagina hindert sie nicht daran, unsere bestgetroffene *mtf* zu sein, vielleicht weil sie, bevor sie zu einer Frau wurde, ein rundlicher, klein gewachsener Mann gewesen ist, was eine hervorragende Ausgangsposition darstellt für eine harmonische Feminisierung – die leicht beleibten Körper mit kaum sichtbarer Muskulatur haben es weniger schwer als andere, die anatomischen Merkmale bei ihrer Neuzuweisung zu verhandeln und auf die Silhouette eines weiblichen Androiden zuzusteuern. An Ashleys Seite, ihren goldenen Locken und runden Schultern, wirkt selbst Dalila männlich, trotz der smaragdgrünen oder fuchsienroten Turbane, die die zarte und schüchterne Perfektion ihrer Züge unterstreichen.
Nach *Dirty Diana* lass ich das Jackett über die Schultern gleiten und fahre fort mit *In the Closet*, eine wie sich herausstellt unglückliche Wahl, da Ashley ein Fan von Naomi Campbell ist. Nachdem sie eine flachsige, schwarze Langhaarperücke übergestreift hat, beginnt sie mit einer Choreografie, die dem Clip entnommen ist, den Michael und Naomi in Mexiko gedreht haben, überzogen hochmütige, wechselnde Positionen, Kinoschnuten und Zurschaustellung von Schenkeln, die voller Orangenhaut sind und breitflächig dem Blick freigegeben werden von ihrem geschlitzten Rock. Sie berührt mich peinlich. Für *In the Closet*, und ganz im Gegensatz zur Abgeschlossenheit, die der Titel

erwarten lässt, benötige ich Raum – und außerdem ähnelt niemand weniger Naomi als eine Ashley mit fiebrigen Wangen, schräger Perücke, hin und her geschüttelter Brust und ebenso entfesselt wie ein auf einer Geburtstagsparty vergessenes Kind. Wegen ihr werde ich an diesem Abend nicht das volle Maß meiner Künste präsentieren, was aber Cindy nicht daran hindert, mich offenen Mundes mit einer Bewunderung anzustarren, die mir mitten ins Herz geht.

In der Abstellkammer, die uns als Kabine dient, hilft sie mir, mich abzuschminken, und jagt mit mir nach allen kompromittierenden Spuren von Haarlack, Make-up oder Pailletten. Wir setzen uns sogar einen kleinen Schuss, bevor wir gehen: es ist an der Zeit, dass sie eine Idee davon erhält, was wahres Heroin ist, nach all diesen Jahren beschissener Schorre – eine Viertelstunde Euphorie für sechs Stunden ekelerregender Fassungslosigkeit, und dennoch greift man drauf zurück, da Fassungslosigkeit immer noch besser ist als nichts und der Ekel, nun, einen eben beschäftigt. Ich bereite die richtige Dosis vor, drei Millimeter siedend heiß und von bernsteinfarbenem Licht, die ich ihr direkt in die Vene fließen lasse. Ihr Kiefer klinkt sich aus, ihre Wangen beginnen zu glühen, ihr Kopf knickt leicht nach hinten, aber sobald der Flash inkorporiert ist, äußert sie ein entzücktes Gesäusel an Zustimmungen und Seufzern des Bedauerns über ihren armen Victor, der nicht einmal ein kleines Stückchen Dope hat, um es in seine Kippen zu bröseln, was im Übrigen nur gerecht ist, wenn Cindy es hinkriegt, ihm die Kippen zu bezahlen, ganz abgesehen von diesem außergewöhnlichen Stoff.

Wir fahren mit der ersten Metro zu meinen Eltern zurück. Als Pärchen ziehen wir Blicke auf uns, für die Cindy allein genügen würde, um sie auf einen Punkt zu vereinen, die sich aber deutlich von jenen unterscheiden, die normalerweise auf mir ruhen, ohne sich die Mühe zu geben, den Argwohn oder gar die Furcht zu verschleiern, die sie einflößen. Cindy, die vom Heroin beinahe redselig und

mitteilsam geworden ist, legt ihren Kopf auf meine Schultern und fragt mich schüchtern:
»Wie schaffst du es, dass deine Eltern nichts bemerken?«
»Ich gehe vorsichtig vor, wie du gesehen hast. Zu Hause, da bin ich ein Junge. Mag sein, dass mein Vater so seine Zweifel hat, aber er würde nichts sagen. Ich bin ihm ja auch scheißegal, letztendlich.«
»Und deine Mutter? Mütter sind ja meist nicht so einfach zu täuschen.«
»Für meine Mutter bin ich der schönste, der stärkste, der intelligenteste und beste aller Söhne. Das mag schwer zu glauben sein, aber das war schon immer so.«
Ich werde jetzt ganz bestimmt nicht mit Cindy zusammen in die rührenden Betrachtungen über die modrigen Verzauberungen der Biebrza zurückfallen.
»Ein wenig ähnelst du deiner Mutter: die Augen ...«
»Ich wurde adoptiert, Sin: dürfte ziemlich schwierig sein, dass ich ihr ähnle.«
»Oh Scheiße, tut mir leid!«
Ich lege meine Hand auf ihren zitternden und vor unangemessenen Entschuldigungsformeln dröhnenden Mund: wenn ihr wirklich etwas leid tun will, dann mögen es bitte all die kleinen Jungen sein, die nicht adoptiert wurden und die bei ihren biologischen Müttern geblieben sind – was in meinem Fall blindwütigen Wahnsinn und auf kurze Sicht den Tod bedeutet hätte, wo meine Mutter doch nichts anderes ist als eine K.
Diese Überzeugung stellte sich bei mir auf furchtbare und felsenfeste Weise ein, als ich sie zum ersten Male, eine nach der anderen, in die 619 habe steigen sehen mit ihren dreifarbigen Strähnen, ihren scheußlichen Piercings, ihrer grausam misshandelten Haut, ihrer siechenden Magerkeit oder schwabbelnden Fettmasse, und meine Überzeugung hatte sich noch bestätigt, als ich sie untereinander habe reden hören, wie sie die lange Folge dreckiger und ärmlicher Fehler stockend vortrugen, welche sie dazu gebracht haben,

Sonntag für Sonntag diesen Bus zu besteigen, und dies nur, um Typen aufzusuchen, deren schmale Augen und Schädel vielsagend verkünden, dass nichts zu erwarten, aber alles zu befürchten sei von meinem biologischen Vater – denn wenn ich tatsächlich der Sohn einer K bin, wie dann vorstellen können, dass mein Vater etwas anderes sein möge als ein von der Justiz Vorbestrafter mit erschreckenden Gesichtszügen?
Ich weiß, ich fühle, dass es dieses Elend ist, aus dem ich hervorgegangen bin, und nicht etwa aus der ebenso romantischen wie tragischen Schicksalswende, die eine normale junge Frau dazu gebracht hätte, heimlich zu entbinden und daraufhin ihren Nachkömmling im Stich zu lassen. Wie anders hätte ich denn dieses unmittelbare Verständnis des Universums der Ks haben sollen, ich, den eine im Einfamilienhaus der Vororte bei seit dreißig Jahren zärtlich miteinander verheirateten Eltern verbrachte Kindheit und Jugend theoretisch von der vierten Welt hätte scheiden müssen? Und warum verkrampft es mir denn beim Anblick von Armands Mithäftlingen, ihren Tätowierungen und bitteren Mündern den Magen mit einem im eigentlichen Sinne kindlichen Gefühl und Mitleid?
Cindy, der gegenüber ich mich mit meinen unverifizierbaren Hirngespinsten öffne, protestiert der Form nach, ist aber, ich fühle es, angeschlagen. Sie kommt dennoch zurück auf ihre Frage – weniger in Bezug auf meine Fähigkeit, meinen Adoptiveltern Illusionen vorgaukeln zu können, als auf mein Einverständnis, ein auf der Lüge aufgebautes Familienleben zu führen. Anstatt zu antworten, kremple ich ihren Ärmel hoch und lege den Aderlass ihrer Armbeuge frei, das zarte Geflecht der Blutbahnen, neben denen die Spuren der Abszesse und alter Injektionen liegen, ohne das Loch zu zählen, das ich ihr eben erst bereitet habe, ein vollkommener Einstichstrahlenkranz, von perfektem Rot, Zeichen davon, dass ein Teil des Produktes subkutan seinen Weg genommen hat. Während wir diese kleine, verheerte Landschaft betrachten, von der

ich annehme, dass sie sie sorgsam vor ihrer Familie verbirgt, greife ich mit leicht rachsüchtiger Bissigkeit an:
»Und du, sagst du deinen Eltern alles? Wissen sie, dass ihre Tochter eine Drogenabhängige ist?«
Geheimnis gegen Geheimnis, es scheint mir, dass das ihre das meinige wohl aufwiegt, aber sie befreit ihr zerbrechliches Handgelenk aus dem Schraubstock meiner Schenkel und zieht würdevoll an ihrem Pullover, um den unbestreitbaren Beweis ihrer eigenen Doppelzüngigkeit meinem Blick zu entziehen.
»Heroin, ich höre damit auf, wann ich will. Ich bin mir nicht sicher, ob du das Gleiche von Marie-Line und dem ganzen Tralala behaupten kannst.«
Wie ihr klarmachen, dass ich so sehr nicht lüge? Dass mich im Wesentlichen meine Mutter kennt und ich mich so unecht nicht fühle als Mustersohn, wenn ich mich dem hingebe, was meine Eltern von einem Jungen erwarten, ein wenig Fußball, ein wenig Fitness und Werkeln, dann und wann ein paar Fernsehabende, an denen ich mich ausreichend maulfaul und raubeinig zeige, Sonntage, an denen ich eine Jogginghose überstreife, anstatt im blumigen Morgenmantel oder Hauskleidchen durch die Gegend zu geistern? Und wenn da auch tatsächlich eine monströse Lüge im Raum stünde, an wem denn läge es, ihre Last zu ertragen? Wer trachtet denn vergeblich nach einem Moment Wahrhaftigkeit, während seine Eltern glückliche Stunden verbringen im Schutz vor den radioaktiven Niederschlägen der unmöglichen Enthüllung? Das, was sie nicht wissen, existiert für sie nicht. Und da ich mehr schlecht als recht versuche, Cindy zu erklären, warum ich nicht der letzte aller Schurken bin, fährt sie damit fort, sich mit ihren Rechtfertigungen zu verteidigen:
»Meine Eltern, Daniel, sind alt. Sie haben mich spät bekommen. Sie kennen rein gar nichts, und selbst dieses Nichts ist ihnen schon zu viel. Und da redest du noch von Heroin!«

Wir kommen von der Unterhaltung etwas niedergeschlagen bei mir zu Hause an. Ich habe nur eines im Sinn: mich ins Bett zu legen und schnell einzuschlafen, um zu vergessen, dass meine polnische Prinzessin niemals wissen wird, dass auch ich eine Prinzessin bin; um zu vergessen, dass ich niemals diese Gespräche, wie sie zwischen Müttern und Töchtern üblich sind, mit ihr führen werde, diese zärtliche Nähe zu ihr nicht haben werde, diese unmittelbare organische Zusammengehörigkeit, die aus ihr meine amtierende Vertrauensperson gemacht hätte und aus mir, im Laufe der Jahre, den Trost ihrer alten Tage – stattdessen entfernen die ablaufenden Jahre sie von mir aufgrund einer Summe geheimer, einem Adoptivsohn, selbst einem zärtlich geliebten, selbst wenn er nach fünfundzwanzig verstrichener Jahre noch immer im Hause lebt, nicht mitteilbarer Debakel.
Ich nutze die für meine Eltern gespielte Komödie, um mich in genau das Bett zu legen, in dem Cindy bereits schläft. Hinter ihr zusammengekauert, betrachte ich unendlich lang die Perfektion dieses Rückens, auf dem die Wirbelsäule nur leicht sichtbar wird, ganz anders als jener knochige Rosenkranz, den sie auf den viel zu mageren Körpern herunterbetet. Ich fahre diese geschmeidige Linie mit dem Finger entlang, dann drücke ich zwei in die beidseits platzierten Grübchen, die schalkhaft die Ausbauchung der Hüften und Pobacken unterstreichen. Am leichten Zittern, das sie überläuft, erkenne ich, dass Cindy nicht schläft. Ich vergrabe mein Gesicht zwischen diesen Schulterblättern, die der Meißel feinfühlig aus diesem erhabenen Block zarten Gesteins freigelegt hat, dessen Unregelmäßigkeiten selbst – ein Sternbild an Schönheitsflecken, ein rot blühendes Blutschwämmchen, eine sich schlängelnde Vene – eine Verzauberung sind.
Unsere Scherereien könnten ein Ende nehmen, dort, in diesem Bett mit blumiger Steppdecke, das für lange Zeit das meine war, bevor es ins Gästezimmer kam. Es würde reichen, dass ich Cindy ficke, dass ich sie zum Orgasmus bringe mit diesem Schwanz, zu dem

sich meine Liebhaber immer nur haben gratulieren dürfen, auch wenn sie ihn stets in eine nur reichlich zweitrangige Rolle abschoben. Ich bin eher passiv, man ahnt es, aber von einer anspruchsvollen und feurigen Passivität, der Passivität eines Doubles, das den Text auswendig kennt, sich aber einer erotischen Vortrittsordnung fügt. Ich liebe die Liebe. Ich bin mir sicher, dass Victor mit Cindy nicht ein Tausendstel der Dinge gemacht hat, die ich bei ihr zu tun imstande wäre.

Ich könnte dich rasend machen, Sin, mit einigen Lendenstößen, ganz zu schweigen von den speichelfeuchten Zungenschlägen an deinen Ohren und den zarten Strähnen deiner Schläfen; ganz zu schweigen von meinen Fingern in deiner Muschi, meinem Atem auf deinen Brüsten, allein, um zu sehen, wie sich deine erdbeerfarbenen Warzen zusammenziehen, mein Schwanz gepresst gegen deinen ebenso flachen Bauch wie der meine – und der Kuss, Sin, der nicht endende Kuss, mit dem ich dich dann völlig abheben lasse und der dich atemlos, offen und derart feucht zurücklassen wird, dass es mir schwer werden würde, in dich einzudringen, aber sorge dich nicht, das Eindringen wird kommen und ich werde dich an der Mündung meiner Eichel spüren, ich werde mir einen Pfad schlagen zwischen zwei schwammigen, erektilen und brennenden Fleischhürden, in den Tiefen deiner Vagina werde ich aufschlagen an einem Punkt, den Victors kleiner Schwanz ganz sicher niemals erreicht, und da dann, Sin ...

Und da genau, trotz dieses phantastischen Szenarios, trotz der fiebrigen Ansprache zur Ermutigung, die ich mir da halte, trotz des Wichsens, mit dem ich heimlich hinter Cindys Rücken begonnen habe, passiert mir, was mir in zwölf Jahren sexueller Aktivität noch nie passiert war: mein Schwanz antwortet nicht, stellt sich taub, stellt sich tot; er, dessen unzeitige Reaktionsbereitschaft ich manchmal beklagen konnte, da ruht er nun, weich und vor Liebe vergangen in meiner rechten Hand. Verdammt, ich liege im Bett mit dem schönsten Mädchen, das ich je zu sehen bekommen habe, ich fühle sie vor Ungeduld zittern, ihre Schenkel schlagen gegen meine Knie, ihr Rückgrat und ihre engelhaften Schulterblätter haben sich schlagartig mit Schweißperlen bedeckt und ich war noch nie weiter von einer Erektion entfernt als in genau diesem Moment meines geschlechtsreifen Mannesalters, und das auch noch, obgleich ein guter Fick mir erlauben würde, meinen Problemen Lebewohl zu sagen, ganz zu schweigen von Cindys: Adieu Armand, Adieu Victor, und Heroin wird nicht mehr gebraucht; Schluss, aus, vorbei mit euch kleinen und großen Lügen, dem Verschleiern auf immer, dem Leben in Abgründen, sei mir gegrüßt, freie Luft.

Ich liebe Cindy, ich verstehe mich mit ihr in Bezug auf fast alles und ihr habe ich hundertmal mehr zu erzählen als einem Armand, den allein seine eigene kleine Person interessiert und der seine Ventile hermetisch wieder verschließt, klick klack, vor seinen gläsernen Geheimnissen, sobald ich versuche, die Unterhaltung aus dem prosaischen Schlamassel zu führen, worin sie sich regelmäßig festfährt: Geld für die Kantine, Strafmilderung, Nachteile der Promiskuität und Vorteile einer guten Lebenshygiene – denn selbst im Knast zwingt er sich zu einer Serie an Liegestützen und Sit-ups, folgt einer vegetarischen Diät und nimmt ausschließlich eiskalte Duschen. Dass man mir also erkläre, warum bei Armands Anblick mein Schwanz schlagartig schwer, warm, pulsierend wird, während Cindys erhabene Krümmung mich kalt zurücklässt. Ich gebe gerne zu, und ich habe es im Übrigen schon hunderte Male festgestellt, Schönheit ist kein ausreichendes Aphrodisiakum, aber von hier bis zu dem, was mich katatonisch erstarren lässt, liegt ein Schritt, den ich mich nicht anschicke, als Sprung zu wagen, und ich befürchte, dass die einzige und enttäuschende Erklärung hierzu an Cindys Weiblichkeit gebunden sein könnte.

Ich bin jedoch gut genug aufgestellt, um zu wissen, dass diesbezüglich Erscheinungsformen nur wenig zu sagen haben. Cindy kann noch sehr mit großen Brüsten und einer Muschi, die genauso blond ist wie ihr Schädel schwarz, gesegnet sein, sie könnte dennoch in ihrer ihr eigenen Büchse der Pandora einen Mann verbergen. Was erlaubt es also meinem Schwanz, es schwierig zu gestalten? Ich greife wutentbrannt nach ihm und beginne erneut zu wichsen, hektisch dieses Mal und unglücklicherweise rhythmisiert vom Knarren des alten Bettgestells. Cindy dreht sich mir zu, wutentbrannt: »Sag mal, spinnst du? Geht's noch gut?«

Dass sich das Objekt des Frevels in einem so erbarmungswürdigen Zustand der Laschheit befindet, entwaffnet sie nur umso weniger, als dass sie möglicherweise nichts davon versteht und es auch nicht unbedingt der Umgang mit Victor sein dürfte, der ihr in Hinsicht auf die Dinge, die die männliche Sexualität betreffen, hätte etwas beibringen können. Sie erhebt sich mit einem Satz, greift nach ihren Klamotten, ihrem Kulturbeutel und stürzt aus dem Zimmer. Ich folge ihr schnell genug, um ihrem Zusammenstoß mit meinem Vater auf dem Flur beizuwohnen.

Während sie in der Hocke und splitterfasernackt ihre kleinen, auf dem Teppichboden zerstreuten Habseligkeiten einsammelt – den Kajalstift, die Feuchtigkeitscreme, die Zahnbürste – und mein Vater ein paar Entschuldigungsformeln stottert, bin ich gezwungen festzustellen, dass sich seine Unterhose äußerste Mühe gibt, etwas zu umfassen, was eindeutig an einen phänomenalen Knüppel erinnert. Sich dieser so hervorgerufenen Erregung nicht bewusst oder ganz im Gegenteil in Angst versetzt durch das, was sie vielleicht für eine Koinzidenz der Begierden beim Sohn und beim Vater hält, schwankt sie bis zu meinem Zimmer, dessen Tür sie Hals über Kopf hinter sich schließt. Mein Vater lehnt sich mit dem Rücken an eben diese Tür und nimmt dabei die laszive Pose der Models in meinen Lieblingsmagazinen ein: die Hände im Rücken verschränkt, die Beine auf Höhe der Knöchel übereinandergeschlagen, den Kopf leicht zurückgeworfen, hin auf ein unerträglich zartes Lächeln, das mich einlädt, meinen Schlappschwanz mit seiner eigenen Schwellkraft zu vergleichen.

Mein Schwanz ist viel größer als der seine, der Einzige, der das noch nicht weiß, ist mein Vater, und es fehlt nur wenig, dass ich dies vor ihm ausspeie, zusammen mit einigen der anderen Wahrheiten, die das Erstaunen betreffen, welches meine Erektionen bei meinen Partnern hervorrufen, oder auch das bewundernde Gemurmel, das jeden meiner Strips begleitet. Da ich genügend kühlen Blutes bin, um die ganze Lächerlichkeit aufzuspüren, die es mit sich brächte, würde ich jetzt derart schamlos mich rächen und in diesem Flur hinausbrüllen, bis zu welchem Grade ich gut bestückt bin, zittre ich vor Wut und mein Blick verschwimmt und nimmt mir wie gerufen das Profil meines Vaters, seelenruhig da unter seinen silbernen Locken; sein muskulöser Oberkörper, viel zu stark entwickelt für seine kurzen und schlanken Beine, und alles in allem diese Schönheit eines Jockeys, leicht melancholisch und letztendlich angepasst an den blühenden Teint, die starken Hüften und die dauerhaft rötliche Farbe meiner Mutter.
Auf jeden Fall hat er in meinem Zimmer nichts verloren, kein Recht, die imaginären Rechte zu kosten, die ihm die Tatsache zugestehen würde, dass er einen hochkriegt, während dies seinem Sohn nicht gelingt. Ich könnte mir sagen, dass ich an diese Art Verrat gewohnt sei, wo doch mein Schwanz die Angewohnheit hat, mir im Moment des Orgasmus die Gesellschaft zu versagen, um sich in eine aufregende Vulva zu verwandeln – aber kann ich diese Metamorphose, ebenso augenblicklich wie orgiastisch, vergleichen mit der Absage, die ich heute Morgen erhalte und die mich unfähig macht, Cindy zu beehren, wie sie es verdient, ja, mich sogar dazu unfähig macht, meinem Vater ins Gesicht zu sehen und sein kleines, süffisantes Lächeln zu ertragen, von dem ich größte Lust verspüre, es ihm durch einige zielgenaue Schläge zurück in die Fresse zu stopfen?
Er löst sich in Luft auf, bevor ich noch mein Vorhaben, sie ihm zu polieren, in die Tat umsetze, und dies zu seinem Glück, denn das hätte Ärger gegeben, und zwar nicht nur für seine Fresse: ich bin

mir absolut sicher, dass mein Schwanz all seine Männlichkeit wiedergefunden hätte bei der Vorstellung, den Arsch dieses Schweinehunds so richtig tief zu penetrieren, der es auf sie abgesehen hat, obgleich er nicht einmal fähig ist, meine Mutter glücklich zu machen – denn wenn ich es recht bedenke, dann finde ich, dass sie, meine Mutter, traurig wirkt. Es ist lange her, dass sie meinen Vater von hinten umschlungen hätte, lange her, dass sie Händchen gehalten hätten auf dem Sofa, lange her, dass sie den Sonntag im Bett verbracht hätten und nur zum Essen kurz aufgetaucht wären, zerzaust und zerlumpt, trunken an sich selbst, nach Liebe duftend, dieser Geruch, den ich durch sie an ihnen erlernt und zugleich verabscheuen gelernt habe, denn ich habe mir ja nicht einmal einreden können, dass ich aus ihm entsprungen sei und meine Geschichte in diesen zugleich derben und süßlichen Ausdünstungen ihren Ursprung genommen habe. Im Moment meiner Empfängnis dürfte es eher nach einem bis zur Weißglut erhitzten Löffel gerochen haben, nach dem seit Tagen nicht weggeräumten Müll und, im besten aller Fälle, nach dem säuerlichen Schweiß einer schnell hinter sich gebrachten und lustlos geschobenen kleinen Nummer.
Als ich meine Augen wieder öffne, ist mein Vater bereits ins elterliche Zimmer zurückgekehrt, wo er wohl inzwischen meine Mutter die durch Cindys Möse und Brüste hervorgerufene Erektion genießen lässt: Schweinehund, es ist ja so viel leichter, einen hochzukriegen bei einem blutjungen Ding als bei der Frau, die du vor inzwischen dreißig Jahren geheiratet hast. Du wirst dafür zahlen und auch für den Rest, für deine unter dem Deckmäntelchen einer billigen Höflichkeit versteckte Verachtung, aber zuvor muss ich die Sache mit Cindy wiedergutmachen. Vorsichtig setze ich mich aufs Bett, aus dem sie mich sauer ansieht, und ich erkläre ihr, dass sie es missverstanden habe, dass das nichts mit ihr zu tun hatte, dass es sich um ein Einschlafritual gehandelt habe, komisch, dass ihr Victor das nie mache, und dass ich ja vor allem schwul bin, also

nichts zu befürchten sei. Diese unsicheren Worte scheinen sie zu versichern. Wir schlafen beide den schlechten Schlaf, den Heroin mit sich bringt, und beim Erwachen haben wir füreinander diese zuvorkommende Höflichkeit, die auf Aussöhnungen folgt.
Unten in der Küche angelangt, werden wir von der spöttischen Art meines Vaters empfangen, aber es ist unmöglich, eindeutig zu bestimmen, was von diesem Spott über unsere verstörten Gesichter und die Episode im Flur genau in Augenschein genommen wird – und dabei ist es schon schwierig genug, sein Frühstück bei den weinartigen Ausdünstungen eines provenzalischen Schmorfleisches runterzuschlucken, dass ich mich nicht auch noch mit meinem Vater anlegen möchte. Obgleich leicht schüchtern, ist Cindy nur umso hinreißender, da sie ihre Kopfpracht noch nicht mit Haargel hochgeklebt, ihre Augen und ihren Mund noch nicht geschwärzt hat, eine Form der Schminke, die meine Eltern beschlossen haben, als netten Spaß durchgehen zu lassen, ebenso wie die Piercings. Deren letztgesetztes ist dennoch erschreckend, da es aus zwei anthrazitfarbigen Metallstiften in den Mundwinkeln besteht, was sie, für den Fall, sie hätte dazu Lust, daran hindern würde, offen zu lächeln – aber Cindy ist, es muss erst gar nicht betont werden, nach Späßen nicht zumute.
Die Nacht im Arcadia verläuft so gut wie möglich. Cindy besteht, ohne mit der Wimper zu zucken, souverän die Feuerprobe, die ihr die anderen auferlegen, und gegen vier kommen wir darin überein, keinen Stoff zu uns zu nehmen, um für den sonntäglichen Besuch unserer jeweiligen Männer fit zu sein. Fünf Minuten später ist sie über meinen linken Arm gebeugt und durchsucht ihn mit kleinen professionellen Handgriffen, hopp hopp, Vorgang, um die bestmögliche Vene hervortreten zu lassen, und als das erledigt ist, schiebt sie gekonnt eine Nadel ein, hopp hopp, ich spüre nichts, mit Cindy ist immer alles sanft. Um mich zu revanchieren, wähle ich eine Vene am Rist, unter dem Vorwand, dass ihre Arme bereits zu ramponiert seien, was ja nicht falsch ist, mir aber vor allem erlaubt, ihr den Schuh auszuziehen

und ihre rosa Ferse zu bewundern, die Perfektion ihrer Zehen, die auf wunderbare Weise in zartes Fleisch gebetteten Nägel, die elegante Krümmung ihrer Fußsohlenwölbung und das Spiel der Knöchelchen unter ihrer durchsichtigen Haut: wäre ich nicht bereits zugedröhnt, allein der Anblick dieses zierlichen Zusammenspiels, das Glücksgefühl, meinen Zaubertrank dort hineinspritzen zu dürfen, würden ausreichen, um mich in diesen Zustand zu versetzen.

Aber man bekommt für alles seine Quittung, und am nächsten Tag dann sind das überzogene Gequassel der Ks in der 619 und später dann die kleinen, von den Wachmännern zugefügten Demütigungen stärker als das Wenige an Energie, das wir geschafft hatten aufzusparen, was zur Folge hat, dass der Besuch sich in ein Psychodrama verwandelt, noch bevor er überhaupt angefangen hat. Unzufrieden darüber, dass er Cindy ihren Mangel an Elan übelnimmt, wirft Victor ihr vor, dass sie sich ohne ihn zudröhnt. Der komplette Besucherraum darf die Zurschaustellung seiner ungerechtfertigten Klagegründe genießen, und anstatt ihm eins reinzuwürgen, beschränkt sich Cindy darauf, leise vor sich hinzuflennen.

Armand seinerseits verbringt die Stunde damit, vor sich hinzubrummen, da ich vergessen hatte, ihm seine Zeitschrift zur Münzkunde zu kaufen. Glücklicherweise bedarf es weitaus mehr, um bei mir Schuldgefühle zu erzeugen, und ich verbringe die gesamte Dauer seiner Schmährede damit, mir die Fingernägel zu machen: das trifft sich gut, ich habe stets mein Manikürenecessaire dabei – man kann gar nicht oft genug betonen, wie wichtig gepflegte Hände sind. Cindy täte gut daran, sich eine Scheibe davon abzuschneiden, anstatt ihre abgekauten Nägel und ihre kleinen, rauen und geröteten Finger überall zur Schau zu stellen. Am Ende des Besuches treffen wir uns draußen wieder, leicht angeschlagen von der starken Sonne und ziemlich verbittert.

»Dieses Schwein, stell dir vor, will der doch glatt, dass ich bis zu seiner Entlassung von allem die Finger lasse! Und weißt du, wann seine Entlassung ansteht – in zwei Jahren!«

»Und Armand, der mir die Hölle heiß macht, dass ich es wage, mit leeren Händen zu kommen, dass sich das nicht gehört, dass er auf mich gezählt hat, dass ich keine Ahnung hätte, was er durchmacht, und dass er es ohne seine Zeitschriften nicht aushält, ach, ich kann gar nicht alles aufzählen! Verdammte Scheiße, warum nur musste ich auch unbedingt sein beschissenes Heft vergessen, das sowieso nur Autisten lesen! Kennst du etwa ganz normale Leute, die Münzen sammeln?«
Cindy schüttelt vehement den Kopf: nein, nein, sie kennt niemanden, Briefmarken, Münzen, Sammlungen, ist doch nur was für Bekloppte. Ich blase ins gleiche Horn:
»Ich weiß nicht mal, ob die sich klarmachen, was wir alles für sie tun. Was das überhaupt bedeutet, jeden Sonntag da aufzuschlagen, mit sauberer Wäsche, Zeitschriften, Knete für den Automaten, ganz zu schweigen von dem, was wir ihnen überweisen. Kapieren die überhaupt, was für ein Glück sie haben?«
Cindy nickt zu ihrer weiteren Zustimmung mit ihrer Haarkrone und zeigt dabei die gleiche überzeugte und finstre Miene.
»Wenn ich nur daran denke, dass Armand in einem Monat zu Hause auftauchen wird, das kann was werden! Ich hoffe, er wird sich etwas dankbarer zeigen! Eigentlich überflüssig, es zu sagen, aber abgesehen von mir, hat der niemanden. Victor zumindest kommen seine Eltern besuchen. Aber Armand, der hat keinen einzigen Besuch, nichts, niente, nada! Man könnte meinen, er hätte seine komplette Familie abgemurkst.«
»Mach dir nichts draus, der wird sich schon anstrengen: wie's aussieht, bist du seine einzige Chance zur Neuorientierung, nicht wahr?«
»Klar, nur würde ich gern was anderes für ihn bedeuten, wenn du erlaubst; ich hätte gern etwas Liebe, ja.«
Sie richtet ihre unglaublichen Augen auf mich, diese smaragdgrünen Augen, die das Heroin noch klarer werden lässt – denn, es muss wohl nicht unterstrichen werden, wir haben uns einen

Schuss gesetzt auf der allerersten Toilette, die kam, geht's doch darum, das Unerträgliche zu ertragen, dieses Strohfeuer an Egoismus und Undankbarkeit aufseiten unserer Liebsten:
»Na, da träum mal schön weiter. Typen wie Armand lieben niemanden, niemals, und glaub mir, er ist nicht der Einzige seiner Spezies: solche wie ihn gibt's haufenweise. Besser, du lässt ihn in seiner Scheiße sitzen. Ich kapier übrigens auch nicht, was du an ihm findest: der hat nichts, er ist hässlich, er ist dick, er ist dumm.«
»Er ist nicht dick, er ist kräftig gebaut, das sind Muskeln. Und ich für mich, ich finde ihn sehr schön.«
»Na gut, hör zu: mach dir einfach klar, dass du ihm scheißegal bist, dass du das weißt, dass du es selbst ja sagst, dass du dich aber trotzdem jeden Sonntag von oben herab abkanzeln lässt von diesem Schwein, der dir in nichts das Wasser reichen kann.«
Sie hat recht, aber ich schieße diese Betrachtungen mit einem Schulterzucken, das sich fatalistisch gibt, in den Wind. Die Wahrheit ist, wie so häufig, nicht einzugestehen. Wie aber Cindy verständlich machen, ihr, die so naiv und so konformistisch ist hinter ihrer Miene einer kleinen, billigen Punkerin, dass dies genau das ist, was mich bei Armand erregt? Und was überhaupt weiß Cindy schon über Erregung? Wie ihr klarmachen, dass ich diese Vision meiner selbst als erhaben Liebende liebe, die sich weder von Gleichgültigkeit noch von Undankbarkeit entmutigen lässt; diese Vorstellung, dass ich geboren wurde, um zu lieben, ohne tausende Tode zu zählen und zu erleiden? Während ich mich auf der Mädchentoilette in unserem üblichen Café umziehe, führen wir, Cindy ist in der angrenzenden Kabine, eine desillusionierte Unterhaltung:
»Ja, du hast recht, ich werd erst gar nicht mehr hingehen. Wir werden ja sehen, ob er jemanden auftreibt, der sie ihm bringt, seine dämlichen Zeitschriften!«
»Genau, ich geh auch nicht mehr hin. Dann wird er nur noch seine Eltern sehen, einmal im Monat – und die werden ihm bestimmt

kein Dope durchs Kaugummi zukommen lassen. Die bringen ihm nicht einmal Kohle vorbei: die sind geizig bis zum Gehtnichtmehr, echt wahr! Die kommen bloß zum Flennen und um ihn mit ihrem Elterngelaber zu nerven.«
»Wir bringen die jetzt mal dazu, ihr Köpfchen anzustrengen: das wird ihnen nicht schaden. Kein Brief. Kein Besuch. Nichts. Bis sie uns anflehen werden, wiederzukommen.«
Cindy stimmt auf der anderen Seite der Trennwand energisch zu. Ich trete als Daniel aus der Toilette: Jeans, T-Shirt, Converse. Ich mag's nicht, aber was sein muss, muss sein. Zu Hause, Heroin hilft, sind wir heiter und zungenfertig. Unsere Finger verschränken sich ostentativ über dem Familientisch. Meine Eltern sind bereits beim Kaffee, aber es macht den Anschein, als wäre das Mahl feuchtfröhlich verlaufen, wie immer, wenn mein Vater sich darauf vorbereitet, an Bord zu gehen – denn ich hatte dieses immense Glück, einen Seemann zum Vater zu haben, was aus ihm für mich ein Objekt der Bewunderung macht und zugleich einen kaum störenden Rivalen, da er mir für mehrere Monate des Jahres das Feld überlässt. Meine Mutter blickt ins Weite und hört nicht auf, ihr Glas in unsere Richtung zu schwingen, ein Kristallglas mit Facettenfuß, in welchem der Rotwein gefährlich schaukelt, wenn er nicht unheilvoll aufblitzt.
»Ach, Daniel, Daniel, Daniel ...«
Jedes Mal scheint sie so weit zu sein, dieser dreifachen Auslassung etwas hinzuzufügen, dann aber hält sie geheimnisvoll inne, um zurückzufallen in die Betrachtung einer sichtbar fixen Idee.
»Ach, Daniel, Daniel, Daniel ...«
Es ist diese windige und mühsame Aussprache, die ich im Arcadia zu erkennen gelernt habe und die mich manchmal dazu bringt, mich zu weigern, betrunkene Gäste weiterhin zu bedienen, die ich aber bislang nie bei meiner Mutter vernommen habe.
»Ach, Daniel, Daniel, Daniel ...«
Der Satz bleibt in der Schwebe, das Glas in der Luft, und sie gefällt sich darin, mich anzusehen, als versuche sie einen wilden Toast

auszusprechen, etwas, das mehr des Unheils bergen könnte als jene liebenswürdigen Formeln, die man in ähnlichen Fällen kennt. Nach einer unzählbaren Menge an Gläsern und fehlgeborenen Versuchen steuert sie schließlich auf das Ende ihres Gedankens zu:

»Ach, Daniel, Daniel, Daniel ... Weißt du was? Dein Vater hat es geschafft, mir in den Kopf zu setzen, du seiest schwul.«

Das Rotweinglas schwenkt quer in Richtung Cindy, wahrscheinlich, um ihr zu danken, diesen ärgerlichen Zweifel aus dem Weg geräumt zu haben.

Hätte das Heroin die Gehirnerschütterung nicht abgefangen, ich wäre unter den Tisch gekrochen, mich zu verstecken, schon ein Wunder, dass ich nicht drauf und dran bin, mich ganz einfach ins Bett zu verziehen, mir die Decke über meine Verwirrung zu stülpen, über meinen Kummer und meine Wut gegenüber diesem Vater, der keiner ist, dieser Vater, dessen Ziel es ist, mich mit Seitenhieben ungefährer Wahrheiten anzuschwärzen. Ich bleibe sitzen. Es ist noch nicht gesagt, dass ich einschwenken würde angesichts dieses süffisanten Fünfzigjährigen, dem ich beinahe fünfzehn Zentimeter entgegenzusetzen habe – denn er kann noch so sehr seinen Hals strecken, in meine Richtung sein gebieterisches Kinn recken und erneut diese unerträgliche Haltung nachahmen, von der er dieses Mal ruhig denken möge, dass sie vorteilhaft wäre, wie er da so mit dem Rücken an den Kühlschrank lehnt, er bleibt doch nichts anderes als ein kleinwüchsiger Mann: ein Meter achtundsechzig, Stoßband inbegriffen, was wenig ist, wenn man den kantigen Macker mimen will, den Adepten der wahren Worte, den Herrn der Lektionen, sogar den Rächer allen Unrechts. Ich bleibe sitzen und erhebe meinerseits das unsichere Glas:

»Wie das, ihr seht ja, ich bin nicht schwul.«

Ich könnte damit fortfahren, ihnen aufzutischen, dass ich nicht schwul bin, sondern Jungs liebe, und mich des Moments bestürzten Unverständnisses erfreuen, das meiner Antwort folgen würde;

ich könnte ihnen die tragische Verwechslung offenbaren, die mein Schicksal lenkt:
»Maman, Papa, ich bin ein Mädchen: ganz einfach, ihr könnt nichts dafür. Eine gute Operation und alles wird zu seiner Ordnung zurückfinden: Goodbye Daniel, Bonjour Marie-Line. Nein, nicht Marie-Line, wahrlich nicht, eher ein polnischer Vorname, ich hab keine Ahnung, wie auch, Wanda oder vielleicht Malgorzata. Ihr könnt von eurem Mädchen nicht erwarten, dass es Mädchen liebt, stimmt doch, oder? Papa, mit deinen Schwulengeschichten bist du völlig schief gewickelt.«
Ja, so sähe sie aus, die Rede, die ich Cindy gegenüber halten könnte, die verschämt auf die Reste des Schmorfleisches schielt, meiner Mutter gegenüber, die auf Polnisch vor sich hinmurmelt, und meinem Vater, der immer noch am Kühlschrank einen auf Pin-up macht. Nur, dass diese Rede eine weitere Lüge wäre: zwar gibt es ein Mädchen in meinen Abgründen, aber es ähnelt keinem der Mädchen, die ich kenne. Ich kenne viele, aber kein einziges schaut sich Schwulenpornos an, es sei denn mal gelegentlich, kein einziges verbringt seine Tage damit, an den abendlichen Fick zu denken oder auf Gayromeo die infrage kommenden Partner zu sichten. Selbst die Nymphomaninnen, selbst die Pornoqueens haben eine weniger frenetische sexuelle Aktivität als ich. Ich greife nach Cindys Hand, ich stoße meine manikürten Nägel in ihre leicht feuchte Handfläche und halte die Klappe. Ich lasse meine müßigen Rechtfertigungen im Schrank, die vor allem eines sind, unverständlich – selbst für mich.
Ich habe nichts getrunken, aber das Zimmer dreht sich. Ich spreche einen Toast auf Cindys Gesundheit aus und auf diejenige unseres Operettenpärchens. Wichtig ist, dass Barbara glücklich sein möge, und sie wirkt, als wäre sie es heute Abend, mit den fahlgelben Strähnen, die aus ihrem Knoten entwichen sind, der geblümten Bluse über ihrer hochherrschaftlichen Brust, ihren Wangen, die aufflackern aufgrund des gemeinsamen Effektes von Hitze und

Alkohol, und dem schwankenden Glas, das sie noch immer emporschwingt. Meines hebt sich ebenfalls hoch in die Luft und treibt in ihre Richtung ab. Wir stoßen triumphal auf die Gesundheit all unserer Lügen an und auf den Fortbestand der polnischen Verzauberung, die es meiner Mutter erlaubt, meine Mutter zu sein, anstatt die Beine in die Hand zu nehmen. Unter der Brutalität des Zusammenpralls zerschellen unsere Gläser, zerstiebt Wein und Kristall bis in den letzten Winkel der Küche. Aufrecht, das Dekolleté bespritzt, die Bluse durchnässt vom Juliénas, hebt meine Mutter die schönste aller Fäuste, als wolle sie uns drohen mit ihrer von mörderischen Kanten geprägten Scherbe. Wie einst, wie vor langer Zeit, dringt Blut aus unsichtbarer Wunde hervor und beginnt, ihr Handgelenk mit Bändern zu verzieren, da wo eine Falte ihr eine zierliche Doppelnaht schneidet. Wie einst, wie vor langer Zeit – wo war dies noch mal? –, zögert es auf seiner Bahn, bevor es zu tropfen beginnt, auf eine Decke hinunter, deren gewobene Blumen ihm ähneln.

Ich selbst, ich blute auch, ein Glassplitter hat sich in meinen Nasenknorpel gebohrt, was der Situation alle poetische Würde raubt, die sie hätte haben können. Meine Erinnerungen prallen aufeinander und ich weiß nicht mehr, was ich einst habe fließen sehen, vor so langer Zeit, zwischen dem Blut, den Tränen, der Milch, dem Sperma – nein, kein Sperma: was hat Sperma zu schaffen mit den Erinnerungen, die ich an meine Mutter habe? Maman, du bist so unglaublich schön ... Ja, ich habe dich belogen, ich belüge dich, aber im Herzen dieser Magmamasse an Lügen, wisse, dort befindet sich der Kern in Verschmelzung mit der Wahrheit: meiner Liebe zu dir.

Um den Tisch herum finden wir gleichzeitig wieder zu uns, selbst ich, und jeder von uns beginnt in Aktivität zu geraten, als handle es sich darum, weitaus mehr zu säubern als nur den Tisch, weitaus mehr zu reinigen als bloß das Linoleum und weitaus mehr zu verbinden als die harmlosen Schnitte. Sobald die Raumpflege erledigt und der Abwasch auf seinen Weg gebracht ist, gehe ich hoch und ziehe mich mit Cindy in mein Zimmer zurück, Mittel, um so schnell wie möglich einen Tag zu beenden, der immerhin vor den Sicherheitssperren einer Strafvollzugsanstalt begonnen hat, unter dem Gepfeife der Wächter, ihren Anzüglichkeiten und ihren unverschämten Händen. Ich ziehe die Vorhänge zu, ich bemühe mich, Dunkelheit zu erzeugen und bloß nicht im Spiegel auf den Widerschein meiner offenen Nase zu treffen, bizarres Clownsgesicht, dass mir meine Verletzung da macht. Klar ist, dass mir ein Kratzer bleiben wird, und diese Vorstellung ertrage ich nicht: mit meiner angeborenen Hässlichkeit habe ich es bereits schwer genug und ich muss dem nicht auch noch eine Narbe hinzufügen.

»Ganz einfach: wenn ich entstellt sein sollte, bringe ich mich um.«

Da Cindy hinter vorgehaltenen Händen, die freundlicherweise die Perfektion ihres eigenen Gesichts verbergen, kichert, verspüre ich größte Lust, sie darauf hinzuweisen, dass sie keinen Funken Ahnung habe, was es heißt, mit meinem Pferdegebiss rumzulaufen, meinem Oliventeint, meiner platten Nase und den unzähmbaren Wirbeln meiner Frisur – aber da ich dies alles abschließen möchte, zumindest für heute, all diese Formen meiner Ungnade, meiner Lügen und meiner ganzen geheimen und verkorksten Menagerie, lege ich mich neben sie, ohne ihr das Maul zu stopfen.

In dieser Nacht wache ich von einer heftigeren Angst auf als gewöhnlich. Ich gehe runter, gute alte Methode, um die Zeit vor der Glotze totzuschlagen, und finde meinen Vater schon auf dem Sofa sitzend vor, aus dem er sich mit einem Ausruf an Überraschung und mit einer Verwirrung erhebt, die nichts zu rechtfertigen scheint: kein Porno auf der Mattscheibe, keine Unordnung an seinen Kleidern, eine Matrosenbluse von vergilbtem Rot und eine Deckhose – denn, so unglaubwürdig es auch erscheinen mag, mein Vater ist immer wie ein Operettenmatrose gekleidet, in Streifenpullovern, Cabans oder griechischen Reederblazern.

»Ich wollte mit dir reden, bevor ich abreise, das trifft sich gut.«

Ja, grauenvoller Egoist, das trifft sich gut, dass dein Sohn einer Todesangst ausgesetzt aufwacht, so wirst du seine Qualen steigern können durch die perfide kleine Abschiedsrede, die du nicht unterlassen wirst, ihm zu halten. Ich habe bereits in der Vergangenheit Anspruch gehabt auf diese letzten Empfehlungen, die mir mehr geschadet als gutgetan haben, so sehr stanken sie nach Argwohn und Verdächtigung, so sehr stach es ins Auge, dass ich während der Abwesenheit meines Vaters natürlich die schlimmsten Dummheiten begehen werde: ›Du wirst brav sein, he? Ich will nicht, wenn ich nach Hause komme, deine Mutter sagen hören, dass du schon wieder Mist gebaut hast.‹
Jetzt, da er mir nicht mehr vorschreiben kann, keine Dummheiten zu begehen, jetzt, da er mir auch nicht mehr bei seiner Rückkehr mit Schlägen drohen kann, zweifle ich nicht im Geringsten daran, dass er etwas zu sagen finden wird, um mich kaltzustellen – und es geht richtig zur Sache:
»Deine Mutter und ich, wir werden uns trennen. Ich gehe, und zwar endgültig. Ich werde nicht mehr nach Hause kommen. Nur noch, um meine Sachen zu holen, natürlich ...«
»Du verlässt sie? Aber warum?«
»Weil wir uns nicht mehr lieben, Daniel.«
»Aber es gibt haufenweise Pärchen, die sich nicht mehr lieben nach dreißig Jahren Ehe. Das heißt aber noch lange nicht, dass sie sich trennen. In eurem Alter trennt man sich nicht mehr!«
»Das Leben endet nicht mit dreiundfünfzig, lass dir das gesagt sein!«
Ich versuche ihm zu verdeutlichen, dass dem doch so ist, dass ein gewisses Leben vollendet ist bei dem Alter, das sie erreicht haben, meine Mutter und er; das Leben, wie ich es erfasse aus der Höhe meiner fünfundzwanzig Jahre: die Partys, die Nächte, die Drogen, Sex bis zum Abwinken. Das, was ihnen zu leben bleibt, ihnen, meinen Eltern, das ist irgendwas in Bahnen Geordnetes und doch eher Angenehmes, Hand in Hand einkaufen gehen, Fernsehabende,

sonntägliche Nachmittagsspaziergänge, Ferien im Gästezimmer am Meer, das vorangeschrittene Alter ist doch leichter zu leben zu zweit. Ich muss sagen, dass mein Vater meinen verworrenen Erklärungen mit spürbar deutlicher werdendem Ekel lauscht:

»Aber was bildest du dir ein? Dass man mit über vierzig am Ende ist?«

Ja, das ist ganz genau das, was ich glaube und beobachte in jenem Universum, das das meine ist, mitleidslos gegenüber den ersten Anzeichen der Schlappheit, den ersten Falten und den aufkeimenden Glatzen.

»Aber gerade weil ich erst dreiundfünfzig bin, verlasse ich deine Mutter. Ich möchte gern eine Familie gründen, stell dir vor.«

Er wird sich seines groben Schnitzers bewusst, versucht ihn zu berichtigen und verstrickt sich nur umso dämlicher:

»Eine wahre Familie, wenn du verstehst, was ich sagen will.«

Das, was du sagen willst, Papa, ich habe es immer schon gewusst, es ist der Mühe nicht wert, in die Details zu gehen, wenn auch zu fragen bleibt, ob Barbara tatsächlich die Frau deines Lebens war, so war ich doch nie für dich ein Sohn. Das ist auch schon alles, damit hat sich's. Und während mir vor Augen schwebt, uns die lästigen und überflüssigen Erklärungen zu ersparen, schau, in was du dich da wagst:

»Die Adoption, Daniel, das war nicht meine Idee. Versteh's nicht falsch, du kannst nichts dafür, für dich war es sogar eher noch die Chance deines Lebens, denn hätten wir dich nicht adoptiert ...«

Er führt seinen Satz nicht zu Ende, öffnet aber mit einem fatalistischen Ausdruck weit seine Arme, als wolle er den wenig glänzenden Charakter der übrigen Möglichkeiten andeuten, die Heime, die unterschiedlichen Unterbringungen, erst Kleinkrimineller, dann Verbrecher, Knast im Alter von zwanzig, was weiß ich. Mein Vater weiß es ebenfalls nicht, und im Übrigen ist es ihm auch scheißegal: meine Adoption, meine Ausbildung, das gehört der Vergangenheit an:

»Ich bin noch jung genug, um eigene Kinder zu haben. Biologische. Denn man kann noch so schön reden, Blut ist doch ...«
Und hopp, erneut, die schwebende Geste, der ausweichende Satz, ich darf ihn selbst vervollständigen, verstehen, dass ich noch so schön reden und noch so schön handeln kann, ich werde niemals Kind von wem auch immer sein. Mein Vater seinerseits, der mein Vater nicht ist, wird sich mit einer Frau im gebärfähigen Alter wieder verheiraten, gut möglich sogar, dass er schon eine im Blick hat, das wird nicht so richtig deutlich aus seiner Rede, aber das ist der Eindruck, den er mir vermittelt.
Er wird sein Leben erneuern, seine Augen funkeln, und alles, was er nicht ausspricht, ich errate es doch, denn vieles davon war schon dagewesen im Flur am Morgen zuvor, in seiner Art, Flagge zu zeigen mit dem, was letztlich nichts anderes war als eine morgendliche Erektion. Wäre ich in jenem Moment nicht so sehr verängstigt und gedemütigt gewesen aufgrund meiner ersten sexuellen Panne überhaupt, ich wäre imstande gewesen, mein Ohr zu schärfen, ich wäre weitaus achtsamer gewesen und ich hätte das unterdrückte Gegrunze vernommen, das aus seiner Kehle drang, das Blubbern, das hinter seinen geschlossenen und zu einem unerträglichen Lächeln gedehnten Lippen verebbte, das schalltote Stöhnen, das bereits die Begierde verkündete und die Ungeduld, ein Ende herbeizuführen. Ich sehe ihn an, meinen Vater, der mein Vater nicht ist, den gut erhaltenen, kleinen französischen Ehemann, man möchte meinen, er habe sich in all diesen Jahren einwandfreier Lebenshygiene aufgespart, sich gesagt, dass das verlohnen könnte, er hielt sich in Schuss für Eheweib Nummer zwei, von der ich keine Sekunde bezweifle, dass sie beachtlich jünger sein wird als meine erhabene polnische Prinzessin, die jetzt ausrangiert ist. Ich explodiere:
»Stört es dich nicht, Barbara mitten in der Menopause zu verlassen?«

Er richtet seine sanften, braunen, leicht blutunterlaufenen Augen auf mich:
»Barbara befindet sich keineswegs in der Menopause. Sie hat wolkenbruchartige Regeln, wenn du es wissen willst.«
Seine Stimme wird träumerisch und sein Blick verliert sich in den Wolken ihrer sexuellen Eintracht zu zweit. Mein Vater gehört zu jener Art Männer, die ihren Frauen genau die Periodenausstattung kaufen, die sie benötigen: Monatsbinden am Anfang des Zyklus, hypersaugfähige Tampons am zweiten Tag, dann ganz normale Slipeinlagen zwischen den Regeln etc. Ich kenne ihn gut genug, um zu wissen, dass nichts ihm entgeht und ihn am weiblichen Körper nichts abschreckt, Leukorrhö und Cellulite inbegriffen. Er hat Barbara immer zum Gynäkologen begleitet, war immer an ihrer Seite und hat sie stets beraten bei ihren Einkaufstouren, hat ihre Diätanwandlungen immer ernst genommen, ohne dabei ihr Abmagern zu wünschen, er, der nichts so sehr liebte wie die mütterlich wollüstigen Formen mit der Haltung eines Eigentümers zu begrapschen und in den Händen zu wiegen.
Und, na bitte, er verlässt sie. War dann wohl ein Schuss ins Leere, sie bei jeder sich bietenden Gelegenheit begrapscht zu haben, ein Schuss ins Leere, ihr geringstes Kommen und Gehen heimlich mit Blicken verfolgt zu haben, ein Schuss ins Leere, sie Nacht für Nacht vor Glück an die Decke springen gelassen zu haben, ohne jegliche Rücksicht auf den kleinen Jungen im Nebenzimmer, der ich war – der keine einzige dieser Nächte versäumte und sich nicht entscheiden konnte zwischen Angst, Wut und Gelächter, als das Stöhnen, die abgehackten Silben anhoben bis hin zur unvermeidlichen Explosion der Schreie, die die Orgasmen meiner Mutter immer schon begleitet haben.
Er verlässt sie. Ich will ihn nicht noch mehr sülzen hören über die Hoffnungen, die er in seinem Alter noch schöpfen kann, über die beinahe unendlichen Möglichkeiten, die sich diesem noch schneidigen Fünfzigjährigen – trotz ergrauter Frisur und zu strengen

Falten gealterten charmanten Grübchen – eröffnen. Soll er doch abziehen. Soll er sie doch gründen, seine wahre Familie. Ich bin fähig, mich um meine Mutter zu kümmern. Nichts wünsche ich mir sehnlicher. Soll er sich doch verpissen mit seinem Gepäck eines Operettenmatrosen. Eines Tages werde ich ihm erzählen, wie häufig ich nur zu gern gelacht hätte, als er neben mir einhertrappelte, zwei Schritte, während ich einen machte, und seinen hübsch gelockten Kopf hin und her wog wie ein Pony in der Manege, und genau daran hat er einen immer erinnert, mit seiner Kleidung, die so queer war wie meine nie, seine Lederhose, sein geschnürtes Matrosenhemd, seine Trainingsanzüge aus Ballonseide, ganz zu schweigen von der Mopshündin, die er unter seinem Arm durchs Leben trug und von der wir eine ganze Dynastie hatten, wutschnaubende Viecher, die ich nicht mochte, die mein Vater jedoch so verwöhnte, wie er es auch mit einem Kind getan hätte, und vielleicht ist es auch genau dies in seinem kleinen Leben, was am meisten einem Kind geähnelt hatte, nicht ich, sein Sohn, nein, das wäre zu schön gewesen, sondern Fougère I, Fougère II, Fougère III, eine verhätschelter als die andere, während ich ja hoffnungslos darauf gewartet hatte, dass mir ein wenig dieser Zärtlichkeit zugefallen wäre, ein wenig dieser Aufmerksamkeit, die ihrem Wohlsein und ihrer Entwicklung entgegengebracht wurde, ein wenig der Berücksichtigung seitens eines Vaters, der sich unveränderlich nett verhielt, aber definitiv woanders. Ist ja ganz nett eigentlich, nett zu sein, aber noch nie hat jemand behauptet, dass das reichen könnte zwischen einem Vater und seinem Sohn. Ich wollte eine Erziehung. Ich hätte sogar eine Dressur akzeptiert, alles lieber als diese pflichtbewussten, aber geistesabwesenden Handhabungen, diese losgelöste Leutseligkeit, die distanzierte Höflichkeit, die unsere Beziehung stets charakterisierte:

»Verpiss dich.«

Na bitte, Schluss mit Höflichkeiten, vorbei mit Leutseligkeit. Wir haben's mehrfach durchgezogen, du und ich, und haben klar

gesehen, dass das zu nichts führt. Verpiss dich. Nicht du bist es, der geht, ich bin es, der dich vor die Tür setzt, dich, den Vorsänger der Loyalität und Pflichterfüllung, wo es dir doch sogar am Arsch vorbeiging, die einzigen Aufgaben zu erfüllen, die du je gehabt hast. Wir werden ohne dich klarkommen, aber erspar uns in Zukunft bitte dein leeres Gerede über deinen Sinn für Verantwortung.
Er greift nach seinem Koffer, den meine Mutter ihm wie gewöhnlich gepackt haben wird: die Hosen perfekt gebügelt, die T-Shirts fein säuberlich gestapelt, das Reisenecessaire, in dem nichts fehlt. Wie soll es dir bloß ohne sie gelingen, diese veraltete Eleganz zu erhalten, an der du so sehr hängst? Nicht einmal zwei Monate gebe ich dir, bis du ein runtergekommener Lump sein wirst, bis dir an den Jacken die Knöpfe ausgehen, bis deine Hosen ihre Form verlieren, bis deine Pullover sich verfilzen, bis deine Ausstrahlung eines alten Beaus plötzlich umschlagen wird zum Clochard. Du bist nichts, du warst noch nie was, ohne Barbara; von ihr strömt dir alles zu, dein Schwung wie deine Stattlichkeit; sie hat dich getragen, sie hat dich gemacht, sie hat dich kreiert, nur durch sie hast du Sinn und Form: bis hin zu welchem Grade du ein Nichts bist, ich werde es dich entdecken lassen, aber denke ja nicht, dass ich dich mit offenen Armen empfangen werde, wenn du mit eingezogenem Schwanz wieder vor deine Königin, deine Kaiserin, deine unersetzbare Ehefrau treten wirst.
»Verpiss dich.«
Er lässt sich nicht zweimal bitten. Er schlägt die Tür hinter dreißig Jahren Eheleben zu, er geht, er ist schon einen Schritt weiter, bei seiner neuen, kleinen Frau mit funktionstüchtigem Uterus, seiner glorreichen Zukunft als Vorstand einer Großfamilie, als neuer Vater, leicht abseitig zwar, aber so sehr vom Wunsch erfüllt, alles richtig machen zu wollen, dass er all seine Unzulänglichkeiten, so denkt er, mehr als nur kompensieren wird, angefangen bei einer Lebenserwartung, die der eines Großvaters näher kommt als der eines Vaters, dann die ein wenig abgestumpften

Sinneswahrnehmungen – ganz zu schweigen von einem Prostatakrebs, der nicht lange brauchen dürfte, um seinen großen Schild auf Halbmast zu setzen, und da dann werden wir ja sehen, ob die neue, kleine Ehefrau sich auf Höhe der alten erweisen wird, was Nachsichtigkeit, Geduld und Selbstverleugnung betrifft.
Du wirst zurückkehren, Papa, wenn deine morgendlichen Erektionen nichts mehr sind als eine schöne Erinnerung, wenn deine Kinder sich deines weißhaarigen Hauptes schämen werden, das sie am Schuleingang erwarten wird, wenn deine neue, kleine Ehefrau einmal zu oft ihre Gereiztheit in Bezug auf deine Langsamkeit und verkrampfte Steifheit gezeigt haben wird – denn glaube mir, um auf Schritt und Tritt bleiben zu können, um mithalten zu können mit deinen Kindern jungen Alters und deiner Ehefrau in ihren Dreißigern, da wirst du dich zu einer ununterbrochenen Verkrampfung zwingen müssen, einer andauernden und schmerzhaften Mobilmachung all deiner Möglichkeiten, kurz und gut, zu etwas auf die Dauer gesehen Unmöglichem.
Barbara hätte dich in Frieden alt werden lassen. Denk daran von Zeit zu Zeit, wenn du dabei sein wirst, ein ebenso erschöpfendes wie eitel aussichtsloses Leben zu führen, ein neues Leben, das sich nährt aus dem alten, ein neues Leben, das auf grausame Weise auf den Ruinen des alten gebaut ist, auf ihren Ruinen, was sage ich da, auf ihrem Kadaver, auf den geopferten Körpern deiner ersten Frau und deines ältesten Sohnes. Denke daran, töte uns, verpiss dich. Klack.
Die Tür war noch nicht ganz ins Schloss gefallen, der unwürdige Vater und Ehemann hatte noch nicht ganz Reißaus genommen, da geht meine Mutter an Land, verängstigt, in einem roten Seidenmorgenmantel mit weißen Rüschen, dem letzten Geburtstagsgeschenk, das ihr der unwürdige Ehemann gemacht, unwürdig ihrer, meiner Schönen, so atemberaubend in all dem Rot und so sexy in ihren Pantoletten – und diesmal bin ich es, der sie ihr dargeboten hatte, ein Geschenk, das ich ebenso ihr wie auch mir gemacht

habe, denn nie sind diese kleinen, schmalen Füße hinreißender als in dieser schwarzen Samthülle mit weißen Daunen. Der Moment ist schlecht gewählt für Geilheit, aber ich gebe zu, dass es mir schwerfällt, mich auf Barbaras Hilflosigkeit zu konzentrieren, so sehr ist meine Aufmerksamkeit auf diese zierlichen Zehen gerichtet, diese Fußnägel, die, Hilflosigkeit hin oder her, Scheidung hin oder her, sie sorgfältig poliert und lackiert hat, eine Umhüllung aus Perlmutt für jeden, zehn kleine Schmuckstücke, die mir keinerlei Chance lassen, mich wieder zu fangen.

Während sie sich ins Sofa fallen lässt, auf dem ihr Ehemann die Nacht verbracht hat, fasse ich ihre Knöchel, unter dem Vorwand einer herzerwärmenden Massage, ich knete ihre Fußrücken, erfahre mit dem Daumen die seidenmatte Zartheit der Haut an dieser Stelle, dann, still und leise, streife ich ihr die Pantolette ab. Meine Mutter fragt mich plötzlich und ohne meine Verwirrung zu bemerken:

»Ist er fort?«

»Ja.«

»Hat er's dir gesagt?«

»Ja.«

Es scheint mir keinen Sinn zu machen, lange Kommentare über die von diesem düstren Schwachkopf gefällte Entscheidung zu liefern, und meine Mutter scheint zweifelsfrei zu der gleichen Schlussfolgerung gelangt zu sein, denn sie erhebt sich, streift sich geistesabwesend die Pantoletten über, die ich ihr so lustvoll abgenommen habe, entzieht ihre kleinen Füße den Streicheleinheiten, die ich ihnen großzügig habe zukommen lassen, und schreitet über mich hinweg, als wäre ich ein sperriges Objekt und nicht ihr Sohn, der in vergötternder Haltung vor ihr niederkniet.

Einmal auf der Treppe, dreht sie sich zu mir um und wühlt in ihrer struppigen Frisur, sie, die ich nie anders als in allen Situationen perfekt gesehen habe. Eine Pantolette balanciert auf der Spitze des Fußes, den sie in ergreifender Darbietung in meine Richtung hält, eine endlich erfolgte Hommage an meine kindliche Frömmigkeit. Sie wird sprechen, zu mir, wird sagen, was ich mir zu hören erträume, dass nämlich das Leben ohne den kleinen Operettenmatrosen viel sanfter sein wird, dessen andauernd vorwurfsvolle Anwesenheit eine ernste Verhinderung dargestellt hat für den Zusammenhalt und die Harmonie der Familie; sie wird mir sagen, dass ich die einzige Familie bin, die ihr bleibt. Die Pantolette fällt. Meine Mutter fragt mit tonloser Stimme, mehr zu sich selbst gerichtet als an mich:

»Und wer wird Fougère nehmen?«

Na bitte. Sie werden sich um die Haltung dieses reizlosen Tieres streiten – denn dort, wo andere Hunde niedlich sind, gute, anhängliche Augen haben oder eine rührende Schnauze, da kann ich über all unsere Fougères sagen, dass sie widerlich waren und dass man schon wahrlich mein Vater sein musste oder meine Mutter, um sich für deren Kurzhaarfell, geiferndes Gekläffe oder lästigen Geruch begeistern zu können.

Die folgenden Tage bringen mir keine erwähnenswerte Veränderung. Meine Mutter hat entschieden, so zu tun, als wäre die Zukunft ihrer Hündin die einzige in Betracht zu ziehende Erwägung. Auch wenn ich von Psychologie wenig verstehe, so ist mir doch überdeutlich, dass dieses kleine Tier das Objekt einer Liebesübertragung abgibt und dass ich allen Beteiligten einen Gefallen damit täte, es aus dem Weg zu räumen. Anstatt stundenlang über das Schicksal von Fougère zu quatschen, würde meine Mutter endlich damit beginnen, sich der unhaltbaren Realität zu stellen: ihr Ehemann, mein Vater, hat entschieden, dass wir nicht gut genug waren für ihn und dass er auf etwas Besseres Anspruch erheben könne, auf ein Familienleben, darin die Ehefrau nicht steril und das Geschlecht der Kinder eindeutig. Schluss mit Essen zu dritt, während derer eine Mutter auf Polnisch vor sich hinmurmelt, ein Sohn die von der Laserenthaarung geschwollenen Wangen zu Schau trägt und ein Vater melancholisch den Rücken einer Hündin streichelt, die da winselt. Schluss mit den sonntäglichen Spaziergängen, während derer es Mühe bereitet, Schritt zu halten mit diesem schlaksigen Sohn, während sich die Prinzessin der Biebrza mit einem Gewicht schwer an seinen Arm hängt, das sowohl dem Groll als auch der Körpermasse zu zollen ist – denn sie ist sauer auf ihn, und dieses Gefühl der Verbitterung lässt er, gemeinsam mit allem anderen, im Regen stehen, hopp dahin, das ist recht praktisch, er fängt bei Null an, er löst alles auf, was ihm Unbehagen bereitet, alternde erste Frau und ein Sohn auf dem Weg seiner sexueller Neuzuweisung, ein Sohn, der nicht der seine ist, ganz klar, wozu also dann noch diese ganzen Skrupel?

Meine Wut versiegt nicht. Zum Glück habe ich Cindy zur Unterstützung an meiner Seite und, um meinen Kopf zu beschäftigen, den Plan, Armand bei uns unterzubringen. Ich bin seit unserem letzten katastrophalen Besuch nicht mehr in der zentralen Strafvollzugsanstalt gewesen, ging es doch darum, einen Armand etwas in Unruhe zu versetzen, der sich meiner und meiner Gefühle zu ihm zu sicher wähnte. Und es hat funktioniert: nach zwei Wochen erhalte ich einen kleinen, umsichtigen Brief, der aber deutlich verlockender ist, als alles, was Armand in dem einen Jahr, in dem ich ihn nun kenne, mir gegenüber hat äußern können. Ich nehme es zur Kenntnis, reagiere aber nicht, selbst wenn alles in mir danach ruft, loszulaufen und Armand weitaus mehr Zärtlichkeit und Dankbarkeit zu bezeugen, als seine kleine Nachricht rechtfertigen könnte. Mein Schweigen bringt mir weitere Briefe ein, die in ihrer lyrischen Qualität zwar immer weit unterhalb meiner Erwartungen liegen, die zu beantworten ich mich dann aber doch entscheide. Unsere Geschichte hat ja schließlich auch mit einer Korrespondenz begonnen, die, im Nachhinein und unter Berücksichtigung der enttäuschenden Zusammenkünfte, welche ihr folgten, ich beinahe als inbrünstig und leidenschaftlich empfinde. Armand schreibt im Übrigen sehr gut. Er pflegt seine Formulierungen ebenso wie seine Schrift: seine Buchstaben sind bis zur

Perfektion geschliffen und man ahnt den Jungen, der eine beängstigende Lust dabei empfindet, selbst bis zum Umschlag hin perfekt zu formulieren.

Schließlich kreuze ich in der zentralen Strafvollzugsanstalt auf, in einem schwarzen, hochgeschlossenen Kleid und Sandaletten, obgleich ich bei Armand doch keinerlei Befürchtungen hegen muss, ich könnte ruhig hochhackige Schuhe tragen, schließlich ist er ja einen Meter siebenundneunzig groß. Wir vertragen uns wieder, ohne großes Tralala, indem wir unsere Hände über dem Tisch zueinanderfinden lassen, während um uns herum die Ks und ihre Artgenossinnen ihrem bestialischen und unersättlichen Appetit freien Lauf lassen. Auch ich bin eine unersättliche Bestie, aber doch bitte nicht hier.

Wieder zu Hause, verkünde ich meiner Mutter, dass einer von Cindys Cousins aus dem Gefängnis entlassen werden wird und eine Unterkunft braucht, bis er sich wieder orientiert hat. Ich weiß sehr genau, welchen Teil der Wahrheit sie fähig ist zu ertragen: ein alter Knastbruder wird ihr stets mehr Respekt einflößen als ein Homosexueller, und im Übrigen ist mir Armands Sexualität heute noch ein ebenso vollständiges Mysterium wie bei unserem ersten Zusammentreffen, wie alles andere auch, was seine Intimsphäre und sein Privatleben angeht. Ist er bei ganz vielen Themen nicht auf den Mund gefallen, so verschließt er sich wie eine Auster, sobald es zu seinen gläsernen Geheimnissen kommt, ein Verschlusslaut der Ventile, klick klack, sobald man seine Vergangenheit und die Gründe, derer wegen er eingebuchtet wurde, anspricht.

Nicht ganz abwegig, dass Cindy richtig läge und er seine ganze Familie getötet haben dürfte. Angesichts dessen, was der meinen soeben widerfährt, werde aber gerade eben nicht ich den ersten Stein werfen: was Familienangelegenheiten betrifft, besser ist da ja wohl doch eine gewaltsame, aber einwandfreie Abwicklung, eine radikale Vernichtung, die eben so weit geht, dass man nicht mehr darüber spricht, als eine ekelerregende Spaltung, ein Vater, der seines Weges zieht, um die Effektivität seiner Geschlechtsdrüsen zu testen, eine Mutter, die auf Polnisch ausrastet, als hätte jemand die bislang verriegelten linguistischen Stauklappen aufgebrochen, eine Mutter, die kein einziges Mal den Abwesenden heraufbeschwört, sondern ununterbrochen Spitzfindigkeiten über die Zerbrechlichkeit ihrer Hündin vom Stapel lässt, über deren kleine Macken, die jeglichen Transport verbieten, über all die guten Gründe, die rechtfertigen könnten, warum sie ein Exklusivrecht darauf haben sollte, auf sie aufzupassen. Wenn ich so dumm bin, ihr nahezulegen, dass es an der Zeit wäre, sich mit etwas anderem zu beschäftigen, dann sieht sie mich mit Augen an, die ich bei ihr noch nie gesehen habe, finstre und wahnsinnige Augen, die bedeuten wollen, ich sei ihr Feind. Kurz, sollte Armand Frau und Kinder getötet haben, so hat er meinen nachträglichen Segen dazu.

Er schlägt zu Hause an einem sonnigen Junitag auf, ausreichend mit Informationen versorgt, um den Cousin zu spielen, ausreichend in Alarmbereitschaft versetzt durch mein eben erst erlebtes Trotzen und Schweigen, um mir gegenüber eine Haltung zu bezeugen, die der Verdrießlichkeit, die ich über ein Jahr hatte erdulden müssen, ganz und gar entgegengesetzt ist. Auch sieht er mich zum ersten Mal in der Rolle namens Daniel, aber diesbezüglich habe ich ihn ebenfalls ausreichend unterwiesen, denn in keiner Weise darf er irritiert wirken und muss so handeln können, als kenne er mich kaum.

Wie ich ihn sich so entwickeln sehe in unserem Vorstadteinfamilienhäuschen, da werde ich mir gewahr, was an Armands Körperlichkeit so sensationell ist. Nicht nur, dass er aufgrund seiner kolossalen Statur alle anderen dominiert, nein, er imponiert auch noch mit seiner nordischen Helle und seiner Augenfarbe, einem leicht schmutzigen, leicht verdunkelten Eis gegen Ende des Winters, und doch von einer verführerischen Blässe gezeichnet. Ich kann's kaum glauben, dass ich bei uns zu Hause diesen Mann einer

Heldensage eingeführt habe – es sei denn, es handelt sich um den Wolf im Ziegenstall, und nächtliche Ängste kommen bei mir auf, Stunden, während derer ich mich im Bett wälze, das ich mit Cindy teile, und in denen ich mich frage, ob ihn seine Mordgelüste nicht wieder heimsuchen werden, ob er seinen Bestand an ängstlichen, weiblichen Viechern nicht auslöschen werde, denn genau das ist es, was wir sind, Cindy, meine Mutter und ich, durch Testosteron in Bann geschlagene Hirschkühe.

Für den Augenblick scheint es mir, dass nichts zu befürchten sei: Armand versucht sogar, sich in ein gutes Licht zu rücken, indem er kleinere, liegen gelassene Reparaturen durchführt, raffinierte Veränderungen im Haus wie im Garten vorschlägt und meine Mutter mit einer unterwürfigen Höflichkeit behandelt, die sie erröten lässt. Sie ihrerseits, nachdem die Scham einmal überwunden war, zögert keine Sekunde, ihn auf eine Weise zu schelten, die als Barschheit durchgehen könnte, hinter der ich aber ein beinah sanftes Interesse aufstöbere.

Sehr schnell entdecken sie Gemeinsamkeiten, deren kleinste eben gerade nicht in der Feindseligkeit mündet, die ihnen die französische Justiz zuspielt, rachedurstiger Hass bei Armand, argwöhnische und beinahe erbarmungswürdige Verachtung bei meiner Mutter, die ihre polnische Kindheit an ausschreitende Gewalt und willkürliche Grausamkeit gewöhnt hatte, deren entfesselte Kraft sie allen Angestellten der Gerichtsbarkeit Frankreichs schon beinahe an den Hals wünscht, wozu Armand nichts mehr zu sagen hat, jetzt, da er seine Strafe hinter sich weiß. Meine Mutter hat nicht lange gebraucht, um zu wittern, dass er slawische Wurzeln hätte, um liebenswürdige Scherze mit ihm treiben zu können über seine hohen Wangenknochen und seine eisblauen Augen. Armand hat sich genau im richtigen Augenblick einen in Lodz geborenen Urgroßvater auf den Plan gerufen und es unternommen, einen Ahnenbaum aufzustellen, indem er seine liebedienerischen Wurzeln in das blaue Blut polnischer Edelmänner, und ich nehme an

trügerischer, tauchte – aber ich bin schlecht aufgestellt, um Betrug auszurufen. Wichtig ist, dass Barbara glücklich sein möge.
Selbstverständlich nehme ich Armand mit ins Arcadia. Ich setze ihn an die Bar, vertraue ihn Ashley an und flitze los, mich fieberhaft umzuziehen in dem, was uns als Backstage dient, eine Abstellkammer, in der ich meine Mädchenklamotten zwischenlagere, da ich sie, angesichts Barbaras obsessiver Ordnungsliebe, unmöglich zu Hause verbergen kann. Da ich weder die Blicke noch die Sarkasmen der Mithäftlinge von Armand zu befürchten habe, drehe ich voll auf: ein blassrotes Etuikleid, das meinen braunen Backen zupasskommt, kann keiner tragen, der nicht meine Figur hätte, meine langen Beine, meine schmalen Hüften, meinen muskulösen Rücken, denen übrigens allen ein wenig Weiblichkeit fehlen würde, trüge ich nicht auch ein Mieder, das meine Taille schnürt, und eine vollkommen künstliche, aber erstaunlich echt wirkende Oberweite, zwei Hemisphären aus samtweichem Silikon, eingepresst in schwarze Spitze, ein wahres Meisterwerk, für hundertzwanzig Euro im Internet erstanden, denn wenn schon Welt, dann die große.
Bei Cindy, die mir beim Brushing hilft und beim Make-up, das auf Schlichtheit setzt, fühle ich mich verführerisch, und Armand hebt bei meinem Auftritt eindeutig bewundernd seinen Daumen. Ich habe mich dazu entschieden, ihm zu zeigen, wozu ich fähig bin in den Disziplinen Tanz und Sexappeal. Ich habe Charbel drei Songs aufgedrängt, drei geniale Stücke, die er einspielen soll inmitten seiner kurzatmigen Playlist, inmitten all dieser Lieder, von denen ich noch nie verstanden habe, warum sie die Leute zum Tanzen bringen, wo doch deren plumpe Rhythmik die Beine der besten Tänzer bleischwer werden lassen müsste. Aber genau deshalb, weil die Leute vom Tanzen keine Ahnung haben, benötigen sie den Bleihammer, Abba, Madonna, Boney M., Beyoncé, alles, was ich verachte und dennoch gezwungen werde zu mögen, weil das Arcadia gerade davon lebt.

Während auf die Rückkehr der schweren Geschütze auf den Drehtellern gewartet wird, kommt mein Moment, meine sieben Minuten an wahrem Tanz und reiner Freude, geht es doch darum, dass ich vor Armands Augen in neuem Glanz erstrahle und nicht länger die Besucherin der Sonntagmorgende bin, die Marie-Line, in glanzloser und artiger Haltung, auch nicht der Daniel für den Hausgebrauch, das etwas zu ordentliche Muttersöhnchen, sondern Malgorzata, die Umwerfende, die ihr in Form gebrachtes Haar in den Nacken wirft und sich vor den bewundernden Blicken verbiegt, und siehe da, selbst Armand ist nicht weniger erstaunt als alle anderen.
Es muss betont werden, dass ich loslege wie sonst nie, elektrisiert von einer doppelgeschlechtlichen Energie und durchflutet von einem Nervenstrom, die sogar mich in Erstaunen versetzen. Ich liebe es, wenn die Musik mich durchdringt, wenn ich sie fließen lasse von einer Schulter zur anderen, wenn ich sie mein Zwerchfell verdrehen und meine Beine zu einem lebhaften Hexensabbat aufschwingen lasse. Der Großteil der Tänzer ist an den Rand des Dancefloors gewichen, und zwar in zu dichten Gruppen, als dass ich mich in den Wandspiegeln wahrnehmen könnte, und wenn es doch geschieht, dann nur im aufblitzenden Stroboskoplicht, was so wenig mit meinem Gefühl, ich wäre überwältigend und umwerfend, übereinstimmt, dass es mir den Atem verschlägt, den Rhythmus und die Energie.
Ohne das Ende meiner Playlist abzuwarten, ziehe ich mich hastig hinter die Kulissen zurück, wo ich einen melancholischen Schlussstrich unter meine Beobachtungen ziehen kann, da ja niemand mehr da ist, der zwischen mich und den Spiegel treten könnte, kein einziger von meiner Performance verschüchterter, unerfahrener Tänzer, kein einziger torkelnder Suffkopf, keine einzige *mtf* mit Liebeskummer. Nur ich in meinem roten Kleid bin da, Rot einer Erdbeere, die zu lange im Wasser gelegen hat, Rot, von dem ich mich frage, wie ich auch nur einen Augenblick lang habe glauben

können, dass es zu meinem Teint passt; nur ich bin da und die schwarzen Ringellocken, unter denen Cindy wohlmeinend mein Gesicht eingerahmt hat, weshalb ich aussehe wie ein Perücke tragendes Affenweibchen, was ich, im Grunde genommen, ja bin – ganz zu schweigen davon, dass immer noch eine offene Fleischsichel das Endstück meiner Nase ins Lächerliche zieht. Ich könnte lachen, ich könnte losheulen angesichts dieser unheilvollen Spiegelung, was jedoch meine körperliche Erscheinung betrifft, bin ich es gewohnt, verunsichert zu sein. Würde sich im Nebenraum nicht ein Armand aufhalten, von dem ich wollte, dass er völlig geblendet sei von mir, ich würde schlicht und einfach auf das, was der Spiegel mir zurückwirft, pfeifen, ich würde das Handtuch werfen, ich würde zu etwas anderem übergehen.

Ich habe bis jetzt nie wirklich gewusst, ob ich mich in der Rolle des Transvestiten besser finde oder in meinen Klamotten eines modischen Jungen, schwarze Skinny Jeans, taillierte Hemden, abgeschnittene T-Shirts. Wahrscheinlich wirke ich in der Rolle des Jungen weniger lächerlich, aber nur Frauenkleider geben mir das Gefühl, dass ich begehrenswert sei, was jedoch und unabhängig von meiner Bekleidung immer die vorherrschende Rolle spielt, das ist ein so starker Eindruck von Fremdartigkeit und Eitelkeit, dass ich mich schlussendlich von nichts betroffen fühle, weder von meinem Gesicht noch von meinem Körper. Ich muss mich wohl drum kümmern, nichtsdestotrotz, und beiden die ihnen angemessene Pflege zukommen lassen, wo ich doch weder ein gedankliches Universum besitze noch ein geistig-kulturelles Leben, um es klar und deutlich zu sagen, keinen einzigen Ort, an den ich mich begeben könnte, abgesehen von dieser kaum attraktiven fleischlichen Hülle.

Arcady kreuzt in genau dem Moment auf, da mein inneres Elend seinen Höhepunkt erreicht, da ich in meinem verwelkten Kleid fröstle, verschämt von dem Schauspiel, dass ich Armand unbedingt habe bieten müssen, dieser unkoordinierte Tanz, diese trockenen

und schuppigen Schienbeine, diese absurden Tätowierungen auf Unterarmen und Schultern, gestochen schon, als ich noch viel zu jung dafür war. Er streckt mir schlicht und einfach seinen in Silberlamé gespannten Bauch unter die Nase wie denjenigen eines fetten Bonitoweibchens, das gerade aufgetaucht wäre, um hier zu laichen. Mechanisch ziehe ich sein Kleid über seine schwammigen Hüften zurück und greife nach seinem bereits auf mich abzielenden Schwanz, dessen triumphaler Glanz vom Silberlamé nur noch unterstrichen wird. Ich liebe es, ihn zu lutschen, seine Eichel gegen meinen Rachen zu pressen, einzuatmen, indem ich kalte Luft über seinen Schwanz gleiten lasse, um ihn dann wiederum nur umso schöner in meinen warmen Mund zu nehmen, ihn mit Speichel zu umhüllen, ihn ganz zu verschlingen, ihn zu fühlen, wie er sich aufbläht auf meiner Zunge, wie er sich breitmacht zwischen meinen vom Saugen hohlen Wangen, dann das seinen Orgasmus verkündende Vibrieren wahrzunehmen und dann voller Dankbarkeit die drei herbscharfen Spritzer hinunterzuschlucken, die er mir tief in den Rachen schießt. Vorbei die angehaltene Zeit, das Leben kann weitergehen, die Unterhaltung wieder beginnen:
»Was hältst du von Armand?«
»Ziemlich geiler Typ. Ashley liegt ihm zu Füßen.«
»Schwul oder hetero, was denkst du?«
»Schwul, will's aber nicht wissen.«
Ich wäre nur allzu gern bereit, es ihm zu glauben, würde er nicht genau das Gleiche über alle Heteros sagen, die wir kennen – und außerdem, was mögen Armands sexuelle Vorlieben schon zu bedeuten haben, wo ich doch imstande bin, ihm abwechselnd zwei Geschlechter anzubieten, das eine ebenso angemessen und funktionsfähig wie das andere?
Arcady richtet vor dem Spiegel bereits wieder sein Kleid und taxiert sich dabei mit einem Ausdruck an Zufriedenheit, den mir nichts rechtfertigen zu können scheint: weder die in lückenhaften Büscheln hervorquellenden Haare auf seiner Brust noch seine

kurzen und dicklichen Arme, auch nicht seine knollige Nase und schon gar nicht die weit vorangeschrittene Glatze. Arcady, dieser Mann mit Stil, der prompt die Makel der Ungnade bei den einen oder die impotenten Eitelkeiten bei den anderen aufspürt und verspottet, dieser gleiche Arcady betrachtet sich mit einer so verliebten Selbstgefälligkeit, dass es ihm sein Urteilsvermögen völlig vernebelt oder gar auslöscht. Wo die einen vom eigenen Spiegelbild niedergeschmettert werden, hat es den Anschein, als zögen andere ununterbrochen aus diesem stets die gleiche selige Zufriedenheit. Kaum ist die Inaugenscheinnahme beendet, wendet er sich mir mit seinem üblichen Elan zu:

»Auf, an die Arbeit. Du hast in fünf Minuten ein Duo mit Ashley.«

Die Erfahrung hat mich gelehrt, dass bei Arcady alles reiflich überlegt und unabänderlich feststehend ist, selbst dann, wenn er den Eindruck vermittelt, zu improvisieren oder die Dinge lässig zu steuern. Ich kann noch so sehr dagegen angehen, daran erinnern, dass meine Duos mit Ashley angesichts der Disharmonie unserer jeweiligen Körperlichkeiten jedes Mal zur Burleske gerinnen, er lässt sich nicht davon abbringen und wenig stört es ihn, dass ich mich lächerlich machen könnte vor Armand.

Ich muss es zugeben: meine Nacht ist es nicht. Manchmal, da rechnen wir damit, dass wir glänzen werden, haben alles dafür getan, fühlen uns getragen und davongetragen von einem Kleid, einer Musik, den Blicken. Wir herrschen uneingeschränkt, und zwar für uns und unter uns, und diesem Gefühl einer geheimen Vorherrschaft ist keine Welt groß genug – nur dass es dann völlig danebengeht: die Blicke kippen ins Spöttische, das Kleid erweist sich als Fehlgriff und der Rest, der auch, die Frisur, die Schminke, der Tanz.

Da es nicht infrage kommt, sich noch länger niederschlagen zu lassen, ziehe ich schwarze Lederleggings und ein elektrisierend blaues Minikleid an. Ich belasse es bei meinen Pumps, jenen mit Herzen aus Strass auf dem Spann, die mich schon immer haben

glauben lassen, dass sie mir einen hochmütigen Knöchel machen – aber heute Abend kann ich definitiv keine einzige tröstliche Gewissheit welcher Art auch immer aus irgendwelchen Kleidern oder irgendwelchen Accessoires ziehen; ganz im Gegenteil, alles droht, mir den Dienst zu verweigern, droht, aus mir nicht länger eine Königin der Nacht, sondern einen aufgrund seiner Würdelosigkeit deprimierten Makaken zu machen.
Hopp, egal, ich springe mit Lichtgeschwindigkeit auf die Bühne und versuche so gebieterisch wie nur eben möglich zu wirken, was mir die Befriedigung verschafft, Ashley in Verlegenheit zu bringen. Gehievt auf einen hohen Barhocker, unverschämt gespreizte Beine, ist sie gerade dabei, Armand gegenüber eine Vamp-Nummer abzuziehen, eine Nummer, bei der ich sie schon häufig habe beobachten dürfen, eine perfekt auf den Punkt gebrachte Go-go-Girl-Falle – nur ist Armand nun mal alles andere als ein naiver Go-go-Boy und ich sehe, dass er sich den hätschelnden Lockungen nur mit Mühe hingibt. Mit trotzigem Gequieke rafft sie ihre massigen Petticoats zusammen und springt mit einem Satz auf die Bühne, wo ich bereits ohne sie angefangen habe zu singen. Sie durchbohrt mich mit Blicken und beginnt wutentbrannt die Stofflagen aus Seide und Gaze zu schwingen, dank welcher sie sich wahrscheinlich erhofft, einer Cancantänzerin zu ähneln, die ihr aber bestenfalls das Gepräge einer Saloonhure verleihen.
Während sie also wild herumtobt, um die Aufmerksamkeit auf sich zu lenken, begnüge ich mich damit, wenige sehnsuchtsvolle Schritte zu machen und dabei die dünnstmögliche Beugung von Dalidas warmer und schwerer Stimme in den Raum zu hauchen. Man muss dazu wissen, dass in den Schwulenclubs Dalida eine obligatorische Wegmarke darstellt, ebenso unvermeidlich wie Mylène Farmer, in meinen Augen dabei aber längst nicht so unerklärlich, denn bei Dalida, ihrem herzzerreißenden Schielen, ihrem rauen Akzent und ihrer trügerischen Transenausstrahlung ist man gepackt, auch wenn man nicht weiß warum, die

ewige Ägypterin, vielleicht deshalb, ein unaufhörlich wieder und wieder gespieltes und zu guter Letzt tragisch endendes orientalisches Drama, während es einem bei Mylène doch nur gelingt, sich im Flair eines gepuderten Gesichts und einer Stimme zu verlieren, die nicht einmal eine ist – und dies ist vielleicht auf den Punkt gebracht genau das, was ihre Fans so sehr lieben: sich zu verlieren und gemeinsam mit ihrem alters- und geschlechtslosen Idol nichts zu sein. Glücklicherweise hat sich Arcady darin gefallen, mir Ashley zwischen die Füße zu werfen, ohne mir auch noch Mylène unterzujubeln.
Wie vorhergesehen lacht sich das Publikum krank, und das, obwohl es sich mit *Moi, je veux mourir sur scène* um einen der traurigsten Chansons aus Dalidas Repertoire handelt. Zu groß bin ich, zu dunkel, zu sehr durchdrungen vom Sinn der Worte, als dass ich keinen zwerchfellerschütternden Kontrast darstellen würde zu Ashleys vollen Backen, ihrer künstlichen Blondiertheit, ihrer leidenschaftlichen Pavane, ihren aufgeregten Bewegungen eines Huhns, das man verfolgt, um es zu rupfen.
Hinter seiner Bar, die Arme verschränkt vor dem silbernen Lamé, die Augen leicht hervorstehend oberhalb seiner Drinks für fünfzehn Euro, lacht Arcady sich ebenfalls krank. Während ich mich ohne Überzeugung in den Hüften wiege, es geht ja nur darum, die Art bewundern zu lassen, in der das Mieder meine Taille schnürt, durchfährt mich die Idee, er wolle mich, wenn nicht sogar bestrafen, so doch zumindest schikanieren. Er weiß sehr genau, dass dieses Lied kein Duo ist und dass ich im Übrigen lieber allein singe, allenfalls noch mit Mme Arthur, denn bei ihr haben wir's mit einem wahren Profi zu tun, der es versteht, hinter die Erfordernisse der Show zurückzutreten, während Ashley nichts anderes darin sieht als eine Möglichkeit aufzufallen.
Ja, Ashley ist ganz bestimmt die Bestrafung, die Arcady für angemessen hält, mich leiden zu lassen, Bestrafung, die umso weniger nachvollziehbar und zufällig ist, da mir ja noch der Geschmack

seines Spermas im Rachen kratzt und ich noch immer die kleine Lippenwunde habe, die köstliche Schwiele, die ich der Fellatio zu verdanken habe. Beim nächsten Mal werde ich ihn, anstatt die Lippen nach innen zu ziehen, sich an meinen Schneidezähnen reiben lassen, es sei denn, ich beiße richtig zu: das wird ihm eine Lehre sein, mich am Abend der Abende mit Ashley singen zu lassen, wo ich doch dringend die Bühne für mich allein bräuchte sowie ein Repertoire, mit dem ich glänzen könnte; das wird ihm eine Lehre sein, mich zu bestrafen, weil ich zu nett gewesen bin, weil ich der aufmerksamste und zarteste Liebhaber gewesen bin: die verkehrte Welt, eine Zeitlang geht das gut, aber Ungerechtigkeit und Machtmissbrauch haben ihre Grenzen.
Beinahe Schulter an Schulter mit Arcady, schaut mich Armand mit dem euphorischen, aber nichtssagenden Blick eines Typen an, der sich eben noch auf dem Klo einen Schuss gesetzt hat. Ist es etwa möglich, dass Cindy ihn von unserer letzten Lieferung hat kosten lassen, einem Heroin von schwindelerregender Reinheit, sodass man jedes Mal knapp an der Überdosis vorbeischrammt? Sobald das Lied zu Ende und Ashley wieder auf ihrem Hocker ist, mache ich mit *Come Into My Life* von Joyce Sims weiter, den Blick tief in Armands Augen versenkt, die Stimme getränkt von Überzeugung und hoffend, dass jede einzelne Silbe dieses wundervollen Liedes in ihn eindringt. Vergebliche Liebesmüh, Armands Englisch ist keinen Pfifferling wert, und als ich zu ihm an die Bar komme, wird mir klar, dass keine einzige meiner sublimen Botschaften sein Ohr erreicht hat. Zudem muss ich feststellen, dass er überhaupt nicht breit ist: klare Aussprache, Pupillen normal groß, er ist einfach nur glücklich, hier zu sein, und dabei wunderbar entspannt.
Trotz seines komplizierten Charakters und seiner undurchsichtigen Persönlichkeit ist Armand sehr ausgeglichen. Der Beweis dazu: anstatt die Schwierigkeiten der Resozialisierung und Wiedereingewöhnung ins normale Leben zu durchlaufen, wie sie häufig bei Ex-Knastis vorkommen, erfreut er sich mit jedem Atemzug an

seiner wiedergefundenen Freiheit, trällert er vor Glück, barfüßig über unseren Rasen laufen zu können, rausgehen zu können, um die Zeitung zu kaufen, in der Garage rumwerkeln zu können, mit mir einkaufen gehen zu können und essen zu können, was er will und wann er will, anstelle des faden, um Punkt achtzehn Uhr servierten Napfes, der für fünfzehn Jahre sein Alltag war. Nein, ganz klar, weder die existenziellen Qualen noch die Mittel, mit denen man diese üblicherweise mildert, passen zu ihm. Ich lag richtig mit meiner Entscheidung, eher auf seine Kleinanzeige reagiert zu haben, als auf jene, die Welten und Wunder versprachen, aber arme, von sich selbst überzeugte Schweine erahnen ließen, die allein schon von der puren Existenz kopflos werden und unfähig sind, sich ihr ohne medikamentöse Hilfe auszusetzen.
Armand besitzt zudem das Verdienst, alle Welt von seiner unverschämten geistigen Gesundheit profitieren zu lassen, und dies auch noch, obwohl sie wesentlich seinem Egoismus und seiner Gleichgültigkeit gegenüber anderen geschuldet ist. Zu Hause bewirken sein Gleichmut und seine beiläufige Höflichkeit wahre Wunder bei den gepeinigten Seelen, die Cindy und meine Mutter gleichermaßen sind. Da, wo es mir nur gelingt, sie mit meinem schemenhaft guten Willen und meiner auf sie gerichteten Sorge nur noch mehr aufzureiben, da beruhigt er sie allein schon durch seine schlichte Anwesenheit. Cindy hat ihm gegenüber ihre Zurückhaltung gänzlich aufgegeben und setzt sogar sämtliche Ratschläge, die er ihr in Bezug auf Victor gibt, eilfertig um; was meine Mutter betrifft, sie strahlt regelrecht, sobald er ins Zimmer tritt, und sie stürzt sich ihm zuliebe auf sehr subtile Weise für Unmengen an verführerischer Damenwäsche in Unkosten, ebenso für Parfums, deren Duft noch nie so sehr zu voller Pracht erblühte: vorbei die Zeit der Kopf- und Nachlässigkeit, die dem Abgang des unwürdigen Ehemannes folgte, vorbei die schmutzigen Morgenmäntel und verfilzten Haare.

Somit bin ich der Einzige, auf den Armand keinerlei lindernden Einfluss hat – das genaue Gegenteil ist der Fall, seine Anwesenheit führt dazu, dass ich von meiner Begierde zerfressen werde, bis mir übel wird. Vergeblich habe ich versucht, dass er auch dies spüre, aber ich stoße bei ihm gegen eine Art mitleidige Freundlichkeit, die mir an ihm bislang nicht aufgefallen war und auf mich von daher nur umso besorgniserregender wirkt. Immer wieder einmal bin ich im Tanga, Mieder oder Seidenneglígé in sein Zimmer geplatzt, ohne auch nur etwas annähernd Zärtlicheres zu erhalten als eine scheue Umarmung, bei der ich fühlte, wie sein Körper sich gegen den meinen spannte, aber dies geschah aus Furcht, aus Angst heraus, ich würde seine handgreifliche Zurückweisung und Ablehnung dessen, was ich bin, nicht übergehen. Bestünde ich darauf, und spielte ich mit seinem Gefühl, dass er mir etwas schuldig geworden sei, ich könnte möglicherweise meine Ziele erreichen, aber was wäre von einer schnellen Nummer zu halten und was von der Scham, die ich mir unter solchen Bedingungen einfangen würde? Kurz und gut, jeder vergebliche Versuch, jedes jämmerliche Versagen bringt mich dem Augenblick näher, an dem ich egal was auch immer beginnen werde zu akzeptieren, in der Hoffnung, dass die Folter dieses Begehrens ein Ende finden werde, die sich ja an allem nährt, an der kleinsten Bewegung, der geringsten Hebung der Stimme – ja, egal an was, selbst an einem beschissenen, durch sexuelle Belästigung und sentimentale Erpressung abgerungenen Koitus.
Wie auch immer, wichtig ist, dass Barbara glücklich sein möge, und sie ist es. Es scheint beinahe so, als hätte ich ihr mit Armand im Hause die richtige Medizin besorgt, als bedürfe sie eines Mannes, der ihr Komplimente macht über ihre Garderobe, ihre gesunde Ausstrahlung, ihre Kochkünste; eines Mannes, der ihren Heizkessel wieder in Gang bringt und ihr den Rasen in Schuss hält, alles Dinge, die ich seit Jahren tue, ohne dass Barbara den Anschein macht, als würde sie daraus auch nur den geringsten seelischen Halt ziehen

können, ach egal. Ich irre also wie ein Zombie durch mein eigenes Haus, meist auf Drogen, gute alte Methode, um die Erregung zu senken und den Kummer zu mindern, der an mir nagt.

Eines Nachmittages dann, als seelische Verschwommenheit und Nichtstun mich bis zur Garage führen, da entdecke ich, wie Armand dabei ist, meine Mutter von hinten zu nehmen. Sein breiter Rücken verdeckt sie mir teilweise, dennoch kann ich sehen, dass sie ihre schwarzen Wildlederstiefel angelassen hat – ein kürzlich erst getätigter und absolut nicht zur Jahreszeit passender Kauf – und dass es sich um einen Arschfick handelt. Während er es ihr besorgt, stützt sie sich mit beiden Fäusten auf die vor langer Zeit von meinem Vater bereits auserwählte Werkbank und drückt das Rückgrat durch. Zu beiden Seiten ihres weißen Nackens teilt sich das schwere, rote Haar in zwei wuchtige Massen, die Armands Beckenstöße in ruckartige Schaukelbewegungen versetzen. Als er ihr die Brüste auf eine für mein Gefühl brutale Weise durchknetet, stößt sie ein ekstatisches Röcheln aus, das, wenn ich sie gut kenne – und wer, Barbara, kennt dich besser als ich? –, die Brüllarien ankündigt, mit denen sie immer schon signalisiert hat, dass sie gleich kommen werde.

Ich mache Hals über Kopf auf dem Absatz kehrt, rasch rasch, wenn ich beim flamboyanten mütterlichen Orgasmus nicht in der ersten Reihe sitzen will. Ich torkle in den Garten, wo der Rasen von noch nie dagewesener Phosphoreszenz zu strahlen beginnt, während die von Armand getrimmten Buchsbaumhecken sich gefährlich kräuseln. Ich gehe auf die Knie, gehe nieder ins Gras, das gleichfalls von Armand gemäß seinem nordischen Sinn für Ordnung und Harmonie frisch gemäht ist: kein Vergissmeinnicht, kein Klatschmohn hat überlebt; nichts als kurze, strenge Stoppeln, die meine Handflächen reizen, denn von nun an bin ich nur noch auf allen vieren unterwegs, nach Luft ringend und bemüht, aus all jenen Gedanken, die mir durch den Kopf wirbeln, den einen abzufangen, der schlüssiges Denken ermöglichen würde. Selbst mein übliches

Mantra verweigert mir alle Nützlichkeit: sicherlich, wichtig ist, dass Barbara glücklich sein möge, aber Armand ist derjenige nicht, der ihr Glück sicherstellen wird, er, der es nicht einmal wagte, sie anzuschauen, da er sie beglückte, er, der noch nicht einmal auf ihrem Gesicht die wunderbare Veränderung hat sehen wollen, die die Lust mit sich bringt.
Dass wir uns richtig verstehen, ich habe nichts gegen Analverkehr – Analverkehr ist mein Metier –, aber man kann einen sehr gut in den Arsch ficken und dabei trotzdem einander in die Augen schauen, und ich weiß, was zu denken ist von einem Mann, der die anale Penetration als seinen ersten Sexualakt mit einer dreiundfünfzigjährigen Frau wählt, die vor Zärtlichkeit zittert und emotional zerbrechlich gemacht wurde; ich weiß, was zu sagen ist über eines solchen Mannes Unfähigkeit zur Empathie, über eines solchen Mannes Mangel an Phantasie und eines solchen Mannes Hyperrationalität – diese Art, ohne Umschweife auf die eigene Befriedigung zuzusteuern, ohne sich um diejenige zu scheren, die nichts zur Sache beizutragen hat, ach, so viele Eigenschaften, die, um sie bei Armand aufzuspüren, ich nicht besonders lange brauchte, von denen ich aber unter keinen Umständen will, dass sie auf Kosten meiner Mutter gehen.
Na bitte, die Schreie ertönen, ebenso orgiastisch und ebenso schrill wie in meiner Erinnerung. Da ich noch immer unfähig bin, mich zu erheben, entferne ich mich auf allen vieren durch einen leuchtend nebeligen Tunnel und verfluche den Tag, an dem mir die Idee kam, auf Armands Kleinanzeige zu reagieren, anstatt mich an meine üblichen schwulen Internetplattformen zu halten, auf denen ich niemals Enttäuschungen habe erleben müssen, ganz im Gegenteil, nichts als Spaß, klare One-Night-Stands ohne schlechten Beigeschmack, wenn überhaupt, dass man sich mal namentlich vorstellt, das war's dann aber auch, mehr nicht. Ich wollte es gerne schwierig haben: nie mehr wieder.

Während ich mich völlig erschöpft aufs Sofa fallen lasse und versuche, wieder Herr meiner selbst zu werden, platzen Armand und meine Mutter ins Wohnzimmer, sie außer Atmen, mit zerzaustem Haar, strahlend, und er mit diesem verschlagenen Ausdruck, den ich ihm schon immer angesehen habe, der mich aber noch nie so sehr getroffen hat wie heute. Wenn ich daran denke, dass ich drauf und dran war, mir zu gratulieren, den Wolf in den Ziegenstall gelockt zu haben! Um sie hinters Licht zu führen, schalte ich den Fernseher an, aber meine Gedanken rasen wie noch nie, denn es ist Zeit, eine Entscheidung zu erzwingen.

Ich gehe zu meiner Mutter in die Küche, wo ich annehme, dass sie sich nur mit irgendetwas beschäftigt, um sich voll und ganz einer glücklichen postkoitalen Träumerei hinzugeben. Sie wirkt fulminant in ihren hohen Stiefeln, ihren schwarzen Hotpants und ihrem vor lauter gewaltigem Violett leuchtenden Oberteil mit Korallenapplikationen, das auf meisterliche Weise die Gewalt ihrer eigenen Farblichkeit unterstreicht: ihre durch die Liebe entflammten Lippen, ihre an Fliederdolden mahnenden Wangen und die purpurnen Markierungen, die der brutale Zugriff von vorhin auf ihrem sahnigen Dekolleté hinterlassen hat. Sie blickt mich mit einer schwärmerischen und leicht herablassenden Dreistigkeit aufmerksam an, Ausdruck dessen, der sich geliebt und begehrt fühlt. Koste ihn aus, Barbara, diesen Eindruck einer vollkommen ungerechtfertigten Allmacht; genieße diesen Augenblick, da deine Beine noch zittern und dein heißgefickter Arsch noch glüht, denn meine Entscheidung ist gefällt, diese Romanze muss ein Ende nehmen, und zwar jetzt.

»Kann ich kurz mit dir sprechen? Wegen Armand.«

Ihr Gesicht verfinstert sich augenblicklich, aber sie fährt damit fort, die Einmachgläser aufzureihen, als wäre nichts gewesen.

»Mich hat gerade sein Strafbetreuer angerufen, der Typ, der ihn seit seiner Entlassung beobachtet, weißt du ... Er wollte sicher gehen, dass ich über gewisse Dinge informiert bin, du verstehst,

offiziell gesehen bin ich ein wenig wie sein Garant, sein Verantwortlicher draußen ...«
»Ja, und?«
»Ist dir klar, dass Armand mir niemals hat sagen wollen, warum er fünfzehn Jahre aufgebrummt bekommen hat? Na, dann pass mal auf, und stell dir vor, es ist kein Kinderkram. Anscheinend hat er einen Jungen vergewaltigt, einen kleinen Bengel.«
Na bitte, das wäre ausgesprochen. Ich lasse die Stille schweben, bin aber mit dem kleinen Effekt, den ich erzielt habe, recht zufrieden. Wenn man bedenkt, wie wenig Zeit ich hatte, um nachzudenken, ist das wahrlich nicht schlecht getroffen. Dass wir uns recht verstehen, ich habe auch nichts gegen Pädophilie, aber ich kenne meine Mutter gut genug, um zu wissen, dass sie darin das Kardinalverbrechen sieht und dass sie bei Kinderschändern ohne zu zögern für die Wiedereinführung der Todesstrafe plädieren würde. Sie räumt weiterhin in den Küchenschränken rum, fragt mich aber schließlich, ob ich mir meiner Informationen sicher bin und was ich zu tun gedenke.
»Ja, ich bin mir sicher. Der Typ hatte keinen Grund, mich anzulügen. Er dachte sogar, dass ich bereits über alles Bescheid wisse. Ich werde Armand bitten abzuhauen. Ich finde, seine Geschichte ist wirklich ekelhaft, du nicht? Es heißt, es war ein kleines Nachbarskind und das Ganze lief über Jahre. Bis der Bengel eines Tages die Nerven verlor und es ausspuckte. Die Eltern sind aus allen Wolken gefallen. Sie hatten ihm voll und ganz vertraut. Sie hatten ihren Sohn immer zum Hausaufgabenmachen zu ihm geschickt. Und dabei hat es sogar angefangen: ein bisschen schulische Unterstützung und hopp, schon spiel ich an dir rum.«
Ich setz noch einen drauf, jetzt komme ich in Fahrt, ich male für meine Mutter das schlimmste aller Szenarien aus, eines, in dem Armand nicht nur ein Individuum mit perversen Gelüsten ist, sondern auch ein widerlicher Verbrecher, fähig, eine ganze Familie zu verarschen – und wer, im Übrigen, sagt mir denn, dass ich der

unerträglichen Wahrheit nicht mitten ins Herz getroffen habe? Da meine Mutter nicht gewillt zu sein scheint, die Unterhaltung weiterzuführen, ich aber noch einiges zu sagen habe, beschließe ich, Armand aufzusuchen, solange ich noch in Fahrt bin, und ihn kurzerhand rauszuschmeißen.

Er liegt ausgestreckt auf seinem Bett und löst Kreuzworträtsel, ein weiteres seiner Hobbys und ein weiterer Beweis, falls es eines solchen überhaupt noch bedarf, seiner Gleichgültigkeit meiner Mutter gegenüber: welcher wahrhaft verliebte Mann könnte so daliegen, mit seinem Stift und seinen Gitterlinien, um über alberne Definitionen nachzudenken, während eine Etage tiefer die Prinzessin von der Biebrza melancholisch Cornichongläser auftürmt?

»Los, du packst jetzt deine Sachen. Schluss, Ende, vorbei: du hast mich lang genug verarscht.«

Er würdigt mich keines Blickes, aber er weist eine Art animalische Angst auf, die seinen ganzen Körper ineinandersacken lässt, eine Verkrampfung des Mundes und der Kiefer, die nicht gewollt ist, sich aber wiederholt, und zwar so eindeutig, dass ich nur noch dies sehe und auf diese merkwürdige Bewegung lauere, die ihm die Lippen in entgegengesetzte Richtungen zu ziehen scheint und von dem Wunsch begleitet ist, schlucken zu können.

Nach einer nicht enden wollenden Minute hebt er endlich die Augen, diese Augen, die mir gegenüber noch nie etwas anderes haben ausdrücken können als Verachtung und ein derartiges Überlegenheitsgefühl, dass man schon an einer gut im Körper verankerten Erniedrigung Gefallen finden muss, um Liebesgefühle andauern zu lassen, wie ich es tue. Das Schlimmste ist, dass er mir immer noch gefällt, trotz des Widerwillens, den ich bei ihm hervorrufe und den er sich nicht einmal die Mühe gibt zu verbergen; trotz der kleinen Bewegungen, die seine Lippen machen, jede für sich, wie Stücke rohen Fleisches oder diese fiesen Nacktschnecken, deren Form und Farbe exakt der ihren entspricht. Ja, ich begehre ihn, wie ich noch nie jemanden begehrt habe, mit Ausnahme von Julio

Iglesias, und ich glaube, dass ich mehr Chancen gehabt hätte, mit Julio mein Ziel zu erreichen, dass die Kluft zwischen Julio und mir weniger unüberwindlich war als diejenige, welche Armands wahre Natur in den Raum stellt, diese Dürre im Herzen, dieser felsenfeste Egoismus, dieser von Unabhängigkeit und Einsamkeit unbeugsame Wille, so viele Eigenschaften, von denen mir nicht entgeht, dass er sie mit gleich welchen Psychopathen teilt und die aus meiner Geschichte mit der Kindesvergewaltigung ein weniger ausgedachtes Hirngespinst machen, als es den Anschein haben mag.
Und dennoch, auch jetzt noch, dieses Fleisch des Blonden, fest und flaumig, diese zu blassen Augen, dieser Grimassen schneidende blaue Mund machen mich geil wie einen Vollidioten und bringen mich noch an den Rand der Entsagung und vollständigen Kapitulation. ›Geh nicht weg. Ich hab doch gar nicht gemeint, was ich gesagt hab. Du kannst bleiben. Du kannst meine Mutter ficken, du kannst Cindy ficken, die Hündin, alle bis auf mich – aber bleib.‹ Wenn er in diesem Augenblick nicht seinen Stift wieder zur Hand genommen hätte, um wohlüberlegt eine weitere Definition in sein Kreuzworträtsel einzufügen, ich hätte mit Sicherheit diese dummen und endgültigen Worte ausgestoßen, meine Prinzessin diesem fleischfressenden Gebiss ausgeliefert, das plötzlich nicht einmal mehr fähig ist, sich zu verstellen, nicht einmal mehr fähig ist, seine besorgniserregende Kaubewegung zu unterbrechen.
»Schmeißt du mich raus?«
»Ganz genau.«
Jede einzelne Zacke meines Reißverschlusses bohrt sich in das zarte Fleisch meines Schwanzes. Eines Tages werde ich erklären, wenn ich es erkläre, warum ich Unterwäsche für völlig überflüssig halte, aber bis dahin habe ich heftig mit dieser unzeitigen Erektion zu kämpfen.
»Du hast viel zu verlieren, wenn du mich wie einen miesen Typen vor die Tür setzt, ist dir das klar, Daniel? Oder Marie-Line, wenn dir das lieber ist ...«

Noch nie war mir dieser Vorname lächerlicher und unangemessener erschienen. Es wird wirklich Zeit, dass ich Wanda als Szenenamen einführe oder Malgorzata. Es wird wirklich Zeit, dass ich einführe, wer ich bin, selbst wenn dieses Wer-ich-bin ein schwacher und zaghafter Junge ist, der davon träumt, sich in unmöglichen Lieben zugrunde zu richten, denn die unmöglichen Lieben, zumindest dies, sie liegen im eigenen Ermessen, wie sie im Übrigen im Ermessen aller liegen: nichts einfacher, als voll gegen die Wand zu knallen.

Letztendlich bin ich der Sohn meiner Mutter, damit ist nicht die Prinzessin gemeint, nein, die andere, die drogenabhängige K, die mich im Stich gelassen hat: mit ihr teile ich die Lust am Unglück, die Intuition, die sie unfehlbar genau zu den Partnern geführt hat, die sie sogar am ehesten gepeinigt und erniedrigt haben – mein Vater war ganz bestimmt nicht der erste noch der letzte einer Reihe von ganz beschissenen Typen. Mit ihr teile ich diese Kunst des Irrtums – denn bei dieser Intensität und dieser Häufung sollte der Irrtum nicht mit dem Unglück verwechselt werden: ganz im Gegenteil, es muss zugestanden werden, dass er einer ganz besonderen Fähigkeit entspringt. Armand reißt mich brutal aus dieser schmerzhaften Überlegung, indem er seine letzte Aussage mehr oder weniger wiederholt:

»Du gehst ein großes Risiko ein, mich so zu behandeln, Daniel. Ich hoffe, du hast es dir gut überlegt.«

»Alles ist wohlüberlegt.«

»Ich verschwinde, aber bilde dir nicht ein, dass wir miteinander fertig sind. Wir sind miteinander fertig, wenn ich dies entschieden habe, nicht vorher.«

Es ist die Eitelkeit, die den Leuten ihr Verhalten und ihre Ansprachen zuraunt; sie ist es, die ihnen ins Gesicht steigt und es ihnen aufbläht, sie ist es, die ihnen diese unkontrollierbaren Grimassen verleiht, sobald sie sich angegriffen wähnen: sie haben den Magen nicht, den es braucht, um Beleidigungen zu verdauen, das dringt bei ihnen nicht einmal runter bis zum Magen, das bleibt bei ihnen auf Höhe der Kehle stecken, und keine einzige Windung der Lippen und der Zunge, keine einzige Schluckbemühung kann da helfen; es ist die Eitelkeit, die sie dazu bringt, ihre Abgänge in Szene zu setzen und Rachetiraden auszusprechen, denen nie etwas folgen wird. Soll Armand doch seine Klamotten feierlich zusammenpacken, soll er doch kryptische Bedrohungen über mir kreisen lassen: solange er diese vom Stolz aufgedunsene und von Ticks verzerrte Fresse hat, werde ich ihn nicht ernst nehmen, und vor allem lobpreise ich den Himmel, mich vor der Schwellung und unnatürlichen Steifheit der Eitlen bewahrt zu haben.

Armand verschwindet. Wichtig ist, dass Barbara glücklich sein möge, und ich werde ihr Glück machen, trotz ihrer und trotz meiner, trotz der Kraft, die mich noch immer zu diesem blonden Riesen drängt, diesem mitleidlosen Heckenstutzer, diesem Niedermäher von Hahnenfuß und Vergissmeinnicht – kein Mitleid mit den etwas zarten Köpfen, den etwas empfindsamen Herzen und den etwas verwirrten polnischen Prinzessinnen. Zum Glück hat Armand immer das rechte Wort zur Hand, das Wort, dessen es bedarf, um das eventuelle Wiederaufflammen meines Begehrens zu durchkreuzen oder mir die unbesonnen zärtlichen und inbrünstigen Worte in den Rachen zurückzuschicken:

»Ich habe deine Mutter gefickt, Daniel, und ich habe sie so beben lassen, dass sie sich vollgepisst hat.«

Trottel, der nicht einmal in der Lage ist, eine Königin der weiblichen Ejakulation zu erkennen, wenn er eine vor sich hat. Ich hatte sehr früh verstanden, als ich zufällig die Unterhaltungen meiner Eltern mitbekommen habe, ihr Rumgeknutsche auf mysteriös durchnässten Laken, welchselbige dann auch noch mit einem Augenzwinkern im Wäschekorb landeten, dass meine Muter diese Fähigkeit besitzt, sich zu verströmen, das Bett, ihren Partner und sich selbst im Moment äußerster Erregung zu überfluten.

Ich folge Armand die Treppe hinunter, probates Mittel, damit er meiner Prinzessin kein verstörendes Angebot unterbreiten kann. Er geht. Er ist weg. Im Zeitraum von drei Monaten hätte ich also, wenn nicht sogar zwei Typen deren Entlassung ausgehändigt, so zumindest doch ihren Auszug beklatscht und triumphierend die Türe hinter ihrem theatralischen Abgang ins Schloss geworfen. Wichtig ist, wichtig ist, wichtig ist ...

Sie weint, meine Basia, sie weint, und sie ist mir gram, ich sehe es ihrem Blick an, ihre wütende Art, sich die Tränen von den Wangen zu wischen. Man macht das Glück der Leute nicht ihnen zum Trotz. Klar, ich kann mir einreden, dass ich ihr die Schikanen und Erniedrigungen erspart habe, die Armand nicht versäumt hätte, ihr zuzufügen, aber man weiß nie, welchen Preis die Leute zu zahlen bereit sind, um überhaupt ein Sexualleben zu haben. Sicherlich, Barbara hat ihren Stolz, ein kopfscheuer und hochmütiger Stolz, der oft auf meine Kosten ging, aber sie hat auch, was Sex betrifft, Bedürfnisse, die weit über dem Durchschnitt liegen. Ich verstehe sie nur umso besser, als ich selbst temperamentvoll bin und sexuelle Abstinenz nur sehr schlecht ertrage. Letztendlich bin ich auch ihr Sohn, nicht nur der der frigiden K, die mich in die Welt gesetzt hat.

Wichtig ist, Barbara möge glücklich sein, was nicht bedeutet, dass sie zum Nachteil ihrer Würde auch sexuell erfüllt sein möge: so lautet die Entscheidung, die ich für sie getroffen habe und die sie mir schließlich irgendwann danken wird, selbst wenn diese dankbare Einsicht nicht umgehend erfolgt, selbst wenn sie im Augenblick vor Wut und Enttäuschung in ihrer Küche heult – und noch weiß sie nicht einmal, mittels welcher akrobatischen Lüge ich ihr emotionales Wohlbefinden erkauft habe. Noch weniger ahnt sie, dass ich das, was ich nicht für sie haben wollte, ihr Benutztwerden als Sexualobjekt durch einen liebesunfähigen und skrupellosen Mann, dass ich dies für mich haben wollte, leidenschaftlich für mich, denn was für den einen gut ist, muss es nicht unbedingt auch für

den anderen sein, und mit Stolz und Würde habe ich nichts am Hut, geschweige denn mit Glück.
Nie wird sie erfahren, wie sehr ich, und möge Gott einrichten, dass sie für immer blind bleiben werde auf diesem Auge, es geliebt hätte, an ihrer Stelle in der Garage gewesen zu sein, überlaufend, niedergebeugt, schreiend unter den Beckenstößen von Armand; nie, bis zu welchem Grad ich an ihrer Stelle sein möchte, mit oder ohne Armand, eine polnische Prinzessin mit leuchtenden Augen, schön und gebieterisch in meinen hohen schwarzen Stiefeln, schön in meinem gesteppten Morgenmantel beim Sprung aus dem Bett, schön in engem Rock und strenger Bluse, die meine Arbeit in der Parfumabteilung eines großen Pariser Kaufhauses verlangt, schön mit den Knien im Gras, wenn ich im Garten arbeite und eine erdige Schliere meine rosige Wange befleckt, schön mit sechzehn Jahren unter der sengenden Sonne der Biebrza, schön mit vierzig in den Reihen der Supermärkte, schön mit fünfzig, wenn ich mein weißes, fleischiges Rückgrat durchdrücke, um mich meinem Liebhaber besser anzubieten.
Und dennoch, ich bin ruhigen Gewissens, denn nicht aus Eifersucht habe ich Armand rausgeworfen, auch nicht aus dem Verdruss heraus, ihn nicht für mich gehabt zu haben, während sich ausgerechnet meine Mutter mit ihm in der Garage vergnügt hat. Ich bin der Überzeugung, dass ich nicht nur die Dinge für Barbaras Glück geregelt habe, sondern auch für die Sicherheit der gesamten Nachbarschaft – denn alle Welt weiß nur zu gut, dass Pädophile immer rückfällig werden, und man möge mir jetzt bloß nicht damit kommen, dass ich diese Kindesmissbrauchsgeschichte erfunden hätte: ich bin mir sicher, dass meine Erdichtung weitaus weniger dunkel ist als Armands Strafregister schwarz.
Das Wochenende steht vor der Tür. Es fällt mir immer schwerer, Cindy davon zu überzeugen, mit mir arbeiten zu gehen. Sie verprasst ihren gesamten Verdienst für Stoff und verbringt ihre ganze Freizeit im Bett. Sie bringt nicht die geringste Energie auf, es sei

denn, um ihren Victor zu besuchen, kommt aber niedergeschlagen vor Traurigkeit und mit dem Gefühl der Ohnmacht, ihm nicht helfen zu können, aus dem Knast zurück.
Merkwürdigerweise fehlen mir die Besuche im Gefängnis, diese fünfundvierzig Minuten, während welcher ich Armand ganz für mich hatte, selbst wenn er sie dem Wettern widmete gegen das Strafvollzugssystem oder die schuldhafte Nachlässigkeit, die ich bezeugte, wenn ich mit leeren Händen kam, wo er doch sehr genau wusste, dass alles schon bei der Leibesvisitation beschlagnahmt wurde und ich gewissenhaft sein Namenskonto nährte, damit er die Kantine nutzen konnte.
Aber zum Teufel mit aller Reue: heute Abend will ich meine eigene Strafmilderung feiern, meine Befreiung nach achtzehn Monaten selbst gewählter Unterwerfung und ununterbrochener Erniedrigung. Heimlich habe ich mir von Basia ihre schwarzen Hotpants ausgeliehen. Mit 'nem Gürtel versehen stehen sie mir sehr gut – man kann sich nicht häufig genug über die Bedeutung von Kleidung äußern. Als Oberteil trage ich eine altgoldfarbene Bluse mit Ballonärmeln und Claudinekragen, zu der ich passende Ballerinas gewählt habe, denn ich habe Lust zu tanzen wie noch nie, und selbst wenn ich mich mit Absätzen wohlfühle, so fühle ich die Musik doch umso besser, wenn mich nur eine hauchdünne Lederschicht vom Boden trennt.
Ich bringe die Show hinter mich: ein wenig Madonna mit Haarnetz und Kruzifix, ein wenig Beyoncé mit heftigen Reitpeitschenschlägen – es ist Mme Arthur, die dies auf der muskulösen und zappeligen Kruppe, die ich ihr dafür hinhalte, erledigt. Im Laufe der Zeit haben wir zu *Single Ladies* eine SM-Choreo auf die Beine gestellt, die stets für großen Jubel sorgt. Während Mme A. mich geißelt, ohne ihre Seriosität aufzugeben, heftet sich mein Blick auf denjenigen eines blonden Riesen, der von der Jeans bis zum Chambray-Hemd ganz in Blau gekleidet ist. Man kann sich nicht häufig genug über die Bedeutung von Kleidung äußern, aber diese

Lebensweisheit trifft auf Armand nicht zu, bei dem kein einziger geschmacklicher Fauxpas, kein Perlmuttaufdruck, kein anachronistisches Bandana seinen Sexappeal verringern könnte, zu all meinem Bedauern.

Da er sein Glas in meine Richtung hebt, und zwar mit einem Lächeln, das sich bedrohlich gibt, schnappe ich mir von Mme Arthur die Reitpeitsche und lasse ihren Riemen knallen, Mittel, um ihm deutlich zu machen, dass die Bedrohung die Seiten wechseln kann, ohne Vorwarnung, und genau in dem Moment über ihn hereinzubrechen vermag, wenn er es am wenigsten erwartet. Um die Botschaft klar rüberzubringen, nehme ich die Posen eines Bodybuilders ein, die vorteilhaft den Bizeps und Quadrizeps hervortreten lassen. Das greift umso besser, als ich mir mit fünfzehn zwischen die Schulterblätter ›Deine Haut hol ich mir‹ habe tätowieren lassen, einfach so, aus einem Einfall heraus oder vielleicht aufgrund einer Vorahnung, als hätte ich vorweg gefühlt, dass ich zehn Jahre später diese zweischneidige Botschaft brauchen würde, um den Mann meines Lebens einzuschüchtern. Mme Arthur spielt mir in die Karten, bewegt vorsichtig einen Zeigefinger auf mich zu, um die Härte meiner Muskeln zu prüfen, und zieht ihn umgehend mit gemimtem Entsetzen und voller Bewunderung zurück. Die Menge brüllt. Bevor er Terror machen will, täte Armand gut daran, zweimal hinzusehen.

Durch meinen Erfolg auf Hochtouren gebracht, eile ich hinter die Kulissen, um mir ein kleines Etwas reinzupfeifen, über dessen Natur ich mir noch nicht ganz sicher bin, wahrscheinlich eher Koks oder ’ne Pille, wo ich doch noch tanzen möchte und nicht in eine Glücksmeditation eintauchen will, wie Heroin sie mir immer verschafft. Ich habe noch nicht einmal die Zeit, das Zeug rauszukramen, da taucht Armand schon auf, das Glas noch immer in der Hand. Vielleicht ist er leicht angetrunken, er, den seine peinlich genau eingehaltene Abstinenz von den meisten Leuten unterscheidet, mit denen ich mich umgebe.

»Was willst du denn hier?«
»Darf ich nicht vorbeischauen und mal Hallo sagen?«
Er lacht betont ironisch und feist wie irgendein Suffkopp. Vom Chambray-Hemd sind zwei Druckknöpfe abgesprungen und geben dem Blick ein rautenförmiges Stück unbehaarter Haut frei. Da, wo ich lange und schmerzhafte Elektrolysesitzungen gebraucht habe, da hat Armand einen dünn gestreuten, seidenweichen Flaum, um nur ganz leicht die kraftvollen Linien seines Körpers zu unterstreichen und mit Glanz zu versehen, seinen Körper, den ich nur allzu oft die Gelegenheit hatte zu bewundern. Und da das Leben unvollkommen ist, na bitte, da holt es mich eben ein, hier, jetzt, in den sieben Quadratmetern Backstage des Arcadia, wo ich mich doch schon so richtig befreit gefühlt hatte von meinem Verlangen. Armand kann noch so sehr hämisch lachen und Anschuldigungen vor sich hingrummeln, noch so sehr habe ich ihn vor die Tür setzen können aus Gründen, wie sie besser nicht hätten sein müssen, um das Glück meiner Prinzessin sicher zu wissen, ich kriege in den Hotpants derjenigen, die ich vor so viel giftigem Charme habe bewahren wollen, einen Ständer.
Während ich mich anstrenge, nichts davon preiszugeben, greift Armand in ein Salzgebäcksortiment, das er mit der gesamten Bissigkeit in sich hineinschlingt, die ich ihm einflöße, und er fährt schlecht damit, denn plötzlich macht es den Anschein, als habe sich ein Kümmeldreieck oder eine Mini-Pizza in seinem Rachen quergelegt. Man möchte meinen, dass die Bissigkeit und der Stolz wieder jenen bekannten Verstopfungseffekt im Kehlkopf dieses armen Armands auslösen, nur, dass wir uns nicht mehr im Stadium der beleidigten Grimassen befinden, sondern schlichtweg des Erstickens.
Zunächst hat er versucht, den Keks zu lösen, indem er sich auf sein Sternum trommelte, dann, aufgrund von Sauerstoffmangel, haben die Ideen nicht mehr den Weg in sein Hirn gefunden, und zwar im selben Augenblick, als mein eigenes anfing rundzulaufen

wie noch nie und mir vorführte, was passieren würde, sollte ich noch länger zögern, ihn zu retten, und damit Hirnverletzungen zuließe, die aus ihm einen Behinderten machen würden, einen runterreduzierten Mann, der keinen einzigen Nachteil mehr darin erblicken würde, dass ich mich seiner anzunehmen hätte, ihn zu füttern, zu waschen hätte und mich auch noch um seine Sexualität würde kümmern müssen. Sollte eines Tages ein Urteilsspruch über mich ergehen, dann bitte ich mir anzurechnen, dass ich die wohl unwiderstehlichste Versuchung zurückgewiesen habe, die je ein Mensch zurückweisen hat müssen, diese Vision eines stark verkrampften, jedoch durchweg leutseligen und konzilianten Armand, eines Armand, der sich endlich dazu hätte bequemen müssen, mir seinen Körper hinzugeben, mir seine Schenkel zu öffnen, mir sein Geschlecht zu präsentieren, damit ich es auf dem Lederbezug seines Rollstuhls lutsche, mir seinen Mund zu gewähren, damit ich ihn so heftig küsse, dass uns der Speichel übers Kinn fließt; kurz, ein Armand, der selbst auf die Idee kommen könnte, mir die Liebe und die Anerkennung zu zollen, die er mir immer verweigert hat.
In weniger als einer Minute habe ich die Zeit, diese glänzende Zukunft aufleuchten zu sehen und die heldenhafte Umkehrwende zu machen. Da Armand auf seine Knie zusammengesackt ist, packe ich ihn von hinten und führe mit ihm ein Manöver durch, das nicht nur einen von ihnen gerettet hat, angefangen mit Dalila, die sich für jeden Scheiß verschluckt, seitdem sie sich den Adamsapfel hat entfernen lassen. Kurz, Armand spuckt seine Brezel aus und mit ihr meine letzte Chance, ihn ungestraft zu befummeln. Da ich ihm soeben das Leben gerettet habe und wir es beide wissen, wagt er es nicht, mich wieder zu beschimpfen, und macht sich jämmerlich davon.
Diesen ganzen Mist im Kopf, habe ich derart Lust, mich wegzuknallen, dass keine Line groß genug sein könnte. Ich entscheide mich, mir den Cocktail der guten alten Tage reinzuziehen, und scheiß aufs Tanzen: Ich hole meine Utensilien raus, Koks und

Heroin, mir von Arcady zu Preisen unter aller Konkurrenz besorgt: bei dem, was ich grad erlebt habe, und dem Gefühl an Bitterkeit, das mir den Magen verdreht, sind mir die Mengen entschieden egal. In dem Moment, da mir die Nadel mit verheißungsvollem Knirschen in mein Fleisch dringt, sehe ich Armands verzerrtes Gesicht wieder, die verblühten Hortensien auf seinen leichenblassen Wangen, seine Lippen, so blau wie noch nie, verwirrt aber und murmelnd, sie, die üblicherweise eine harte Linie bilden, unerreichbarer Horizont, an dem ich mir so unendlich häufig die Fresse poliert habe; ich sehe diesen Mann auf Knien wieder, den ich in meiner Macht hatte und den ich barmherzigerweise verschonte, da ich eben zu gut bin und diese Güte mein Ende bedeuten wird.

Was bei einem Speedball klasse ist, ist dieser Moment, an dem man ganz deutlich spürt, wie das Heroin das Hirn versorgt, während das Koks in Richtung Herz wandert. Leider steckt Arcady seinen Kopf durch die Tür und verkündet mir Hals über Kopf, ohne Rücksicht auf den Zustand, in dem ich mich befinde:

»Michael ist tot: du gehst sofort auf die Bühne und machst uns *Dirty Diana*. Los!«

»Michael?«

»Michael Jackson. Was ist los mit dir? Bist du steif? Was meinst du eigentlich, wofür ich dich bezahle? Um deinem Armand hinter den Kulissen das Verwöhnprogramm zu liefern? Ich hab ihn eben abziehen sehen: du hast's ihm so besorgt, dass er kaum noch laufen konnte, du Schlampe! Und dann setzt du dir auch noch 'nen Schuss während der Schicht?«

Seine Augen glühen auf, seine schönen, grünen, leicht hervorstehenden Augen, und er presst seine Handflächen gegeneinander, Zeichen von extremem Zorn bei ihm.

»Arcady, gib mir fünf Minuten, ich bin jetzt echt nicht in der Lage.«

»Ich warne dich. Die Leute haben die Nachricht gerade erst vernommen und sind völlig außer sich: sie wollen Michael und nichts anderes, und du wirst ihnen Michael geben.«

Ich erhebe mich, richte die schwarzen Hotpants und ziehe an der altgoldfarbenen Bluse mit den Ballonärmeln. Arcady taxiert mich mit kritischem Auge:

»Hast du keine schwarzen Skinny Jeans? Kein weißes Hemd? Für *Dirty Diana* wäre das besser.«

Ich habe keine Ahnung, was ihn geritten hat. Normalerweise hat er's nicht so mit passenden Outfits. Ich hab schon Claude François in Schulmädchenuniform gesungen, Britney im Nadelstreifen-Hosenanzug oder Michael im Hochzeitskleid und das lief super. Aber gut, wenn Arcady in diesem Zustand ist, dann darf man ihm auf keinen Fall Widerstand leisten und ich ziehe das gewünschte Outfit an.

Vor der Bar haben sich all unsere *mtf* zu einer dichten Gruppe versammelt. Ein einstimmiges und düsteres Wimmern steigt aus ihren künstlich aufgeblasenen Brüsten und angemalten Mündern, die der Kummer nur noch clownesker erscheinen lässt. Michael ist tot, aber der Schuss hält mich für den Augenblick davon ab, mir darüber klar zu werden. Stünde an der Bar nicht dieser Chor der Weinenden, die ganz entschieden diese Möglichkeit, sich in Szene zu setzen, nicht verstreichen lassen wollen, ich glaube, ich hätte diese aufsehenerregende Mitteilung über einen Sterbefall, die Arcady mir im Backstage vor die Füße knallte, bereits vergessen.

Charbel, an den Plattentellern, beobachtet meinen Gang auf die Bühne, bevor er das beunruhigende Intro von *Dirty Diana* abgehen lässt. Musik zur Seite, finde ich wieder etwas zu mir und entscheide mich, in diesen Song all die tragische Intensität zu legen, die Michael ihm verliehen hatte und die mir nur umso erforderlicher erscheint, als die Neuigkeit gerade erst bei allen eingeschlagen hat, nicht nur bei den *mtf*, bei denen das Herzensleid zur zweiten Natur gehört, sondern auch bei den Durchschnittsgästen, die nicht mehr das Herz haben zu tanzen und ein wenig die Stimmung einer Gedenkfeier ausstrahlen, und zwar hier, jetzt, sofort. Um die Sache gut zu machen, bräuchte ich einen großen Ventilator, der mir erlauben würde, gegen den Wind zu singen, wie Michael im Clip – hunderte Male habe ich es Arcady gesagt, aber so wie die meisten meiner künstlerischen Ansprüche ist auch dieser auf taube Ohren gestoßen.

Ich beginne schmerzhaft und mit einem durchdringenden Zaudern zu singen: *You'll never make me stay, so take your weight off of me ...* Ich habe Michael geliebt, auch wenn er in mir weder dieselbe inbrünstige Leidenschaft hat auslösen können wie Julio noch die bedingungslose Bewunderung wie für Marvin oder Prince. Ich habe ihn mit einer kollegialen Liebe geliebt, als hätte ich hinter der Unglaublichkeit seines Talentes und seines Ruhmes einen Tagelöhner des Tanzes wiedererkannt. Und dass mir hier bloß niemand mit Genie und Begabung komme: was den Tanz betrifft, ist niemand besser aufgestellt als ich, um zu wissen, was mit angeborenen Fähigkeiten zusammenhängt und was aus Jahren harter Arbeit resultiert, aus Stunden erschöpfender Proben vor dem Spiegel, um nur einen Schritt, einen Hüftschwung, eine Bewegung zu perfektionieren. Zu *Dirty Diana* tanzte er kaum: der Song eignet sich dazu nicht, dieser jammernde Singsang, der in seinem Werk das ist, was ich am meisten mag und am besten verstehen kann, als hätte er ihn für mich geschrieben – nur, dass er ihn für sich geschrieben hat, als Hymne auf seine eigene Reinheit, wohingegen ich Diana, diese Hure bin und die Reinheit weit hinter mir gelassen habe, was zur Folge hat, dass es ihre Worte sind, die ich mit größter Überzeugung darbiete.

Heute Nacht, da lasse ich alle unsere Gäste an meinen Lippen hängen. Sie weinen und sprachlos artikulieren sie mit mir: *Dirty Diana, no! Dirty Diana, no!* Ich weine auch, aber es ist nicht Bambis Tod, der mich berührt. Nein, ich beweine das Schicksal aller Dianas, das Schicksal aller, eines jeden und einer jeden, die da kommen, um sich backstage ihrem Idol hinzugeben und bei diesem auf die beleidigte Tugend prallen, voller Verachtung für das, was sie sind, und voller Ablehnung gegenüber der unschätzbaren Begabung, die sie aus ihrer Person machten.

Ich knie am Rande der Bühne nieder, so wie Michael es nach dem zweiten Drittel des Clips tut, und suche Armand mit den Augen, um ihm die Liebkosungen der Dirty Diana zu widmen: *Hey baby do what you please, I have the stuff that you want, I am the thing that you need ...* Armand ist weg, aber wie auch immer, Armand gehört, wie auch Michael, der riesigen Gemeinschaft all jener an, die die Liebe nicht lieben und sich verfolgt fühlen, sobald man sie begehrt, diese Trottel, in deren Ohren *I'll be your everything* kein wunderbares Versprechen, sondern die unheilvollste aller Bedrohungen ist.

Und siehe da, das Arcadia, dieser Ort, den die Gnade bislang nie aufgesucht hatte, dieser Schlupfwinkel ausgelaugter Randgruppen, dieser dem Hunger und Kalkül gewidmete Ort, jetzt plötzlich erfährt er einen dieser seltenen Momente fragiler Magie, vereint alle, Hand in Hand, mit tropfnassen Wangen, in der Anerkennung eines überlegenen Talentes und der Traurigkeit, die dessen frühzeitiger Tod ausgelöst hat – und was macht es da schon, dass mein Kummer von leicht anderer Natur ist.

Selbst Arcady wirkt, als sei er von meiner Interpretation bewegt, was ihn jedoch nicht daran hindert, mich mit *Don't Stop Till You Get Enough* weitermachen zu lassen, und auch hier jetzt, da habe ich, natürlich, den ganzen Clip vor Augen, Michael im Smoking, erhaben vor lauter Schönheit und Jugend, die Augen leuchtend, das Haar gelockt, und noch nichts von der mondhellen Blässe und dem starren Helm seiner letzten Jahre. Es fällt mir nicht leicht, das Heroin verzögert alles, aber es geht dennoch und so wird es auch bis zum Ende der Nacht bleiben, denn es kommt nicht infrage, dass wir auseinandergehen, bevor wir diese Traurigkeit und Emotion nicht bis zum letzten Tropfen ausgeschöpft hätten.

Im RER, der uns im Morgengrauen heimfährt, nehme ich Cindys Hand und wir sehen dem Tag zu, wie er sich zunächst über dem Labyrinth der eisernen Schienen erhebt, dann über den Brachen

und Balken der Vororte, dieser Staffelung von Rosa und Blau über unseren schwarzen Gedanken, diesem Versprechen eines besseren Tages, wo sich doch nichts Grundlegendes zum Guten fügen wird.
Die Wochen, die jetzt folgen, sind tatsächlich furchtbar, auf der einen Seite Barbara, die kein Wort in den Mund nimmt, und Sin andererseits, die sich nach ihrem Victor verzehrt. Ich versuche das Haus so oft ich kann zu fliehen und ficke wie ein Irrer durch die Gegend. Noch nie war mir die Ausstrahlung meiner Partner so egal. Warum den Wählerischen spielen, wo einen alles, was sich bewegt, geil macht? Schade nur, dass die Liebe auf einem anderen Blatt geschrieben steht.
Ich verbringe viel Zeit im Arcadia, selbst die Nachmittage, wenn niemand dort ist bis auf den Putzmann und mich. Ich döse auf unseren staubigen Polsterbänken, ich höre Musik und vor allem widme ich meinen geilen Gedanken wahnsinnig viel Zeit, lasse den Streifen vom Vorabend Revue passieren und schätze die Chancen ab, noch am selben Abend wieder zu ficken. Es wäre untertrieben zu sagen, dass ich daran denke – wo doch mein Kopf nichts anderem mehr Platz belässt als diesen erotischen Bilderwelten von derart realistischer Qualität, dass ich permanent einen Steifen habe und im wollüstigen Halbschlaf vor mich hinstöhne, Schlaf, den ich außerhalb des mütterlichen Orbits endlich finden kann, diesem Haus des Unglücks, das das meine geworden ist.
Besessenheit, es wird mir klar, ist meine zweite Natur, meine Art zu leben, zu denken, den Dingen und Wesen zu begegnen; mir kommen keine anderen Gedanken als fixe Ideen, welche in meinem Kopf wie schmerzhafte Angelhaken eingerammt sind. Armand war eine dieser fixen Ideen, und ich muss mich maßregeln, dass er es nicht wieder werde. Der Tanz konnte ebenfalls eine sein, zumindest in gewissen Abschnitten meines Lebens. Was meine Mutter betrifft, so ist sie die Vision, in der ich mich bade, die unversiegbare Quelle von allem, Sehnsüchte, Besessenheiten, bebend

durchraste Rennbahnen des Hirns – Barbara, ich sterbe daran, nicht du zu sein.
Damit sich daran auch nichts ändere, taucht eines Abends eine Perle im Club auf, eine junge Rothaarige, die ihr in allem ähnelt. Dem Kleid nach, das sie trägt, würde ich sagen, sie sei Engländerin, aber im Zuge der Globalisierung weiß man das nicht mehr und erlebt Überraschungen, Französinnen, die wie Touristen gekleidet sind, und Touristen, die einen auf Pariserinnen machen.
Sie redet laut, sie bricht bei jeder Gelegenheit in schallendes Gelächter aus, Alkohol verträgt sie sehr gut, und also schaue ich mir das aus näherer Distanz an, geht es doch darum, in vorderster Reihe zu sein, dass einem nur ja nichts entgeht von dem, was sie mit so viel Entgegenkommen zur Schau stellt, die vereiste Frische ihrer Schenkel, ihr waldrotes Haar und das herrliche Lächeln, volle Lippen, strahlende Zähne, alle Welt beehrt sie damit, und es bringt ihr eine Schar junger Macker ein, von denen ich selbst bereits zwei oder drei in die nähere Auswahl genommen habe. Sie geht auf alles ein, auf die Drinks, die ihr angeboten werden, wie auch auf die Tänze, während derer man sie zu sehr bedrängt, und so nimmt der Abend seinen Lauf, ohne dass sie auch nur einen Deut ihrer Energie und Heiterkeit verliert. Gegen zwei Uhr morgens dann beginne auch ich und zwar nur, um die Typen um sie herum ein wenig aufzumischen, sowohl provokant als auch verführerisch in ihrer Nähe zu tanzen. Sie verströmt einen fraglos sexuellen, aber auch leicht verstörenden Geranienduft. Ich greife ihren zarten Arm und flüstere ihr ins Ohr:
»Du ähnelst meiner Mutter.«
Sie wirft den Kopf nach hinten und lacht schallend, man möchte meinen, ihr habe noch nie jemand etwas so Lustiges gesagt. Ich reiße sie von der Tanzfläche, aus der Schar der jungen Macker, und platziere sie an der Bar, wo ich ihr einen Wodka klarmache. Während sie mich wie den ganzen Abend über auch schon alle anderen

anlächelt wie ein Dummchen, das sie möglicherweise auch ist, was mir aber völlig am Arsch vorbeiginge, füge ich hinzu:
»Das ist ein Kompliment: meine Mutter ist eine Prinzessin.«
Eine erneute Lachsalve würdigt eine Entgegnung, die doch alles andere als urkomisch ist. Sie spuckt ihren Wodka auf mein orange- und türkisfarbenes Madras-Hemd, das ich über einem schwarzen Sarong trage, zusammen mit meinen immerwährenden Sandalen mit Strassherz. Bis sie auftauchte, hatte ich mich unwiderstehlich gefühlt und den halben Laden verführt, aber angesichts dieses überwältigenden Lächelns, dieser zartrosa Nase, dieser honigfarbenen Augen, dieses vom Lachen und Tanzen bewegten Dekolletés löst meine Sicherheit sich in Rauch auf. Ebenso, wie mich schöne Jungs sexuell provozieren, ebenso sehr rauben mir schöne Mädchen den Atem, vor allem, wenn sie aus der Vergangenheit auftauchen, um mich mit den Augen meiner Mutter anzustarren.
Da es darum geht, sich nicht unterbuttern zu lassen, dränge ich sie zu einer Art Mambo, mit dem ich mir erhoffe, sie schachmatt zu setzen – nur, dass sie nicht totzukriegen ist: sie beherrscht keinen einzigen Schritt, reagiert aber spielend leicht auf alles. Ich kann sie noch so sehr durch die Gegend wirbeln, sie über eine Schulter werfen, dann hinterrücks über die andere, sie kopfüber vor mir auffangen, sie verliert nichts von ihrer Strahlkraft, nein, sie will sogar noch mehr, und schon bildet sich um uns eine kleine Herde an Bewunderern. Um noch einen draufzusetzen, da uns Bravorufe erreichen, zieht sie mich mit ihren kleinen Händen an meinem Unterarm und flüstert mir zu:
»Wahnsinn! Und wie sexy du bist, wenn du tanzt!«
Ich könnte ihr das Kompliment erwidern, nicht unbedingt wegen ihrer tänzerischen Qualitäten, unleugbar vorhanden, aber nicht außergewöhnlich, sondern für das, was sie ausstrahlt. Die Menge um uns herum schließt sich wieder und tanzt weiter, ohne jegliches Gefühl für die Musik; ganz egal, was man ihnen anböte, es käme doch nur das gleiche unrhythmische und mechanische Gehampel

dabei heraus. Echt schade, denn das Stück ist genial und würde mich sofort wieder auf die Tanzfläche ziehen, schöbe mich die Rothaarige nicht energisch Richtung Bar.
Erst mal hochgehievt auf einen Barhocker mir gegenüber, wirft sie, da sie beinahe ihr Gleichgewicht verliert, ihre Arme um meinen Hals und beginnt dann, eines ergibt das andere, mir heißblütig die Zunge in den Hals zu stecken. Möglich, dass das ihre Art ist, mir für Tanz und Wodka zu danken. Ich reagiere nicht, aber sie fährt tastend mit ihrer Hand zwischen die Stofflagen meines Sarongs vor und trifft auf meinen Schwanz, feucht und schwach auf meinen aneinandergeklemmten Schenkeln. Sie löst ihr Gesicht von meinem, nachdem sie es ordentlich mit Speichel besudelt hat, und versucht eine Scharfstellung – jedoch vergeblich, ihrem Blick gelingt es nicht, auch nur irgendetwas zu fokussieren, ihrem Charme jedoch tut das keinen Abbruch: ganz im Gegenteil, sie ist nur noch schöner, jetzt, wo sie sich endlich locker gemacht hat, ihre Lippen befreit sind vom zinnoberroten Lipgloss, ihr Kleid durchnässt ist unter den Armen, im Rücken, und wirre rote Strähnen auf ihren fiebrigen Wangen kleben.
Sie spricht mit konfuser Weitschweifigkeit, die Augen haltlos und eine Hand noch immer auf meinem Schwanz. Und kurz darauf, als dessen Erregung trotz meiner Haltung des Desinteressierten, die ich einnehme, um meine Panik zu verbergen, um eine Stufe angestiegen ist, drängt sie mich, einen ruhigen Ort zu finden, und nur umso lieber füge ich mich ihr, als um uns herum nichts anderes mehr als verständnisinnige Rippenstöße, vielsagende Blicke und obszöne Gesten ausgetauscht werden: und alle machen mit, es wandert von Arcady über Ashley und Charbel zu Dalila.
Kaum sind wir backstage, zieht sie schon ihr Kleid aus, eine Art eisblaue Tunika mit geriffelter Halskrause, und presst ihren feuchten und kühlen Körper gegen den meinen. Ich setze sie auf den einzigen Sessel, der nicht unter einem Berg Klamotten und Accessoires verschwindet, um das, was sie mir mit solcher Freizügigkeit

präsentiert, betrachten zu können, ihr durchsichtiges Fleisch, das zitternde Netzwerk ihrer zarten Adern, die Opulenz ihrer Brüste, und, ganz besonders, inmitten so vieler seidenweicher Kurven, die drei gradlinigen Falten ihrer rasierten Muschi.

Eines Tages werde ich erklären, sollte sich eines Tages dieses Mysterium lüften, warum die Ganzkörperepilation zum Muss geworden ist bei allen Frauen, die ich kenne, unabhängig von Alter und Grad an Kultiviertheit. Allein die bereits operierten *mtf* halten daran fest, ihre Schambehaarung stehen zu lassen, geht es doch darum, ihre Narben und all die kleinen, nur annähernd passenden Teilstücke zu verschleiern, die die Chirurgen zweiter Wahl an ihnen bewerkstelligt haben – wären sie jedoch fähig, anstelle eines verbeulten und vernähten Schlachtfeldes die gleiche bündige und einwandfreie kleine Spalte zur Schau zu stellen wie ihre Freundinnen, sie würden ohne jeden Zweifel erneut auf Laser und langgepulstes Licht zurückgreifen, mit deren Hilfe sie sich schon einmal aller anderen Körperhaare entledigt haben.

Mir gegenüber wird die Rothaarige ungeduldig, schlägt ihre Beine zum Preis einer merkwürdigen Verrenkung unter sich wieder zusammen, streckt mir ihren vor Schweiß glänzenden Bauch und die feisten Schollen ihres Venushügels entgegen. Ich knie vor dem Winkel ihrer offenen Schenkel nieder, führe meine Zunge in Richtung Klitoris und wage einen ersten zarten Kontakt. Ihr explosives Lachen bricht aus ihr heraus, was ich als Ermutigung verstehe, richtig loszulegen, und also die samtweichen Lippen auseinanderspreize, um besser zwischen die Linien der kahlen, feuchten und jodhaltigen Bergkämme eintauchen zu können, die ich ansauge, erfasse, zwischen meiner Zunge und meinem Zahnfleisch glitschen lasse, bis ich sie schließlich unter dem anspruchsvollen Saugen, das ich ihnen aufdrücke, zum doppelten Volumen anwachsen spüre. Ihre Hände verkrallen sich in die Armlehnen und ihr Lachen verstummt, um einem ungeduldigen und heiseren Gekläffe zu weichen, während kleine spasmische Fontänen mein immer noch zwischen ihren Schenkeln steckendes Gesicht überschwemmen. Irgendwann dann hebe ich sie hoch, reibe ihre Beine und ihren Bauch, drehe ihr schweres, rotes Haar zusammen und versuche mehr schlecht als recht, ihr das Kleid wieder anzuziehen. Während sie sich mit unsicherer Hand auf mich stützt, schwört sie mir, dass sie noch nie so geleckt worden sei. Auch ich meinerseits hatte das Gefühl, dass es ein voller Erfolg war. Man möchte meinen, dass die Technik des Oralverkehrs von einem Geschlecht auf das andere übertragbar wäre – es sei denn, die Tatsache, dass ich selbst ab und an mit einer Klitoris gesegnet bin, hat mir geholfen, diese erste Erfahrung zu erleichtern. Das Mädel richtet ihr Kleid und bindet ihr Haar, ohne ihre entzückte Ausstrahlung aufzugeben. Der feuchte Fleck, der meinen Hemdeinsatz verdunkelt und nichts mit dem Wodka zu tun hat, entlockt ihr eine letzte Lachtirade und eine für mein Empfinden völlig unnötige vage Entschuldigungsfloskel.

»Du ähnelst meiner Mutter.«

Da sie von diesen unkontrollierbaren Ausbrüchen peinlich berührt zu sein scheint, teile ich ihr gar nicht erst mit, wie weit die Ähnlichkeit reicht, aber da ich den Eindruck habe, es mir nach all der Lust, die ich ihr bereitet habe, erlauben zu dürfen, bitte ich sie, mir ihre Füße zu zeigen. Um es mir zu gewähren, beugt sie sich mit solcher Hast nach vorn, dass sie mit ihrer Stirn gegen die gläserne Platte knallt, die uns als Frisiertisch dient. Dennoch streift sie sich in der gleichen Bewegung die Schuhe ab, aber als sie wieder hochkommt, da rinnt Blut aus dem aufgeplatzten Bogenlauf ihrer Augenbraue.

Angesichts der Häufung der Unfälle, die sich in dieser Abstellkammer ereignen, wäre es höchstwillkommen, ich würde eine Erste-Hilfe-Stelle einrichten. In der Zwischenzeit aber fühle ich mich um zehn Jahre zurückversetzt, der Tag meiner ersten Ejakulation, vor allem, da es aus der Wunde heraus bis auf die kleinen, weißen Füße hinabtropft, die die Rothaarige mir so eilig hat zeigen wollen

und die zu genießen sich mir nicht mehr die Gelegenheit bieten wird, da ich ihr bei gleichzeitiger Kaschierung meiner Erregung die Erstversorgung ihrer Wunde zuteilkommen lassen muss.
Einmal desinfiziert und verbunden, scheint sie sich wieder zu fangen, was für mich nicht unbedingt vorteilhaft ist: immer schon habe ich gewusst, dass die Begierde, die ich bei meinen Partnern hervorrufe, sich umgekehrt proportional zu deren Hellsichtigkeit verhält. Und wieder greift es, die Rothaarige fängt an, mich mit der gleichen inquisitorischen Strenge anzusehen wie neulich Barbara. Am Ende ihrer Einsicht schüttelt sie mehrmals den Kopf hin und her, als rüttele sie sich wach, um zur Realität zurückzukehren, eine übertriebene Mimik, wie ich sie nur aus Zeichentrickfilmen kenne – woraufhin sie dann verschwindet, wie sie gekommen war, zurück in die moorigen und spiegelnden Ausdehnungen der Biebrza, und ich mit mir ins tumultartige Treiben des Arcadia.
Wie nicht anders zu erwarten, tun alle, die eben noch lüsterne Augen verdrehten und durch frenetische Stöße der Hüften oder obszönes Zeigefingergefuchtel die Penetration mimten, tun alle jene, die so wirkten, als wären sie in angeregte Stimmung versetzt aufgrund der Tatsache, dass Marie-Line sich vom schönsten Mädel der Nacht anmachen ließe, jetzt gerade so, als wäre nichts geschehen, als hätte mich kein Geist heimgesucht, und ich weiß genau, würde ich ihnen die Frage stellen, sie würden mit größter Deutlichkeit verneinen, dass sie die spektakulär schöne Rothaarige hätten vorbeiziehen sehen: es ist eine Nacht wie all die anderen, in denen ich allein tanzte.
Am übernächsten Tag schleppt mich Cindy mit in die Räume einer Vereinigung, die den Frauen von Sträflingen Hilfe und Unterstützung zukommen lässt. Obwohl ich keine Frau bin und mit keinem einzigen Sträfling mehr zu tun habe, begleite ich sie trotzdem, und wir stoßen auf eine Zusammenkunft an Ks.
Ich kenne keine von ihnen, aber ich erkenne sie alle, angefangen mit der von der Sonne gegerbten und nochmals gegerbten Roma,

deren Augen eine klare und leere Linie bilden und die nicht ein Wort verliert, bis hin zu derjenigen, deren Angst vor Stille sie bis zum Wahnsinn aufwühlt und ohne Ende reden lässt, während man uns Pötte wässrigen Kaffees vorsetzt, glasierte Kekstörtchen, deren Anblick allein mich schaudern lässt, sowie frömmlerisch aufgesetzte und kreischend naiv illustrierte Broschüren.
Entgegen aller Erwartung scheint Cindy diesen Rahmen für Herzensergießungen angemessen zu halten: sie weint und zerstört ihre Kohlekrone, Zeichen der Hoffnungslosigkeit, das die Ks entzückt aufnehmen, denn was die Ks in voller Bandbreite auszeichnet, ist ihre Vorliebe für Tränen. Mit Ausnahme der schweigsamen Roma ist keine von ihnen fähig zuzuhören, und Cindy sieht ihren stechenden Betroffenheitsbericht permanent unterbrochen von mitleidsvollen Zungenschnalzern, vor allem aber von den ununterbrochen wiederkehrenden Berichten ihrer jeweiligen Situation. Letztendlich bin ich der Einzige, der ihr seine ganze Aufmerksamkeit schenkt, eine Aufmerksamkeit, die ich ihr ebenso gut hätte woanders schenken können, im Backstage des Arcadia, zum Beispiel, oder in dem Zimmer, das ich noch immer vortäusche, mit ihr zu teilen, was zu dem elenden Versuch gehört, meine Mutter hinters Licht zu führen, selbst wenn meine Existenz von nun an die neueste ihrer Sorgen ist – aber Gewohnheiten besitzen ein zähes Leben und ich mache damit weiter, so zu tun also ob. Kurz, Cindy packt aus, woran sie zu tragen hat, und es scheint sie zu erleichtern, so sehr, dass sie ihren verlorengegangen Appetit wiederfindet und nicht nur die Kekse annimmt, sondern auch die in Zellophan verpackten Makronen und die zweifarbigen Madeleines, die die Verantwortliche der Vereinigung uns unaufhörlich anbietet.
Ich bemerke plötzlich, dass unter den Ks auch ein Mann ist. Irgendwie weniger laut als die anderen, ist er dennoch Teil derer, die bei Cindys Geschichte mitleidsvolle Zischlaute ausgestoßen haben, und sein ganzer Körper spannt sich über den Tisch, so sehr brennt er jetzt vor Lust zu sprechen und seinen Anteil an Mitleid

zu erhaschen, als Ehemann einer Verhafteten, der ganz allein Jessie und Alexandra aufzieht, die beiden Kinder, die er ihr schamlos im Besucherraum gemacht hat und die sich von nun an unter dem Vorwand, dass es sie beschäme und sie ein normales Leben führen wollen, weigern, ihre Mutter im Gefängnis zu besuchen.

Dieser legitime Rückzug bekümmert den Vater aufs Äußerste, was die Ks betrifft, so führt dieser Betroffenheitsbericht dazu, dass sie von einem tugendhaften Schluckauf geschüttelt werden und einfach nicht genügend harte Worte aufbringen können, diese Undankbaren auszubuhen. Man hat nur eine Mutter und diese ist heilig: genau darin bilden diese Töchter eine Einheit, obgleich sie von der ihren grausam behandelt worden waren, ganz zu schweigen von der Tatsache, dass sie unfähig sind, sich um ihre eigenen Kinder zu kümmern, sieche Sprösslinge, die sie sich frühreif und unbesonnen ans Bein gebunden haben – aber egal, in ihrer Empörung trampeln sie unter dem Tisch und schlagen sich aufs Schönste den Bauch voll, Makronen, Kekse, alles wird verdaut. Selbst die schweigsame Roma wird auf ihrem Sessel unruhig und stößt ein hasserfülltes Schnaufen aus, das eindeutig besagt, auf welcher Seite sie sich befindet – aber ich meinerseits, ich habe ebenfalls meine Position bezogen, und diese ist ganz entschieden diejenige der Kinder, deren Mutter eine Langzeitstrafe absitzt und trotz allem beabsichtigt, ihr Leben bevormunden zu wollen. Ich meinerseits, ich lasse ebenfalls eine Reihe mitleidsvoller Zungenschnalzer springen, mein Mitleid aber gilt Jessie und Alexandra, meine Unterstützung ihrem Kampf, sich trotz ihrer ehrenrührigen Abstammung ein wenig Autonomie und Freiheit zu bewahren. Es ist lange her, dass ich, wie sie, den mütterlichen Einfluss hätte zurückweisen müssen, nur dass es für mich inzwischen zu spät ist: es genügt, dass Barbara eine Augenbraue hebt, und ich zittere; dass sie sich in Schweigen hüllt und ich tausend Tode sterbe.

Sogar ihr Wechsel hin zu einem neuen Look wühlt mich derart auf, dass mir alle Worte fehlen, und gut möglich, dass sie, um mich zu quälen, kürzlich erst entschieden hat, all das zu verbannen, was ihren unnachahmlichen Chic ausmachte. Schluss mit Knieröcken, schwarz, grau oder lavendelfarben; vorbei die Sackkleider aus perlgrauer oder eisblauer Seide, die puderig rosa oder flieder- und korallenfarbigen Musseline: meine Barbara hat sich dazu entschlossen, Shorts zu tragen und Jersey-Spaghettiträgertops, die sich verwaschen und verformen – wenn sie sich nicht gerade in zu enge Kleider mit breiten Reißverschlüssen zwängt. Ihre Schminke, bislang gedacht als eindrucksvoller Hauch, besteht von nun an aus türkisfarbenem Lidschatten, kupferfarbenem Rouge und ockerfarbenem Lippenstift. Die Prinzessin der Biebrza, durchscheinend unter ihrer unsichtbaren Krone, hat sich verdrückt, um einer ozeanisch bemalten Gottheit Platz zu machen, die Tornados und Taifune befehligen wird. Selbst das zarte slawische Gurren hat eine sardonische und rüde Note angenommen. So sehr der Fortgang meines Vaters sie dazu angestachelt hat, sich gehen zu lassen, so sehr hat derjenige von Armand einen Prozess in Gang gesetzt, den zu benennen ich Mühe habe, der aber die ganze Hausgemeinschaft durcheinanderwirbelt, nämlich Cindy, die Hündin und mich, die wir an den Wänden entlangschleichen in der Hoffnung, Basia werde ihr Gleichgewicht wiederfinden, obgleich sie sich doch so offensichtlich auf dem Kriegspfad befindet, dass sie das zarte und subtile Rot ihres Kopfhaars, ihr Rot einer Vogelkehle, ihr Rot einer Spitzmaus, eingetauscht hat gegen ein flamboyantes Mahagoni, eine Haarfarbe, bei der ich, sobald ich ihr begegne, losheulen möchte, was aber so gut wie nie geschieht, zieht man unsere jeweiligen Tageszeiten in Betracht und die Vorsichtsmaßnahmen, die ich treffe.

Das Unvermeidbare stellt sich dennoch ein, eines Abends Schlag acht, als sie von der Arbeit zurückkehrt und ihre Tasche mit dem grauenerregenden Lärm von Altmetall auf den Tisch knallt – denn anstelle ihrer eleganten Lederrumpeltasche schleppt sie von nun an eine Fälschung der berühmten Kürzel mit sich herum, an der

die Ketten und Verschlüsse aus goldgetöntem Metall nur so scheppern. Mit hauchdünner Stimme, von der ich mir erhoffe, dass sie zugleich beruhigend und jovial wirke, frage ich sie, ob es ihr recht wäre, wenn ich den Tisch decke, wo doch das Essen fertig sei, Weinblätter, ein Fischgratin und ein hausgemachtes Apfelkompott, das ich nicht gesüßt habe, wo sie doch ostentativ und wutentbrannt eine erneute Diät gestartet hat. Anstatt zu antworten, dreht sie sich mir zu, die Fäuste geballt, ihre Mahagonimähne zerzaust. Da ich aus ihrer tiefen Kehle das slawische Gurren aufsteigen höre, das inzwischen zu einem Wahnsinnsgrunzen oder Kriegsgeschrei vor dem Angriff mutiert ist, ziehe ich mich schnurstracks zurück.
Als Cindy und ich etwas später wieder runtergehen, in der Hoffnung, noch etwas zu knabbern zu kriegen, bevor wir verschwinden müssen, da befleckt das Kompott das Linoleum, wurde das Gratin so wie es war in den Müll geworfen und liegen die Weinblätter aufgereiht als Gänsemarsch einer Raupenprozession auf dem Tisch.
Wichtig ist, dass Barbara glücklich sein möge, aber ich bin nicht der richtige Mann dazu und es ist eben genau ein Mann, dessen sie bedarf. Ich habe im Zusammenhang mit Armand sehr genau kapiert, dass die Ausdünstungen von Testosteron bei ihr wie eine aufputschende Substanz wirken, die sie dazu angestachelt hat, ihr Bestes zu geben – und wenn es noch nötig wäre, aber dies ist ja nicht der Fall, ich hielte hiermit den Beweis in Händen meines Mangels an männlichen Hormonen.
Ich habe mich in diesem Zusammenhang gefragt, ob ich nicht einfach rumbaggern soll, für sie und ebenso für mich, und von nun an jage ich im Netz die Profile der Bisexuellen, der gut erhaltenen Fünfzigjährigen, die ich zuerst testen und ihr dann weiterreichen könnte, wenn sie den Zweck erfüllen – es kommt auf keinen Fall infrage, dass Barbara an Perverse gerät. Während ich auf diese seltene Blume warte, ficke ich eher zwei- als einmal, Beunruhigungen und Verstimmungen haben schon immer meine sexuelle Aktivität stimuliert.

Allein diese Nacht, nach einer kurzen Nummer auf dem Klo, gelingt es mir, einen zweiten Typen ins Backstage des Arcadia abzuschleppen, eine Frage der Kunst, das Schicksal herauszufordern, das aus diesem winzigen Raum schließlich einen für mich allein viel zu großen gemacht hat, ausreichend groß auf jeden Fall, dass sich in ihm zugleich blonde Oger und rothaarige Prinzessinnen auf die Lauer legen, ganz zu schweigen vom schlimmsten meiner Gespenster, mir selbst, zwischen zwei Anproben, wenn mein verschwitztes Gesicht aus einer zu engen Halskrause auftaucht und mich aus dem Hinterhalt überrascht, verdammt, das bin ja ich, Plattgesicht, rabenschwarzes Haar, von der Hitze beanspruchter Teint, weder schön noch hässlich, aber mir selber so unglaublich fremd, dass der Spiegel zu einer weiteren Verhexung dieses Ortes wird, der derer schon so viele zählt.
Der Typ ist genau mein Ding, weder blond noch rothaarig, zum Glück, sondern von einem hübschen, güldenen Kastanienbraun, das der guten Pflege der Friseure zu verdanken ist – ganz zu schweigen davon, dass er definierte Muskeln hat, flaumige Grübchen und ein unwiderstehliches Lächeln. Es dauert nicht lange und ich finde mich Arsch über Kopf auf einem Sessel wieder und werde mit einer solchen Erfindungsgabe, einem solchen Ungestüm und einer solch schelmischen Zärtlichkeit gefickt, dass alle bösen Erinnerungen sich in Luft auflösen, angefangen bei denen, die zum Sessel selbst gehören und auf die ich jetzt nicht wieder eingehen werde, nein, das ist jetzt wahrlich nicht der richtige Augenblick dazu.
Wir kommen gleichzeitig, ohne dass er auch nur einen Augenblick lang aufgehört hätte, mich anzuschauen, bang bang, und mit leichter Handfläche verteilt er fächerartig mein Sperma auf meinem Bauch, der bei dieser letzten Zärtlichkeit mit unstillbarem Schaudern zuckend reagiert. Während ich darüber beinahe vor Entzücken und Dankbarkeit weinen muss, lässt er mich hier sitzen, lässt er mich gestrandet und aufgeregt auf meinem Sessel zurück und zieht sich mit solcher Hast an, dass er strauchelt, als er sich

die Jeans überzieht: seine Unterhose spannt sich über dem Scheitel seines prachtvollen Hinterns, während die goldenen Haare seiner Schenkel noch einmal aufleuchten, bevor er die Tür öffnet und bereits schon vom Getöse des Clubs geschluckt wird, in dem die Schwachköpfe und *mtf* ganz gewissenhaft ihre Verrenkungen zu *Go West* vollbringen – ein weiterer dieser unnachvollziehbaren Klassiker des Arcadia, ein Ding, das hervorragend funktioniert bei Schwulen, zweifellos aufgrund des männlichen Gebrülls des Chores: eine andere Erklärung sehe ich nicht, und wenn schon unbedingt Pet Shop Boys, dann könnte man wenigstens *West End Girls* oder *It's a Sin* hören.
Als könne er meine Gedanken lesen, fährt Charbel mit einer Discoversion von *It's a Sin* fort, und ich stürze mich auf die Tanzfläche, beste Gelegenheit um aller Welt und vor allem Mr. Loverman zu zeigen, zu was ich fähig bin. Allein schon das Intro und sein gewaltiges Ansteigen durch die Schläge des Keyboards und der Percussion befördern mich in einen anderen Zustand. Ich drehe mich in Lichtgeschwindigkeit, niemand bis auf Michael in seinen besten Tagen dreht sich so schnell wie ich, was mich nicht daran hindert, auf die stürmische Masse der Tänzer Blicke zu werfen, in der ich schließlich das Pärchen ausfindig mache, das mein undankbarer Liebhaber mit einem anderen Typen bildet, einem gar nicht so üblen Schwarzen, den ich meinerseits bereits schon in Augenschein genommen hatte, bevor ich von goldglänzenden Oberarmmuskeln und einem Lachgrübchen in den Bann geschlagen worden war.
Wäre ich nicht der Tänzer, der ich bin, ginge mir die Musik nicht direkt durch den Solarplexus und den Magen, ohne das Hirn zu passieren, ich hätte bereits beim puren Anblick der beiden den Rhythmus und die richtige Koordination meiner Gesten verloren, wie sie sich da gegenseitig so gierig abknutschen, als würde nichts außer ihnen existieren – und da ich selbst ja nun meinen Mund geöffnet und sperrangelweit aufgerissen hatte unter den Zungenschlägen

von Mr. Loverman, weiß ich, dass sie recht haben, dass dieser Kuss das einzig Wichtige ist, und ich vergehe daran, erneut vom Fest ausgeschlossen zu sein, nur hier zu sein, um zu tanzen, während die sich diese prächtige Lust schenken.

Um die Aufmerksamkeit von Mr. Loverman auf mich zu ziehen, lasse ich nacheinander ein paar Hip-Hop-Nummern laufen, die einigermaßen leicht, aber eindrucksvoll sind, vor allem wegen dieses rasenden Tempos, das mit Funk nun gar nichts zu tun hat. Man bildet um mich herum einen Kreis, und ich höre schmeichelnde Ausrufe, die mich so sehr elektrisieren, dass ich mich in eine noch atemberaubendere Choreografie stürze. Ich trage goldene Leggings und ein mit blauen Mohnblumen besticktes T-Shirt, dass ich mir von Barbara ausgeliehen habe und das aus ihrer braven Zeit stammt.

Ich habe es immer geliebt, die Klamotten meiner Mutter zu tragen, ich habe schon im zarten Alter damit angefangen, indem ich mir einen absoluten Feinsinn an Vorsicht angewöhnt habe – dazu gehört, dass ich die Sachen exakt wieder so zusammenfalte, wie ich sie vorgefunden habe, voller Wachsamkeit, dass ich bloß keine Spuren schmutziger Finger hinterlasse, kein rabenschwarzes Haar – sodass sie nie Verdacht geschöpft hat, vor allem nicht bezüglich der außerordentlichen Trunkenheit, die mich während dieser Anproben erfasst.

Alle *mtf* haben Geschichten gleichen Kalibers zu berichten. Man muss nur Mme Arthur zuhören, wie sie die Mieder und geblümten Blusen ihrer Mutter heraufbeschwört; Dalila schwärmte für die Spitzen und die Fransenstola ihrer Mutter, Stunden der einsamen Schöntuerei vor dem Spiegel, Modenschauen, die zu niemandes Glück geschahen als dem der Sammlerpuppen, welche von Vitrinen her zuschauten. Eines Tages werde ich erklären, wenn ich es erkläre, welch seltsames Wohlempfinden man in Frauenkleidern erfahren kann, wenn man ein kleiner, zerbrechlicher Junge ist; und warum man, einmal erwachsen, im Transen-Look mehr

Wahrheit auffindet als in der Verkleidung eines Mannes – all diese Pullover, Hosen, Hemden, die ich niemals ohne das Gefühl erniedrigenden Affentheaters angezogen habe. Aber dennoch, ich kann noch so sehr tanzen wie ein Gott und das T-Shirt meiner Mutter tragen, es gelingt mir nicht, die Aufmerksamkeit von Mr. Loverman zu wecken. Stattdessen haben sich einige Schwachköpfe enthusiastisch in den Wettbewerb gestürzt und die Gebärdenspiele um mich herum vervielfacht.

Zu ihrem Unglück fängt meine Stunde des Ruhms gerade erst an, da ich kurz davor bin, für eine der Shows, die die Spezialität des Arcadia sind, die Bühne zu betreten: man unterbricht den Tanz und wirft die hauseigenen Künstler für zwei oder drei Einlagen unter die Scheinwerfer. Ich ziehe mich nicht einmal um, hopp, mit einem Augenaufschlag bin ich Freddie Mercury oder Beyoncé, Arcady ist es, der entscheidet, und meist auch noch im letzten Moment, was völlig egal ist, da jeder Einzelne immer wieder einen der fünfzehn Songs aufführt, die wir perfekt beherrschen, Tanz und Gesten inbegriffen, niemals Playback bei uns. Diese Nacht ist es für mich ABBA, *The Winner Takes It All*, was ich mit wilder Entschlossenheit interpretiere – die Lieder über Verlierer, sie sind mir auf den Leib geschrieben.

Mit seinem neuen Partner in einen Winkel gedrückt, befummelt ihn Mr. Loverman noch immer, als wäre ich gar nicht da, als würde ich mich gar nicht ihm zuliebe heiser schreien, als wäre ich gar nicht dabei, meine Leggings ohne jeglichen künstlerischen Hintersinn nach unten zu ziehen, geht es doch darum, einen Paillettentanga freizulegen, der von einer so mächtigen Erektion überdehnt wird, dass die Glocken läuten. Endlich schaut er mich an. Selbst aus der Entfernung kann ich sehen, dass seine Lippen und sein Kinn vollgesabbert sind und auch er äußerst erregt ist. Ich könnte vor Freude platzen und dem Thron dieser gemeinsamen Erregung huldigen, in der Hoffnung auf eine Annäherung nach der Showeinlage, und warum eigentlich nicht in der Garderobe dieses Mal,

mit Cindys menschenverachtender und verletzter Komplizenschaft, aber ich sehe ganz klar, dass er auf etwas anderes aus ist, und schon fährt er nur noch heftiger mit seinem widerlichen Petting fort. Das Schwein! Wie konnte er mich nur mit solch leidenschaftlicher Erfindungsgabe ficken, mich in dieser Abstellkammer des Unglücks wie einen Handschuh von innen nach außen stülpen und mich sofort danach für einen anderen fallen lassen – der mir, nebenbei gesagt, in Sachen Sexappeal nicht das Wasser reichen kann, auch wenn er seine brandneuen Muskeln zur Schau stellt.
Wäre ich eine sentimentale *mtf*, ich könnte Zweifel hegen bezüglich der Triftigkeit meiner Eindrücke, mich fragen, ob ich mir die Zärtlichkeit seiner Blicke nicht eingebildet hätte, das perfekte Zusammenspiel unserer Körper oder die Gleichzeitigkeit unserer Orgasmen, allerdings mache ich mir beim Sexuellen für gewöhnlich nichts vor: ich halte mich an die Fakten und die unbezweifelbare Realität – es sei denn, Mr. Loverman würde in einer anderen unbezweifelbaren Realität leben als der meinen, einer Realität, in der kein Platz wäre für unseren gemeinsamen Moment des perfekten Ficks, wo er sich doch vor meiner Nase und meinen Augen mit seinem neuen Macker in die Ecke verdrückt.
Dann tanze ich noch ein wenig, aber ohne großen Elan, und glotze hier und da in die Runde, um rauszufinden, wen ich mir noch angeln könnte. Am Ende hänge ich an einem eher hübschen und gut gebauten Typen, der mich mit zu sich nach Hause nimmt. Obgleich er mir zugesichert hat, dass er aktiv wäre, entpuppt er sich als ebensolche Stute wie ich eine bin, mit der Folge, dass wir wie zwei Vollidioten auf seinem Ausklappsofa landen, uns streicheln und versuchen, dieser beschissenen Situation noch eine befriedigende Wendung abzugewinnen. Mit dem Groll in mir könnte es mir gelingen, ihn zu nehmen, so wie er es seit einer Weile schon mit seiner weinerlichen Stimme von mir verlangt, aber ich sehe nicht ein, warum ich ihm diesen Genuss bereiten sollte. Ich ziehe es vor, sie hier im Regen sitzen zu lassen, ihn und seine unausstehliche Lüge. Ich könnte sogar

denken, dass ich, wenn ich ihn jetzt, wie er da so durch meine Zärtlichkeiten und das, was er von meinem Körper erraten hat können, in Erregung versetzt ist, auf seinem Sofa allein lasse, dass ich dadurch eine Art Gleichgewicht im Karma wiederherstelle, zieht man die Erniedrigung in Betracht, die ich vor kurzem erst erlitten habe und deren Erinnerung sich weigert zu verblassen.
Ich würde mir so gern den Kopf abschrauben können und ihn an einem kühlen Ort zwischenlagern, stattdessen aber muss ich nach Hause fahren und das Einfamilienvororthäuschen aufsuchen, aus dem Barbara Zug um Zug die Hölle ihrer Wut und Unzufriedenheit macht. Ich bin fünfundzwanzig Jahre alt, ich verdiene auf angemessene Art meinen Lebensunterhalt und nichts stellt sich der Möglichkeit entgegen, dass ich mein Zuhause verließe, aber ich könnte mich noch so sehr von meiner Mutter lösen, es ist doch zu spät, als dass ich mich ihrem Einfluss entziehen könnte. Zu sehr habe ich sie betrachtet, berührt, ihr zugehört; zu häufig habe ich an sie gedacht, zu lange habe ich ihren Launen und Urteilen entsprechend gelebt. Selbst wenn ich meinen Kopf in eine Tiefkühltruhe legen sollte, es blieben doch diese Hände, die nach den ihren gegriffen haben, diese Füße, die ihre Pumps übergestreift haben, dieser Bauch, der sich gegen ihren presste, als sie mich noch stillte, ganz zu schweigen vom Schwanz, den ich so viele Male ihr zuliebe daran gehindert habe, steif zu werden: Barbara hat es geschafft, sich in mir zu verzweigen wie eine Art Baumdiagramm der Nerven, das aus meinem Fleisch nicht mehr zu lösen ist.
Im RER, der mich zurückbringt, nehmen meine Gemetzelphantasien eine solch realistische Intensität an, dass ich hinter meiner geballten Faust aufheule, eine Vorsichtsmaßnahme, die meine Nachbarn jedoch nicht davon abhält, mir angsterfüllte Blicke entgegenzuwerfen. Würde ich es wagen und würde ich ihnen mehr Scharfsinnigkeit zusprechen als mir selbst, ich würde sie umstandslos fragen, wie sie es schaffen, sich der zudringlichen Erinnerungen

zu entledigen und all der Gedanken, die sie verurteilen, von allem somit, was nicht zu ihnen gehört in ihnen.
Ich möchte Barbara nicht mehr so über alle Maßen lieben; ich schäme mich dieser Liebe, die mich nicht nur dazu brachte, sie zu begehren, sondern auch noch anzulügen und mich zitternd ihren Vorstellungen von Männlichkeit zu unterwerfen. Mögen mir die, die dazu fähig sind, und äußerst klar sehe ich, dass diesbezüglich nichts von meinen Reisegefährten erwartet werden darf, erklären, warum die Scham und Missbilligung nicht einen Gefühlsablass ausgelöst haben und warum ich noch immer in meine Mutter verliebt bin – obgleich es doch den Anschein hat, als wäre die Verzauberung der Biebrza für sie verweht, als wären die spiegelnden Dünste aufgerissen und ihr Sohn Daniel ihr endlich als derjenige erschienen, den die ganze Welt schon immer in ihm gesehen hat: nicht mehr länger das unter allen erwählte Kind, der kleine, ihrer unbeugsamen polnischen Abstammung würdige Prinz, sondern ein undankbarer, verweiblichter, schlaksiger Junge – der noch dazu auf eine künstliche Vagina wartet. Andere Verzauberungen sind von nun an am Werk, die Dampfwallung eines Kochkessels, oberhalb derer das wutentbrannte und derb bemalte Gesicht meiner königlichen Hoheit schwebt, die giftigen Dämpfe, mit denen sie mich bindet und die bewirken, dass ich gefügig heimkehre, um zu leiden und an diesem Leid Lust zu empfinden.
Als hätten er und meine Mutter es miteinander abgesprochen, beginnt nun auch Arcady, mich zu quälen. Ich muss zu seiner Entlastung sagen, dass er sich keineswegs darüber bewusst ist und alles mit einer harmlosen Unterhaltung in seinem Büro beginnt, einer weiteren vollgestellten Abstellkammer, an die sich bislang keine einzige unangenehme Erinnerung knüpft.
»Ich werde ein Fest zu meinem Fünfzigsten geben.«
»Gute Idee.«
»Was richtig Tolles: Champagner, gutes Essen, gute Musik.«
»Hier?«

»Ja. Ich mache eine erste Liste, aber schau doch mal, wen du für dich noch einladen möchtest.«

Ich für mich sehe grad mal Cindy in Betracht kommen – die ja sowieso da sein wird, um den Service zu machen. Und ich kann ja wohl schlecht all meine One-Night-Stands einladen, auch nicht die Prinzessin der Biebrza und noch weniger ihre Extypen, den kleinen Operettenmatrosen oder den gnadenlosen Stutzer blühender Köpfe, von dem ich nicht bezweifle, dass er den Abend durch seine pure dunkle Anwesenheit und die andauernde Verkrampfung seiner blauen Lippen versauen würde.

Arcady erhebt sich und streckt sich qualvoll, indem er einen abwesenden Blick in den Spiegel wirft.

»Hast du Schmerzen?«

»Ein wenig.«

Um zu verstehen, was an diesem einfachen Geständnis erschreckend ist, muss man wissen, dass Arcady eine jener seltenen Personen ist, die ihren körperlichen Zustand niemals zur Disposition stellen, sich niemals über ein Unwohlsein oder körperliche Beschwerden beklagen und im Übrigen niemals müde oder krank sind.

»Bist du krank?«

»Nein, ich bin nicht krank. Ich hab nur Rückenschmerzen. Und meine Gelenke tun weh, meine Augen, mein Bauch und meine Zähne, unter anderem. Reicht dir das als Krankenakte?«

Ich werde laut:

»Du siehst doch selbst, dass du was hast!«

»Ja, ich habe was: ich habe fünfzig Jahre hinter mir. Ich bin sogar im Begriff, das mit Pauken und Trompeten zu feiern, anstatt mir den Strick zu nehmen, was trotz allem doch viel vernünftiger wäre und mir ersparen würde, die nächsten fünfzig Jahre damit zu verbringen, gegen Müdigkeit und Schmerzen ankämpfen zu müssen: denn bei der ansteigenden Lebenserwartung ist es doch wohl das, was mich erwartet. Und ich rede ja nicht einmal *davon* ...«

Mit einer entmutigenden Geste zeigt er auf sein Spiegelbild, seine wohlbeleibte Silhouette, seine Glatze, sein birnenförmiges Gesicht, alles, was er normalerweise mit beflissener Genugtuung betrachtet, worum ich ihn so beneide.

»Ich habe den Typen immer gefallen, Daniel: die, die mich interessierten, ich habe sie immer, zumindest einmal, ins Bett gekriegt. Das war nicht immer von Dauer, sie haben mich nicht unbedingt geliebt und mich auch nicht unbedingt glücklich gemacht, aber alle, die ich haben wollte, habe ich auch gekriegt, nicht wahr?«

Seit ich Arcady kenne, konnte ich tatsächlich immer nur die Leichtigkeit feststellen, mit der er die hübschen Jungs seiner Wahl einwickelte, inbegriffen die selbsterklärten Heteros, und dies, ohne sein spontanes Gehabe aufzugeben oder gar irgendwelche Anstrengungen an den Tag zu legen, sich darstellen zu müssen. Ich habe es sogar erlebt, dass er im rosa Trainingsanzug auf eine Party kam, stundenlang tanzte, ohne auch nur irgendjemanden anzusehen, und dann verschwand, mit schlaganfallartig geschwollenen und schweißnassen Schläfen, und in seinem Arm die schönste Kreatur der Party, diejenige, die sich von allen Diven am meisten als Hard-to-get-one wichtig machte, diejenige, die am meisten Begehrlichkeit erweckte, ein durchtrainiertes Wannabe-Freizeitmodel, eine umwerfende *mtf* oder ein kleiner, sexy Halunke, wie Arcady sie eben liebt. Ich habe niemals gewusst, wie er es anstellt, ich war nicht einmal imstande, den exakten Moment zu orten, an dem sein Charme griff: eben noch befand er sich in laufender Unterhaltung mit gleich wem, nur nicht mit der umwerfenden Diva, oder aber er war dabei, mir bei einem wilden Rock'n'Roll den Arm zu verrenken, und im nächsten Augenblick schon war er auf die Königin der Nacht losgestürzt, die umgehend zur erstaunten Beute wurde, zum willigen und, weil erwählten, auch jauchzenden Opfer.

Eines Tages werde ich erklären, wenn ich es erkläre, in welcher Einzigartigkeit die in ihrer Sexualität aktiven Schwulen wie Arcady eine Minderheit bilden, dass ihre Seltenheit allein sie schon unwiderstehlich macht, wohingegen die Stuten meiner Gattung, die es wie Sand am Meer gibt, so ihre Schwierigkeiten damit haben, die Ersteigerungsgebote in die Höhe zu treiben – doch während ich der Stunde der Erklärungen harre, macht es den Anschein, als reichte Arcadys sexuelle Hyperaktivität nicht mehr aus, um seinen Erfolg zu gewährleisten.

»Kannst du mir sagen, was passiert ist? O. K., ich hab 'ne Glatze, aber die hatte ich auch schon mit dreißig! O. K., ich bin klein und fett und hab noch kein Studio von innen gesehen, aber nichts davon hat mich je daran gehindert, abzuschleppen, wen ich wollte, also was?«

Nicht ich bin es, dem diese Frage gestellt werden sollte, ich, der ich nie aufgehört habe, ihn zu begehren, ich, der ich auf das kleinste Fingerschnippen seinerseits herbeigelaufen komme, um ihm die gleiche Hingabe zu gewähren wie am ersten Tag, nur Kopflosigkeit und fieberhaftes Pulsieren gehören der Vergangenheit an. Als würde er meine Gedanken lesen, lässt er seine Hose runter und schafft mit einer Bewegung Platz auf dem Schreibtisch, auf dem ich mich dann in Gynäkologenstellung niederlasse. Seine Eichel schlägt schon gegen meinen Anus, den er vorab mit einem ungezwungenen Daumen geschmiert hat, der Blick liegt woanders, der Mund ist noch wutverzerrt wegen all dieser Idioten, die einen Zuchthengst nicht erkennen, wenn sie einen vor sich haben – und ein Zuchthengst, ich kann es beileibe beschwören, ist er: niemand kennt die erotischen Erwartungen eines Typen besser als Arcady, und niemand weiß besser darauf zu antworten als er mit seinem unermüdlichen und unfassbar schön proportionierten Schwanz. Er wirkt, als ficke er geistesabwesend, entspannt und als wäre er im Kopf woanders, aber er ist höchst aufmerksam und es entgeht ihm nichts, was zur Folge hat, dass er, als er spürt, dass ich kurz vor dem Orgasmus bin, seine Flüche Flüche sein lässt, mich mit hellhörigem Auge betrachtet und mir zuflüstert:

»Komm, mein Geliebter, komm.«

Das verfehlt seine Wirkung nicht, ich spritze in seine geschickte Hand, während er mich wie ein äußerst erregender Eigentümer stößt.
Sobald er selbst es zu einem Ende gebracht hat, nimmt er seine Rede wieder genau da auf, wo er sie unterbrochen hatte, und stürzt mich in völlige Verzweiflung: nach acht Jahren zu begreifen, dass selbst Arcady genauso verletzlich ist wie jeder andere auch, zu realisieren, dass er nicht nur altern wird, sondern auch noch Angst davor hat, das bedeutet, meine eigene Last an Ängsten und Befürchtungen zu erhöhen; das bedeutet, mir das wenige an Optimismus zu nehmen, das ich mir trotz des stickigen Universums, in dem ich meine Kreise ziehe, habe bewahren können.
Diese Einsicht wiegt nur umso schwerer, als meine Mutter seit dem Abgang meines Vaters nicht aufgehört hat, mir das verwirrende Schauspiel ihrer Zerbrechlichkeit vorzuführen, im Wechselspiel von schwindelerregenden Zusammenbrüchen und markerschütternden Versuchen, wieder Oberhand zu gewinnen. Wenn weder Barbara noch Arcady unzerstörbar sind, wenn sie nicht mehr länger meine unantastbaren Ideale sein können, dann existiert keine einzige befriedigende Form des Erwachsenseins. Zu was dann noch, wenn dem so ist, dieses mühselige Gespann am Leben erhalten, das mir als Ersatz von physischer wie psychischer Individualität dient? Von einem Schwung an Hoffnungslosigkeit getragen, rufe ich Arcady zu:
»Lass es uns tun! Lass uns an deinem Geburtstag gemeinsam in den Tod gehen, das wäre grandios!«
Er blickt mich über seine dicken Gläser hinweg an, als wäre ich verrückt und als würde die Idee des Suizids gar nicht von ihm stammen, von ihm, der ja doch davon gesprochen hat, sich den Strick zu nehmen, um sich weitere fünfzig Jahre Leiden zu ersparen:
»Was ist denn mit dir los, mein Häschen?«
Durch die weiche Baumwolle meines Rockes hindurch ergreift er kräftig das Paket und flüstert mit Zuvorkommenheit:

»Das ist ganz normal, dass du schwarze Gedanken hegst, bei dem, was ich mit dir gemacht habe. Ein guter Fick in den Arsch laugt aus, nicht wahr? Man fühlt sich danach so benutzt, was?«
Seine Hand gleitet hoch bis zu meinem Schädel und wühlt in meiner dichten Mähne:
»Du gehst mir besser zum Friseur: das hebt dir wieder die Laune und auf meiner Party wirst du wunderschön sein.«
Ich lasse es mir gesagt sein und tauche am Tage X mit einer Topffrisur auf. Als der Friseur mir triumphierend den Spiegel hingehalten hatte, damit ich mich von allen Seiten betrachten könne, wurde mir klar, dass nichts mir schlimmer stehen würde, dass mein Gesicht zu lang und pferdeartig ist für diesen eleganten, kleinen Helm. Ich hätte noch einen weitaus kürzeren Maschinenschnitt verlangen können, nur um den gleichen rasierten Schädel zu hissen wie alle anderen Schwachköpfe des Arcadia auch, aber ich zog mich lieber aus meinem Sessel hoch und schüttelte unter eher resignierten als verlogenen Floskeln mein Handtuch aus: wer bin ich denn, dass ich Anspruch darauf hegen könnte, gut frisiert zu sein? Gibt es nicht schon ausreichend viele gut frisierte Leute, ausreichend gepflegte Locken und gut sitzende Stufenschnitte in aller Welt, um meinen Anspruch an Eleganz zu erfüllen? Je mehr ich darüber nachdenke, desto unbegründeter und schließlich willkürlich finde ich diese Vorliebe, die jeder für sich hat, diese dumme Art, sich selbst Besonderes zu wollen, wo andere dies ebenso verdienen, wenn nicht sogar mehr.
Und von diesem Prinzip ausgehend, habe ich die Kleider passend zu meinem Schnitt gewählt: sie sind alle ebenso ungraziös wie dieser und stehen mir, hoffe ich, ebenso schlecht. Arcady seinerseits trägt eine Pluderhose und Lederslipper, die zweifellos darauf abzielen, seine orientalische Herkunft in Erinnerung zu rufen, die er niemals heraufbeschwört, die ihm aber die Fähigkeit einbringt, ebenso gut Arabisch wie Türkisch oder Armenisch zu sprechen. Abgesehen von Arcady und mir haben sich alle bemüht, elegant

zu erscheinen, was mich in meiner Idee bestärkt, dass aufgebotener Charme und guter Geschmack in dieser Welt bereits ausreichend vorhanden sind. Ashley war ebenfalls beim Friseur, was ihr erlaubt, ihre blonden Wasserlocken zu schütteln, ohne verräterische Haaransätze befürchten zu müssen. Dalila gibt sich, ganz sicher aufgrund ihrer kurzlebigen Affäre mit Arcady, als Herrin des Hauses und stolziert als hochfahrende Gastgeberin in langen, mauvefarbenen Hüllen umher, die ihre übermäßig gebräunte und knochige Krümmung den Blicken freigeben. Selbst Cindy ist sensationell in einem Minikleid mit breitem Reißverschluss, das sie sich von meiner Mutter geliehen hat – allerdings hatte meine Mutter die Nähte zum Platzen gebracht, während Cindy darin schwebt, leicht und errötend, selbst erstaunt darüber, wie viel an Wirkung sie erzielt. Sie ist in Begleitung eines Jungen, der ihr wie ein Bruder gleicht und der mich schlagartig meine eigene Kleiderwahl bedauern lässt. Wo mir doch gestern noch, beim Friseur erst, die Hässlichkeit gut genug erschienen war für mich, wo ich mich doch noch eben, als ich mich ankleidete, an meiner Bescheidenheit und Tugend berauschte, schau an, da bin ich jetzt plötzlich panisch bei der Vorstellung, dass dieser prachtvolle Jüngling mich in einer Tunika aus gelbem Krepp und einer Jeans, die an den Knien ausbeult, tanzen sehen wird. Wie habe ich auch nur eine einzige Sekunde lang annehmen können, dass ich fähig wäre, auf jegliche Form persönlicher Verführung zu pfeifen zugunsten eines kollektiven Schönheitsstroms, von dem ich nur der glückliche Zuschauer wäre? Wie habe ich mir nur vorstellen können, dass ich reif wäre zu resignieren? Es gibt ganz sicher eine Zeit zu resignieren, aber diese ist noch nicht gekommen und es reicht ein hübscher Jüngling, um mich all meine Sehnsüchte nach Ungnade und Unbedeutsamkeit vergessen zu lassen.
Ich flitze nach hinten, wo wir die Geschenke für Arcady zwischengelagert haben, die Dalila sich vorbehalten hat selbst auszuwählen, nachdem sie herrschaftlich ihre Kollekte durchgeführt hatte:

ein ganzes Sortiment an Schals und Tüchern, die die Besessenheit bezeugen, die Dalila ihrer eigenen Kehle entgegenbringt, vor allem nach der Ablation ihres Adamsapfels – mit dem Fehler, keinerlei Nutzen für Arcady zu besitzen, der noch nie in seinem Leben irgendeinen Schal umgelegt hat und bei jedem Wetter offenherzig herumläuft.

Es gelingt mir zum Glück, mein altes Pulloverkleid aus Lurex zu grabschen und mit ein klein wenig Gel bringe ich geschickt meinen kleinen Topfschnitt aus der Façon, bevor ich mich dann in den Club vorkämpfe, wo die Party bereits auf vollen Touren läuft und Cindys Bruder sich produziert. Er trägt Skinny Jeans mit Tartandruck und ein rotes T-Shirt, das sich extrem genau an seine hohlen Flanken und seinen kleinen Brustkorb schmiegt. Da er, trotz der R&B-Hits, die Charbel hintereinander laufen lässt, auf einer Art trampelndem Pogo beharrt, schließe ich darauf, dass er sich für einen Punk des zweiten Jahrtausends hält, was ihm eine weitere Gemeinsamkeit mit seiner Schwester einbringt, dieser schwarzen Dahlie, die im Augenblick mit dem Rücken an die Wand gelehnt dasteht und in der Missbilligung erstarrt, die ihr dieser formlose Tanz einflößt, diese bedrohlich geschwungene Flasche und dieses T-Shirt, das einfach zu sexy ist, um noch erträglich zu sein.

Im Arcadia sind wir an der besten Adresse für das, was es an neuesten Modetrends zu beobachten gibt, und das Revival des Punk ist uns nicht entgangen, betrifft es doch vor allem die prätentiösen Gymnasiasten, die jeder am liebsten zurechtweisen oder sogar zwischen Zeige- und Mittelfinger an der Nase packen würde, um sie quer durch den ganzen Saal zu zerren, Form der öffentlichen Erniedrigung, die eine der spätnächtlichen Spezialitäten von Mme Arthur ist, obgleich sie es üblicherweise nicht nötig hat, es so weit kommen zu lassen, wo doch ihr timbrereicher Alt, ihr knittriges Dekolleté und ihr expressionistisches Make-up die Gnade besitzen, die Maulhelden zu lähmen und ihnen alle Lust am Zerstörungswillen zu nehmen – denn es muss sehr wohl

Opfer. Zunächst bespritzt er mich mit Whisky, was ich aufgrund seines kehligen und boshaften Lachens nicht als bloße Ungeschicklichkeit aufgrund von Trunkenheit einstufe, vor allem, da er dann auch noch einen draufsetzt, indem er sich, unter dem Vorwand, den Schaden wiedergutmachen zu wollen, mit seinem ganzen Gewicht auf mich stützt, an meinem Kleid, meinen Haaren, meinen Halsketten zieht und dabei meine Tätowierungen und das Strassherz auf meinen Glücksbringer-Pumps verspottet. Er hat noch keine Ahnung, wie sehr er mir gefällt, und er ahnt auch noch nicht, wie sehr diese Attacken die Gabe besitzen, mich zu erregen. Ich lasse ihn also weitermachen mit seinem Gefummel, ihn seine Finger in Richtung meines unterfütterten Büstenhalters schieben und auch schlagartig mit diesem Lachen wieder wegziehen, das bei allen anderen Mündern bitter aufstoßen würde, Münder mit weniger purpurroten Lippen, weniger vor Frische strahlendem Zahnfleisch und Zähnen, die weniger perfekt in Reihe stünden. Da ich völlig gefasst bleibe, wendet er mir den Rücken zu und steht plötzlich Stirn an Stirn Mme Arthur gegenüber, die sich in Schale geworfen hat, langes, smaragdgrünes Kleid aus feinstem Velours, Diadem aus Pfauenfedern, Plateauschuhe und ein irisierendes Puder bis hoch zu den Wimpern. An ihrer Art, wie sie sich Sascha vornimmt, erkenne ich, dass sie ihn schon eine Weile ins Visier genommen hat:
»Na, du Laffe, sieht so aus, als hättest du mit Damen ein echtes Problem: ist schon die zweite, die du hier aufmischen willst.«
Höchst glücklich darüber, dass da jemand den Finger auf die Wunde seiner Unruhe legt, lässt Sascha sich gar nicht erst verunsichern und seine Hechtzähne kommen erneut zum Vorschein, während er auf Mireille und mich deutet.
»Damen? Sieht hier irgendjemand irgendwelche Damen?«
Aufs Angenehmste davon überrascht, so viel Aufmerksamkeit zu erregen, nähert sich Mireille wackeligen Schrittes auf ihren abgewetzten Pfennigabsätzen und Mme Arthur lässt auf Saschas Brust

einen so gebieterischen Zeigefinger landen, dass selbst mir die Luft wegbleibt:

»Ja, ich sehe hier Damen und vor allem sehe ich eines: dass du ihnen keinen Respekt zollst: hat man euch in Limoges keine Manieren beigebracht?«

Ganz offensichtlich hat sie sich bei Cindy Informationen eingeholt, bevor sie zum Angriff überging. Bei dem Gedanken, endlich die Gefühle, die wir mit unseren Pulloverkleidern aus Lurex, unseren kurzen Zweiteilern und unseren Carioca-Diademen in ihm wachrufen, zum Ausdruck bringen zu können, stampft Sascha auf und es versagt ihm beinahe die Stimme:

»Du willst 'ne Dame sein? Kuck dich doch mal an, mit deinem Schnauzer.«

Mme Arthur wird von einem für die, die sie kennen, extrem beängstigenden Zittern heimgesucht, denn ihre nicht behandelbare Behaartheit bildet innerhalb des Prozesses ihrer sexuellen Neuorientierung den brennendsten aller Misserfolge. Obgleich sie die Anzahl der Sitzungen zur dauerhaften Epilation gesteigert hat, sah sie doch immer einen nicht nur ausgesprochen dichten Oberlippenflaum nachwachsen, sondern auch ganze Flecken borstiger Haare, die zu allem Unglück auch noch auf völlig kahle Flächen trafen. Missachtend, dass er damit einen sensiblen Punkt berührt, fährt Sascha in einer Heftigkeit und einem beinahe stürmischen Jubel fort:

»Nee, das glaub ich jetzt nicht, guckt ihr nie in den Spiegel? Wo bin ich denn hier gelandet? Cindy hat mich zwar vorgewarnt, dass sie mit Transen zusammenarbeitet, aber dass eure Operationen alle in die Hose gegangen sind, das hat sie mir verschwiegen! Die da, die sieht einfach nach gar nichts aus!«

»Die da«, damit ist Mireille gemeint, die ihre sanfte Schnauze zwischen Mme Arthur und mich geschoben hat, Sascha aber hat bereits aufgehört, sein Augenmerk darauf zu richten. Seine Hand dringt in meinen Büstenhalter und zieht aus ihm die lachsfarbenen

Schaumhalbkugeln, die ich im Eiltempo um seiner Aufmerksamkeit willen angelegt habe.
»Ach, du bist dieser Daniel, sieh an! Cindy hat mir von dir erzählt. Sie hat mir sogar gesagt, dass du bei ihr hast landen wollen. Was bist'n du für einer? Lutscht du jetzt Schwänze oder leckst du Muschis? Wär' gut zu wissen. Und eines sage ich ganz klar: Sin, die ist die Alte von meinem Bruder, also Finger weg!«
Die Augen springen ihm aus dem Schädel und die Wörter drängen sich ihm in explosiven Eruptionen auf, während er mit seinen verkrampften Fingern an meiner Behelfsausstaffierung rüttelt. Für einen kurzen Augenblick fällt mir die Niederträchtigkeit auf, die Sin, der treffend Benannten, eigen ist, und ich schwöre mir, mit ihr eine tief greifende Unterredung zu führen, aber im Moment nehmen Sascha und Mme Arthur all meine Aufmerksamkeit in Anspruch, er, da ich ihn umso großartiger finde, je mehr er sich erregt; und sie, da ich spüre, dass sie kurz davor ist, das Irreparable zu begehen. Breitbeinig vor Sascha aufgebaut und ihn mit ihrer majestätischen Statur überragend, legt sie ihren Alt um ein oder zwei Tonlagen tiefer und hat plötzlich den Vorstadtslang drauf, den sie auf der Bühne einsetzt, wenn es darum geht, die Idioten in ein Paris der Ganoven von zweifelhaften Vorlieben zu tauchen, woraus Arcady die Grundlage unseres Geschäfts gemacht hat:
»Soll ich ihn dir lutschen, Schwanzi? Oder willst du lieber mal richtig einen weggesteckt kriegen? Genau das braucht ihr doch, du und die Typen deinesgleichen: einen richtig geilen, harten Schwanzstoß, da, wo's euch juckt. Na, wie würd' dir das gefallen, mein Hübscher?«
Sie weist auf ihren in grünes Tuch gehüllten Unterleib: Sascha braucht gar nicht zu wissen, dass sie eine der Vorreiterinnen auf dem Gebiet der Vaginoplastie war und dass sie gar nicht erst imstande wäre, ihm die bösartige Lektion in Sachen Sex zu erteilen, die er ihr zufolge so bitter nötig hat.

Sich der Gefahr, in der er schwebt, nicht bewusst, hopst er weiterhin blöd rum und spuckt seinen Whisky in alle vier Himmelsrichtungen aus.
»Is' nicht mein Ding. Pass auf, O. K., ihr macht miteinander, was ihr wollt, und mich juckt's nicht. Fangt jetzt bloß nicht damit an, dass ich keine Schwuchteln mag oder so was, echt nicht. Ich kapier halt nicht, warum ihr alle so angeben müsst: hat euch noch keiner gesteckt, dass ihr einfach zu hässlich seid dafür?«
Aus Mangel an authentischer Homophobie scheint Sascha eigentlich nur irritiert zu sein von unserem dick aufgetragenen Gehabe, von Dalilas hochmütiger Pavane, Ashleys rebellischen Provokationen, Mme Arthurs herablassenden Posen oder der orientalischen Despotennummer, der sich Arcady heute hingibt, ganz zu schweigen von den allumfassenden Schöntuereien unserer geladenen Gäste, reinrassige *mtf*, Durchschnittsdummköpfe oder Megaschwuchteln in action – aber Mme Arthur braucht nur um einen Deut schärfer zu werden und gibt sich schon gar nicht mehr die Mühe, den genauen Inhalt dieser heftigen Vorwürfe zu durchdringen. Ihre Hand stürzt bereits wie eine erbarmungslose Klaue auf den vom schottischen Stoff in Form gebrachten Schritt von Cindys Schwager nieder, dem diese Geste schlagartig das Maul stopft.
Es vergehen herzbeglückende Sekunden der Verblüffung und Erwartung, die es mir erlauben, mich wieder der Musik hinzugeben. Charbel spielt *Toop Toop*, ein Song, den ich liebe und der mir sonst immer eine Bühne bietet, aber ich bin derart fasziniert von den Smaragden der Mme A. und der Art und Weise, wie sie auf dem Schambein dieses armen Saschas funkeln, dass ich ans Tanzen gar nicht mehr denke, zugunsten einer anderen, beinahe unwiderstehlichen Lust, der des ungeduldigen Verlangens, diese alte Hand zu verdrängen, um meinerseits das, was Sascha unter seiner eng anliegenden Buxe verbirgt, anzupacken und dessen Widerstand und Umfang zu ertasten – denn man kann es noch so sehr

behaupten, und ich selbst konnte noch so verlogene und beruhigende Behauptungen hinsichtlich der Nutzlosigkeit zuraunen, einen Großen zu haben, besser ist es doch, wenn der Tag die Mühe lohnt. Allzu gern nur würde ich in den Kampf ziehen, um Sascha aus den Klauen der Mme A. zu befreien, und ihm die schändliche Strafe ersparen, die sie ihm bereitet, aber zuvor möchte ich sicherstellen, dass er etwas hat, um mich zu beehren, auch wenn ich dadurch mit dem Rätsel konfrontiert bin, das in Ruheposition ein Schwanz bereitet, von dem niemand wirklich die Zuwachsrate vorhersehen kann: man hat schon gesehen, dass die Erektion zwar Festigkeit verliehen hat, ohne dabei aber das Volumen zu erhöhen, bei anderen jedoch ein Großwerden von beachtlichem und unerwartetem Ausmaße begleitet hat. Das heißt, ich kann mich einer gewissen Erfahrung in Sachen Schwänze rühmen, und falls Mme A. mich nach Lage der Akten urteilen ließe, sähe ich mich ohne Probleme dazu befähigt, eine Expertise, sogar eine zuverlässige Prognose zu erstellen. Und so beginne ich, sie zu befrieden, indem ich ihren muskulösen und auf wunderbare Weise vom Samt umspannten Rücken streichle. Es fällt mir schwer, sie dazu zu bringen, ihren Griff zu lösen, schließlich aber mindert sie den schmerzhaften Druck, den sie auf die Genitalteile von Sascha ausübte, der nicht einmal die Zeit dazu findet, darin Erleichterung zu empfinden, da meine Hand bereits die der Mme A. auf seinem kostbaren kleinen Paket ersetzt hat. Er stößt einen Schrei des Entsetzens aus, der umso verständlicher ist, als er meine wahren Interessen nicht kennt und Mme A. mit ihm noch keineswegs fertig ist. Majestätisch mit ihren falschen Wimpern und gepuderten Lidern spielend, knallt sie ihm vor die Füße:

»Du tätest besser daran, deinen Bruder im Knast zu besuchen, als hierherzukommen und aller Welt auf die Nerven zu gehen! Und komm mir nicht mit irgendwelchen Geschichten: ich weiß über dich Bescheid! Dass du nach Paris zum Feiern kommst, es dir aber nicht einmal durch den Kopf geht, ihn zu besuchen! Nichts! Kein einziges Mal innerhalb eines Jahres! Ist dir klar, dass es ihm richtig beschissen geht, diesem armen Victor? Ist dir klar, dass er sich die Augen mit Heftklammern zugetackert hat?«

Auf Saschas Wangen schwenkt das bezaubernde Blutrot ins Grünliche, und bevor ich noch die Geistesgegenwart besitze, beiseite zu springen, kotzt er mir auf die Pumps, besudelt dabei die Strassherzen, für die er eben noch kaum ausreichend harte Worte hat finden können: von nun an sind sie mit einem klumpigen, bernsteinfarbenen Brei allerschönster Wirkung beschmiert. Perfekt. Zum einen bin ich niemand, der es hasst, wenn er vollgekotzt wird, zum anderen sehe ich jetzt sehr genau die Lösung, die sich mir bei einem Sascha am Rande des Zusammenbruchs bietet, dem gegenüber ich nicht mit ersten Rettungsmaßnahmen geizen werde, indem ich reinen Tisch machen werde mit dem eben erst Geschehenen und der beklagenswerten Art, mit der unsere Beziehung begonnen hat. Es bietet sich eine Gelegenheit, hochherzig zu erscheinen und vor Opferbereitschaft zu glänzen, oder aber ich kenne mich selbst nicht mehr aus. Nur, ich kenne mich mit Selbstverleugnung und unermüdlicher Verehrung mindestens ebenso gut aus wie mit Schwänzen. Sascha lässt sich elendig auf den Boden gleiten, und Mme Arthur, die einen Besiegten zu identifizieren versteht und nicht zu denen gehört, die es bis zum Krankenwagen kommen lassen, macht theatralisch auf den Absätzen kehrt, um die Pfauenaugen ihrer schaurigen Federkrone anderwärtig agieren zu lassen.

Wenn ich mich aus einer so miserabel begonnenen Affäre ziehen möchte, dann ist es dringlich geboten, dass ich Sascha von den übrigen geladenen Gästen isoliere. Ich packe ihn von daher an den Schultern und treibe ihn umgehend in meine Lieblingsabstellkammer, dem Backstagebereich im Arcadia für alle Zwecke, wo zwei riesige Torten sich inzwischen zu den bereits von Dalila zwischengelagerten Geschenken gesellt haben. Was bei Saschas Lage nicht gerade von hohem Nutzen ist, den eine unstillbare Übelkeit allein durch den Anblick der pastellfarbenen Tortengüsse ergreift, der Buttercremeröllchen, der Berge an Sahne und vielfarbigen Vermicelles, die nur noch ein weiteres Mal Dalilas entsetzlichen Geschmack und die nicht weniger entsetzliche Egozentrik beweisen, mit der sie diese Geburtstagsparty organisiert hat: denn hätte sie es für nötig gehalten, mich zu konsultieren, und natürlich hätte mir dies viel zu viel der Ehre bewiesen und mir vor allem den Platz zugebilligt, der mir zukommt und den sie begehrt, den nämlich des offiziellen Freundes von Arcady, kurz, wenn sie mich in ihre Einkäufe eingeweiht hätte, ich hätte ihr mitteilen können, dass Arcady nichts so sehr hasst wie Sahne und ausschließlich Obsttörtchen mag oder, im äußersten Fall, eine gute Schokoladentorte. Sascha befreit sich von seinem besudelten T-Shirt und sinkt vornüber auf diesen Clubsessel, der derer schon so unzählige gebettet hat, angefangen mit meinem ersten Cunnilingus, jener Lehrnummer, die sofort zum Meisterwerk wurde, bis hin zu meiner perfekten Fickeinlage mit Mr. Loverman – und ich rede hier nicht von dem, was Arcady und ich sein abgewetztes Leder in acht Jahren sexueller Partnerschaft haben erdulden lassen, von der Dalila sich nicht eingestehen will, dass sie mir bestimmte Rechte einräumt. Jetzt gerade fühle ich mich fähig, diese brillante Trophäensammlung in den Wind zu schießen: ich scheiße auf die Vergangenheit, solange man mich diesen schönen Jungen betrachten lässt, wie er sich da so lasziv in meinen erotischen Erinnerungen niedergelassen hat, seine langen, rot und schwarz umhüllten Beine vor sich ausgestreckt, sein Nacken auf die Lehne gestützt, seine Augen im Nichts, seine Hände geistesabwesend verspielt an seinen Brustpiercings. Er ist ruhig, beinahe erstarrt, matt gesetzt durch den Warnschuss von Mme A und seine eigenen Schwindelanfälle, aber ich frage mich, inwieweit mir diese Schlappe überhaupt behilflich sein kann für meine Ziele, die von jeglicher Art sexuellen Missbrauchs immer schon meilenweit entfernt waren. Bis an diesen Punkt der Schwäche gebracht, sieht Sascha möglicherweise gar keine Einwände, nach meiner Pfeife zu tanzen; ich bezweifle ja nicht einmal die Qualität der Lust, die er daraus ziehen würde – ich habe schon andere durch sie zum Höhepunkt gebracht; allein, ich will nicht, dass er mir seine Schenkel öffnet, ich will, dass er meine spreizt, ich will, dass er mich schonungslos nimmt, und zwar unter der Beigabe einer Brise dieser schönen Arroganz von vorhin. Mir des schwierig zu erlangenden Gleichgewichts bewusst und mehr und mehr von eben dieser Schwierigkeit erregt – Sascha den Hochmut und notwendigen Schwung wiederfinden zu lassen, ohne ihm zu erlauben, sich wieder vollständig mit seiner Aggression zu bemänteln –, knie ich mich vor ihm nieder und betrachte dabei verstohlen seinen Bauch und seine bis zur Perfektion unbehaarte und vor Blässe ergreifend schöne Brust.

»Du riechst nach Kotze.«

So lauten die ersten artikulierten Worte, die Sascha von sich gibt, seit ich ihn mehr oder weniger zu seinem Vorteil isoliert habe.

»Du hast mich, wenn ich es dir in Erinnerung rufen darf, vollgekotzt.«

Er wehrt die Erwägung einer genervten Geste ab, die ich als Signal seiner Wiederherstellung und des sofortigen Wiederauftauchens seiner Arroganz lese und damit als genau den Moment, den ich gerade beginnen will zu genießen, als Cindy unpassenderweise in unser Liebesnest bricht und damit eine Chance zunichte macht, die sich nie wieder bieten wird. Aufgrund ihres skandalösen Gesichtsausdrucks wird mir die zweideutige Natur der Position bewusst, in der wir uns befinden: er halb nackt in seinen Sessel gefläzt und ich auf Knien im offenen Winkel seiner langen Beine. Sie rückt mit ihren Verdächtigungen sofort in einem empörten Tonfall heraus, der mir einen Hauch eifersüchtiger Unruhe auszudrücken scheint: »Was treibt ihr hier? Ihr fickt hier doch wohl nicht etwa rum? Daniel, du hast doch vorgehabt, ihm einen zu blasen?«

Ja, das ist genau das, womit ich gerade loslegen wollte, und ihr fällt es umso weniger schwer, es zu erraten, als sie meine Vorgehensweise und meine Vorliebe für die Fellatio kennt: die Kolben, die ich

zwischen den Mänteln in der Garderobe bei übellauniger und ekelerfüllter Mitwissenschaft aufseiten der schönen Cindy abgepumpt habe, zähle ich schon gar nicht mehr mit.
Sascha, der sich affenartig schnell wieder berappelt, springt auf und umarmt sie mit einem Ungestüm, das in seiner Überzogenheit darauf zielt, alle ungerechtfertigten Verdächtigungen in Luft aufzulösen, und dabei versucht er sogar noch, ihre Titten zu begrabschen. Aufgrund der Art, mit der sie diesen Versuch zurückweist, und an ihrem Ausdruck der Verärgerung und Verdrossenheit erkenne ich, dass ich mich in meiner Unterstellung, sie hätte ein Faible für ihren charismatischen Schwager, geirrt habe: so unwahrscheinlich dies auch erscheinen mag, sie zieht ihm diesen armen Victor vor, der, als ich ihn das letzte Mal gesehen habe, zehn Kilo an übler Fettmasse zugenommen hatte und sein Haar zu verlieren begann, Formen der Ungnade, denen man von nun an diese von Heftklammern zugetackerten Augenlider hinzufügen muss, von denen sie mir kein Sterbenswörtchen erzählt hat, obgleich ich doch ihre Vertrauensperson in persona bin.
Ich schlage vor, uns einen kleinen Schuss zu setzen, geht es doch darum, die Atmosphäre zu entspannen und mit einem entschieden wiedererstarkten Sascha einen Neustart zu ermöglichen. Sobald wir erst einmal richtig dicht sind, abgeschlafft zwischen den Kuchen, den Geschenkpaketen und den Bergen an Klamotten, versuche ich Cindy ein wenig auszuquetschen:
»Du scheinst dich ja mit Mme Arthur ganz schön angefreundet zu haben.«
»Wie kommst du denn darauf?«
»Weiß nicht. Vielleicht, weil du ihr was über den armen Victor erzählt hast, die Sache mit den Heftklammern, und mir nicht. Geht's ihm wirklich so schlecht?«
Cindy und Sascha sehen mich mit dem gleichen scheelen Blick an, als hätte diese Frage nicht gestellt werden dürfen. Bruder und Schwester, oder auch nicht, es ist verrückt, wie sehr sie sich

ähneln, ihre hellen Augen, ihre vollen Lippen, ihre fiebrigen Wangen, sogar ihre Frisuren, zwischen Kronenkranz und strubbeliger Bürste, erstaunlich kleidsam bei ihm wie bei ihr, Feststellung, die mich dazu verleitet, zum x-ten Mal einen betrübten Blick in den Spiegel zu werfen: ja, ich bin schlecht frisiert und mein einziger Trost besteht darin, dass selbst ein besserer Schnitt nichts geändert hätte: nüchtern oder todbesoffen, clean oder total dicht, plattgemacht von Mme Arthur oder aufgezogen wie eine Feder, Sascha hätte mich nicht gefickt, es ist mir überdeutlich.

Eines Tages werde ich erklären, wenn ich das wissenschaftliche Fundament dieses Phänomens gefunden haben werde, wie mir das Heroin manchmal geistesblitzartige Informationen von grausamer Klarheit über die Sexualität jener Typen vor Augen führt, auf die ich treffe. Schade nur, dass mich in Bezug auf Sascha die Information zu spät erreicht: ich hätte mir nicht so viel Mühe gegeben, ihn zu verführen, wenn ich gewusst hätte, wie wenig ihn Sex interessiert, was ihm eine weitere Gemeinsamkeit mit Cindy verschafft. Also entscheide ich mich dazu, meine Karten feierlich neu zu mischen und ihnen beiden zu versichern, dass sie sich bezüglich meiner Absicht geirrt hätten und dass es mir nie in den Sinn gekommen wäre, Sascha einen zu blasen, was alle Beteiligten zu erfreuen scheint und mir auch nicht besonders viel ausmacht, jetzt, da ich weiß, was für einen lausigen Liebhaber er abgibt.

Dalila platzt in unseren Hafen des herzlichen Einverständnisses und wiedergefundenen Friedens. Sie will die Kuchen holen für diesen so voller Spannung erwarteten Moment, in musikalisches Ambiente verpackt mit dem von Stevie gesungenen *Happy Birthday*. Theatralisch, wie man es von ihr kennt, stellt sie sich in argwöhnischer Pose auf, inquisitorisches Auge und zitternde Nase:

»Was treibt ihr hier?«

Wird langsam zur Manie, diese Frage, und gut möglich, dass es uns gut zupasskäme, wenn wir sie uns ernsthaft stellten – was treiben wir hier? –, aber solch grundlegende Hinterfragungen werden

warten, bis wir Arcady geholfen haben werden, die Kerzen auszublasen, fünfzig kleine Kordeln in allen nur denkbaren Farben, die Dalila eine nach der anderen auf jeden einzelnen Kuchen zu stecken beginnt, und zwar mit keiner geringen Anzahl sorgenvoller Schnuten und steifer Gesichtsausdrücke, die ihren Zweck darin erfüllen sollen, uns klarzumachen, dass diese Aufgabe von größter Wichtigkeit sei und folglich ihre ganze Aufmerksamkeit erfordere. Arcady schickt sich in alles, Auslöschen der Kerzen, Aufreißen der Geschenke mit Fanfarenklang, Toasts und Reden ihm zu Ehren, ohne seine abwesende Art aufzugeben, die dem nackten Auge beinahe unsichtbar erscheint, aber höchst beunruhigend ist für den, der zu sehen versteht – und sobald es sich um ihn handelt, brauche ich keine Drogen, um hellsichtig zu sein. Während er die von Dalila ausgewählten Halstücher zum Vorschein kommen lässt und sie eines nach dem anderen über seinem aus dem Leim gegangenen Torso auffaltet, damit sich ein jeder ein Urteil bilden könne, wird seitens der Spender ein Protestgeraune laut, die ihre Gaben gern mit etwas mehr Unterscheidungsvermögen eingesetzt gesehen hätten. Es raunt sogar durch den Raum, dass die Rechnung nicht aufginge und Dalila zuzutrauen wäre, dass sie einen Teil der gesammelten Summe unterschlagen hätte. Ashley ist dabei am heftigsten:
»Fünfzig Euro! Ich habe dir fünfzig Euro gegeben! Und Charbel auch! Samantha und Flavie ebenfalls, und Skander auch! Wir haben alle mindestens dreißig Euro gegeben! Erzähl mir bloß nicht, dass du zu wenig gehabt hättest, um was anderes zu kaufen als Halstücher! Und warum überhaupt Halstücher? Wann, frage ich dich, hast du Arcady schon einmal ein Halstuch tragen sehen?«
Dalila ist in ihrem Element, die beleidigte Würde und das Gefühl ihres guten Rechts, umso mehr, als sie genau darin ihr bevorzugtes Thema erblickt: der Schutz der HNO-Zone.
»Darf ich dich darauf hinweisen, dass man mit seinem Hals nie vorsichtig genug sein kann und dass so manche besser daran täten,

sich ein wenig bedeckt zu halten, anstatt dauernd die Titten an der frischen Luft spazieren zu tragen!«
Ashley, die sich von diesem galligen Rat angesprochen fühlt, bringt ihre spektakulären Silikonbrüste in heftige Wallung und stürzt sich auf Dalila. Sascha hat Glück: schon bei seinem ersten Abend im Arcadia wird ihm die Ehre zuteil, an unserem berühmten Kampfspektakel um die am sichersten sitzende Perücke teilnehmen zu dürfen, was ihn in der Vorstellung bestätigen wird, dass Cindy in einem regelrechten Käfig voller Narren arbeitet. Ich würde ja gern die Schlacht nutzen, um meine Trümpfe auszuspielen und Dalila das Maul zu stopfen, aber ich bin durch den Schuss zu sehr benebelt und im Übrigen entscheidet sich Arcady dazu, die Musik voll aufzudrehen und den Ball mit dem ihm liebsten Pferd im Stall zu eröffnen, das heißt mit mir.
Dalila ist das zu viel und sie flüchtet hinter die Kulissen, wo sie lautstark den Riegel zuknallt. Es scheint nicht ganz unmöglich, dass wir noch vor Morgengrauen Zeugen eines Suizidversuchs werden dürften, aber in der Zwischenzeit scheinen alle darüber erleichtert zu sein, dass sie einen Abgang hingelegt hat, und die Party findet zu ihrem leichten Rhythmus zurück, ein Teil der geladenen Gäste gibt sich langsam seiner Trunkenheit hin, während die Tanzwütigen noch immer den Dancefloor bevölkern. Arcady tanzt mit mir Rock'n'Roll, dann Tango und schließlich Paso Doble. Von Zeit zu Zeit, wenn eine Figur oder eine Schrittfolge uns näher zusammenbringt, zieht er mich kräftig und wahrscheinlich mit einer bestimmten Absicht nahe an seinen Bauch heran, aber sein Blick flieht den meinen und er richtet kein Wort an mich, was mich darin bestärkt, dass ich recht hatte mit meiner Ahnung, mich um ihn sorgen zu müssen.
Als es Zeit wird, nach Hause zu gehen, bittet mich Cindy schüchtern, ob Sascha bei mir schlafen könne, wo es doch schon so spät sei und er sich in Paris nicht auskenne. Ich bezweifle stark, dass meine Mutter an seinem ausgezehrten Gesicht und seiner

Aufmachung eines Pseudo-Punks ein gutes Haar lassen würde, hat sie diese Eigenschaften doch schon bei Cindy nur aus Erleichterung durchgehen lassen, die die Existenz einer Partnerin ihres Sohnes hervorgerufen hat, aber da sie sich seit der Episode mit den Weinblättern umgehend nach der Heimkehr von der Arbeit in ihrem Zimmer einigelt und nicht mehr mit mir spricht, wage ich gern, einen Asylantrag zu stellen, der es mir zumindest erlauben wird, den Kontakt mit ihr wieder aufzunehmen und ihren geistigen Zustand einzuschätzen.

Im Übrigen macht es mir den Anschein, selbst wenn es schwierig ist, dies zwischen Tür und Angel zu beurteilen, dass sie das flamboyante Mahagoni ihres Haares hat mildern lassen und zu sanfterer Kleidung zurückgefunden hat, darunter ein Kostüm aus Wollgewebe in der Farbe von Heidekraut, das mit pflaumenfarbiger Seide gefüttert ist, schon für sich genommen ein herbstliches Festival, ein wunderschönes Stück, das ich mir unter all ihren Modeschöpfungen erwählt hatte, um es während eines meiner rituellen Einflüge in ihren begehbaren Kleiderschrank zu befühlen: fünf Quadratmeter, in denen ich die schönsten Stunden meines Lebens verbracht habe, Stunden, in denen ich Röcke anprobiert habe, an Mänteln roch, Kaschmirpullover streichelte, von meiner Mutter träumte oder auch von einem sublimen Avatar meiner eigenen Person: ein Mädchen in Trägerkleid aus Havannaseidentaft oder in einer Ton in Ton bestickten Tunika aus lavendelfarbenem Musselin.

Meine Mutter trägt genau dieses Kostüm, als sie Sascha am Morgen nach der Party zum ersten Mal über den Weg läuft. Er trägt nichts, außer einer Unterhose von zweifelhafter Sauberkeit, was ihm seinen Stand nicht leichter machen wird, aber es ist bereits zu spät, um noch Bedauern darüber zu äußern, dass er nicht dezenter in Erscheinung tritt und aufgrund seiner durchgezechten Nacht und seines Konsums von Rauschmitteln aller Art nicht weniger phasenverschoben wirkt. Sie mustert ihn und wendet sich mir,

ohne ein Wort zu sagen, zu, was zur Folge hat, dass ich mich in Erklärungen verstricke:
»Das ist Sascha, Cindys Bruder. Er sucht in Paris einen Job und hat noch keine Wohnung gefunden. Er hat mich gefragt, ob wir ihn nicht für eine Weile aufnehmen können. Ich wollte gerade mit dir darüber reden. Und da wir ja das Gästezimmer haben ... Und jetzt, na ja, wenn es dir nicht recht ist, also ... entscheiden tust du.«
Ihrem argwöhnischen Blick entnehme ich, dass ich mir keine weitere Mühe geben brauche und dass ihre Entscheidung von Kriterien abhängt, die im Dunkeln bleiben – sogar für sie selbst. Sie dürfte befürchten, dass ich ein geheimes Ziel verfolge: immerhin ist es der zweite Typ, den ich ihr in weniger als drei Monaten ins Haus schleppe, und jedes Mal sind sie groß und blond, das genaue Gegenteil von meinem Vater, der klein und dunkel ist. Sie kennt mich gut genug, um zu wissen, dass ich, wenn ihr Glück auf dem Spiel steht, fähig dazu bin, den Zuhälter zu spielen oder mich in eine Partneragentur zu verwandeln. Ich bin diese Art von Sohn. Und für meine Mutter zu baggern, wenn ich es bis jetzt noch nicht getan habe, heißt dies nicht, dass ich noch nicht darüber nachgedacht hätte, es doch zu tun. Wenn sie sich nicht schon selbst in ihre persönliche Iwojima-Schlacht geworfen hätte, ich hätte mich schon längst um ihre sexuellen und sentimentalen Bedürfnisse gekümmert.
In der Zwischenzeit wird mir klar, dass Sascha der Sache nicht gewachsen ist: zu jung, zu dünn, zu hübsch. Sie schaut ihn mit dieser unerträglichen Härte an, die ich schon immer an ihr gekannt habe, die in Aufwallungen auftauchte, die sich gegen meinen Vater und mich entlud und der sie Einhalt gebot, noch bevor mein Vater und ich sie in ihrem vollen Ausmaße abbekommen hätten – was uns nie daran hinderte, vor ihr zu zittern und abzuziehen.
»Du kannst zwei Wochen bleiben. Danach verschwindest du.«
Ihr Abgang lässt Sascha mit offenem Munde zurück:
»Ist deine Mutter immer so?«

»Ja, sie ist beeindruckend, was?«
Man wird mich nicht daran hindern, auf diese Härte und diese Schönheit stolz zu sein, auf dieses herbstliche Kostüm, das den zarten Teint, den fahlgelben Glanz des Blicks und der Frisur, die Majestät der Brüste, die bildhauerische Glätte ihrer Beine, all die unvergleichlichen Trümpfe meiner Prinzessin auf das Entzückendste unterstreicht. Cindy und ihre fiebrigen jungen Jahre dürfen da gern nach Hause gehen – und Gott weiß, dass ich Cindy sensationell finde, und dies selbst an einem Tage wie dem heutigen, obgleich der Schlafmangel und der Heroinmissbrauch ihr vom Gesicht abzulesen sind, ganz zu schweigen von der verheerenden Sorge, die sie sich um den armen Victor macht – denn meine unzeitige Frage vom Vorabend hat schließlich doch noch eine Antwort erhalten: ja, Victor geht es sehr, sehr schlecht.
Er richtet an alle Welt, an Cindy, den Richter, den Gefängnisdirektor bis hin zum Präsidenten der Republik Briefe, die er mit seinem Blut geschrieben hat. Er kündet sogar an, dass, sollte die Naht seiner Augenlider nicht reichen, er das Schutzschild seines Bauches abtrennen werde, um sein Bauchfell ans Licht zu bringen – und da man im Gefängnis die Leute dafür bestraft, dass sie unglücklich und verrückt sind, hat man ihn in Einzelhaft gesteckt. Cindy hat kein Recht mehr darauf, ihn zu besuchen, und auf seine Proteste hat man mit der Annahme reagiert, dass die Einzelhaft noch immer das beste Mittel sei, um Suiziden vorzubeugen, wo hier die Gefangenen doch weder Kleidung noch Laken zur Verfügung haben, nichts, was ein Strangulieren ermöglichen könnte, ganz zu schweigen von der Tatsache, dass es hier sehr viel einfacher ist, sie zu überwachen.
Während Sascha mit einem seelenruhigen Tatendrang, dem das Schicksal seines Bruders anscheinend keinerlei Abbruch tun kann, seine Brote buttert, erkundigt er sich besorgt nach dem Tagesablauf. Ich werde sehr schnell kapieren, dass seine Gier, Spaß zu haben, und seine besessene Lust zu feiern nichts anderes zum

Ebenbild haben als einen Egoismus erster Güte. Auf meiner Erkundungsjagd werde ich außerdem entdecken, dass für Sascha feiern sich abschießen bedeutet, ganz gleich wo, ganz gleich wann, ganz gleich mit wem: die anderen sind immer nur Kumpel eines Saufgelages, Kontakte, um an Drogen zu kommen, oder entzückte Zeugen seiner Eskapaden eines jungen Mannes, der berauscht ist von sich selbst und seiner jugendlichen Schönheit, von der er ein ganz klares Bewusstsein besitzt und den dummen Irrglauben, zu meinen, dass sie ewig bliebe.

Obgleich ich kaum älter bin als er und mich in einem Milieu bewege, in dem die Jugend einen so hohen Wert besitzt, dass man sich jenseits aller Vernunft und unter Einsatz von für alle Augen ersichtlichen Kunstgriffen damit abquält, ihre Erscheinungsbilder zu konservieren, ist mir die meine doch nie zu Kopfe gestiegen. Ich habe sie, um es deutlich zu sagen, niemals auch nur verspürt, denn ich war immer der Meinung, dass ich anstelle von jung etwas anderes war, und dieses etwas andere war problematisch genug, um über meine besten Jahre zu herrschen, über meine Spannkraft und über meine Frische.

Die Art und Weise, die Sascha eigen ist, sich in seinen neunzehn Jahren zu baden, ist nur der geringste seiner Makel. Tatsächlich wird man bei ihm kaum eine andere Anmut finden als seine außergewöhnliche Schönheit, und selbst dieser gelingt es nicht, in seiner irritierenden Gesellschaft mehr als vierundzwanzig Stunden Bestand zu haben. Cindy, der ich diese Irritation mitteile, zuckt fatalistisch mit den Schultern:

»Ja, er ist ein Arschloch. In Limoges hat ihn niemand mehr ertragen. Was soll's, er ist Victors Bruder. Und außerdem musst du ja nicht die ganze Zeit mit ihm rumhängen: soll er doch sehen, wie er klarkommt.«

»Ein Typ wie Sascha, wenn du ihn allein lässt, kannst du sicher sein, dass er sich heftige Scherereien einhandeln wird. Scherereien, die

gut möglich alle anderen mit in den Dreck ziehen werden, wenn du verstehst, was ich meine.«
»Ich weiß genau, was du meinst. Wegen ihm und seiner Scheiße ist Victor auf die Schnauze gefallen.«
Das Letzte, worauf ich Lust habe, ist ein von unbezahlten Dealern oder irgendwelchen Spinnern, mit denen er sich zu deutlich angelegt hätte, bis vor unsere Haustür verfolgter Sascha. Denn das, was den Umgang mit Sascha zugleich gefährlich und nervig macht, ist genau dieser Punkt, dass er sich nicht zurückhalten kann und sich immer mit allen anlegt. Ist er beim Feiern anfangs noch meist charmant, so endet es doch immer damit, dass er eine unsichtbare und unvorhersehbare Grenze überschreitet, jenseits derselben er auf eigensinnige Weise Stress sucht und die Leute nervt, und zwar ununterbrochen und ohne darauf zu achten, mit wem er es zu tun hat.
Ich habe nicht fünf Jahre im Arcadia gearbeitet, ohne den langweiligen Prozess kennengelernt zu haben, der einen freundlichen Gast zu einem jähzornigen Störenfried werden lässt. Ich habe dort auch die diplomatischen Schachzüge und Techniken der Minenräumung erlernt, die es ermöglichen, den Schaden in Grenzen zu halten und wirkungsvoll die Anstandsdame vor einem Sascha zu geben, der drauf und dran ist, richtig eins auf die Fresse zu kriegen – aber wie zu erwarten, zeigt er mir gegenüber keinerlei Anerkennung: er kommt nicht einmal auf die Idee, mir einen Drink auszugeben, ist sich aber nicht zu schade, bei mir zu schnorren. Kurz und gut, obgleich er so wirkt, als wäre er bereits hinüber, behält er den Sinn für die Realität und vor allem für seine Interessen, sprich, er erspart mir von nun an seine verbalen Aggressionen. Auch hat er es kein einziges Mal mehr gewagt, sein homophobes Gehabe von neulich Abend zu wiederholen, obgleich uns während unserer nächtlichen Ausflüge unzählig viele Tunten über den Weg gelaufen sind.

Irgendwann war mir klar geworden, dass Sascha seine Tiraden nicht denkt, sondern sich damit begnügt, sie von sich zu geben. Keine einzige besondere Überzeugung beseelt ihn, und eine Meinung, die es zu verteidigen gälte, hat er nicht: seine einzige Intention besteht darin, seinen Gesprächspartner in Rage zu bringen, und man muss anerkennen, dass ein nahezu geniales Gespür für Situationen ihn jedes Mal ins Schwarze treffen lässt. Wenn ich sehe, wie er seine Ellbogen einsetzt, um sich in einer Gruppe hervorzutun, wenn ich seine Stimme und sein mieses Lachen laut heraushöre, wenn die Gesichter beginnen, sich von ihm abzuwenden oder um ihn herum strenger zu werden, dann sage ich mir häufig, dass ich ihn die Schläge abkriegen lassen werde, die er verdient – und dann greife ich doch ein, da ich diese Gewalt an der Bar verabscheue.

Der Gerechtigkeit zuliebe muss Saschas Gesellschaft eine gewisse Annehmlichkeit zugestanden werden, wenn er sich noch in der ersten Phase seiner Alkoholsättigung befindet und die Feindseligkeiten noch nicht in Gang gebracht hat; wenn er nichts als Charme ausstrahlt und eine gute, lächelnde Anmut; wenn er sich angeregte Blicke und flüchtige Streicheleinheiten einfängt, so viele Würdigungen, wie er sie still und heimlich provoziert haben wird als guter Aufreißer, der er ist. Ich vermute, dass er ab und an fickt, unter der Voraussetzung, dass dies überraschend über ihn einbricht: ein Mädchen, das draufgängerischer ist als die anderen, ein Durchhänger in seinen Nächten und das Schnippchen ist geschlagen – aber nie habe ich ihn auch nur irgendjemanden begehren sehen.

In gewisser Weise bedeutet, mit Sascha zusammenzusein, mit niemandem zusammenzusein. Selbst Cindy und ihre freiwillige Zurückgezogenheit besitzen mehr Konsistenz, und wäre dies auch nur aus Gründen der unvergänglichen Liebe, die sie ihrem Victor huldigt, eine Liebe, die nur umso mehr Wert zu dauern besitzt, als diejenige von Victor sich in Hass verwandelt hat und er sie mit rachsüchtigen Briefen überschwemmt, die sie mir zu guter Letzt

trotz ihres Widerwillens, dieses Thema anzusprechen, doch noch zu lesen gibt.
Es stellt sich heraus, dass Victor, seit er in seiner feuchten Höhle sitzt, einen Grad an Hirngespinsten erreicht hat, der dem Wahn sehr nahe kommt, und ich unterstelle ihm, dass er sich, angesichts dieser Meisterwerke unfreiwilliger Erotik, die mir Cindy unter die Augen hält und bei denen es mir schwerfällt, ernst zu bleiben, wenn ich sie überfliege, beim Schreiben einen runterholt – denn wie wäre dieses Mädchen, das ich kenne, so hölzern und so kühl, mit der entfesselten Schlampe in eins zu bringen, deren Eskapaden er sich vorstellt und bis ins kleinste Detail beschreibt?
Das, was Victor sich da einbildet, besagt nicht nur, dass Cindy ihn betrügen würde, nein schlimmer, dass sie die Tatsache, dass er eingelocht ist, nutzt, um mal so richtig die Sau rauszulassen. In seinem vor Argwohn fiebrigen Geist ist das Arcadia zum Hort außergewöhnlicher sexueller Heldentaten geworden und seine Briefe sind ein Universum all der Perversionen, von denen er sich vorstellt, dass sie sich ihnen lustvoll hingibt: anale Penetration, und zwar wiederholtermaßen und mit allen nur denkbaren Gegenständen, Golden Showers, die sie zum Orgasmus bringen, Ejakulationen auf ihr Gesicht, von denen sie nicht einen Tropfen verliert, Gangbangs, die auf ihre Veranlassung hin stattfinden, ganz zu schweigen von den homosexuellen Kontakten, die er ihr mit allen Schlampen aus dem Club nachsagt, den wahren wie den falschen – und um es direkt zu sagen, man kann es förmlich fühlen, dass ihn die falschen weitaus mehr erregen als die wahren: seine Prosa ist nie glühender, als wenn er seine Süße im Bett mit Ashley oder Dalila beschreibt, bei denen er die anatomischen Hinweise einbaut, die ihm Cindy unvorsichtigerweise in Zeiten, als die Kommunikation zwischen ihnen beiden noch möglich war, übermittelt hatte.
Ich gebe ihr die Briefe zurück und versuche sie zu beruhigen:

»Er spinnt völlig. Das wird sich bei ihm wieder legen. Es ist der Knast, der sie durchdrehen lässt, aber warte mal, sobald er draußen ist ...«
»Draußen ist der frühestens in neun Monaten. Bis dahin wird er nur noch mehr durchdrehen. Und denk dran, dass man ihn in Einzelhaft gesteckt hat. Wegen der Scheiße, die er gebaut hat. Mit den Heftklammern.«
Während ich nicht ohne Schauder daran denken kann, scheinen die zugenähten Augenlider ihres Freundes sie nicht weiter aufzuwühlen – aber es muss erwähnt werden, dass Cindy auf dem Gebiet der Selbstverstümmelung ein alter Hase ist. Kürzlich erst hat sie sich wieder etwas einpflanzen lassen, einen Metallzylinder, der ihren Nacken verbeult und an den ich vorsichtig meinen Zeige- und Mittelfinger lege. Ich sage nichts, versuche aber durch diesen Kontakt mein ganzes Mitgefühl und meinen guten Willen zu zeigen. Ich liebe Cindy, auch wenn sie mich an ihren Schwager abschiebt oder tagelang hochmütig übersieht.
Wir beschließen, dass es in Ermangelung eines Besseren dringend an der Zeit sei, Victor, der sich bitterböse zwischen zwei Absätzen, in denen er sich peinlich genau über die Cunnilingus auslässt, die Cindy an der nagelneuen Klitoris der schönen Ashley ausführt, über seine Armut beklagt, Kohle zukommen zu lassen. Eines Tages werde ich erklären, sollte ich meine Gereiztheit hinter mir lassen, warum die dreckige Realität der Transsexuellen schon immer die Dumpfbacken fasziniert hat. In der Zwischenzeit beauftrage ich nicht ohne Hintergedanken Dalila damit, eine erneute Kollekte durchzuführen, zu welcher sie mit einem Zittern in der Stimme mir versichert, dass jeder einzelne Cent das Konto von Victor auffüllen wird, der sich für den Augenblick damit behelfen muss, sein Subutex einzutauschen – das er zwingend nötig hat, das aber sein einziges Kleingeld darstellt, wenn er seine täglichen Grundbedürfnisse etwas aufbessern will: Kippen, Süßes, Salbe für sein Ekzem etc.

Wie ich es mir erhoffte, legt sich Dalila derart ins Zeug, um Gelder einzutreiben, dass Cindy schon nach einer Woche imstande ist, Victor tausend Euro zu überweisen – wenn sie aber erhofft hatte, seinem Argwohn damit ein Ende zu setzen, dann war dies vergebliche Liebesmüh: es dauert nicht lange, bis sie einen weiteren Schrieb erhält, weitaus lakonischer als die vorhergehenden, aber auch ebenso verstörend. In Großbuchstaben und mit seinem Blut hingekritzelt hat er ihr geschrieben: »DIE KOHLE, DIE DU MIT DEINEM ARSCH VERDIENST, WILL ICH NICHT.« Obgleich Cindy von diesem erneuten Beweis geistiger Verwirrung schmerzlich getroffen zu sein scheint, kann ich doch nicht umhin festzustellen, dass der Scheck gutgeschrieben wurde, was aus Victor, und zwar gemäß seiner eigenen durchgeknallten Logik, nicht mehr und nicht weniger als einen bösartigen kleinen Luden macht.
Es wird Winter und es wird nichts besser. Meine Mutter kann noch so sehr an die Eleganz ihrer Kleidung, die über jeden Verdacht erhabene Schminke und die kostbaren Parfums wieder anknüpfen, sie bleibt dennoch bei ihrem verschlossenen Gesicht und richtet das Wort nur an mich, wenn es absolut notwendig ist; Victor kann noch so sehr aus der Einzelhaft entlassen sein und die Erlaubnis erhalten haben, wieder Besuch zu empfangen, er bläht sich doch wie ein Grottenlurch auf und zischt bei jeder Unterredung giftige Beleidigungen.
Dass nichts sich bessert, kann einen ja noch glücklich stimmen, viel schwieriger aber ist es, wenn alles sich verschlimmert: da ist ausgesprochen, was ich auf meine Kosten zu lernen haben werde, aber bis die Stunde des Lernens schlagen wird, bin ich sehr beschäftigt, wo ja Arcady die außergewöhnlichen Nächte mehren will, für die er von seinen Girls einfordert, dass sie in Topform sind.
»Daniel, du tätest gut daran, Ashley und Mme Arthur in den Hamam zu begleiten, Freitag gehen sie hin. Ein richtig gutes Peeling könnte dir nicht schaden.«

Ich höre mir ja gern Bemerkungen über meinen kaputten Teint an, aber nur unter der Bedingung, dass allen klipp und klar ist, dass ich nicht mit diesen beiden *mtf* zusammen in den Hamam gehen kann, die in ihrer Weiblichkeit triumphal aufgestellt sind:
»Darf ich dich daran erinnern, dass es keinen gemischten Hamam gibt?«
»Wenn du die Unterbuxe anbehältst, kannst du als Frau durchgehen, oder? Mit deinen neuen Titten ...«
»Neue Titten, wovon redest du?«
»Deine Creme, die du verwendest, funktioniert die nicht?«
Ich ziehe meinen Pullover hoch, um ihm die Wirkungslosigkeit meiner Östrogensalbe zu präsentieren:
»Wenn du mich häufiger ansehen würdest, wäre dir aufgefallen, dass ich die Brüste eines elfjährigen Mädchens habe.«
Arcady scheint vom Anblick meiner kaum aufgegangenen Warzenhöfe wie versteinert:
»Scheiße, da hab ich ja mehr als du!«
Und indem er den Worten die Geste folgen lässt, packt er nach den leicht schlaffen Brustmuskeln, die bei ihm tatsächlich recht annehmbare Körbchen B ausmachen, und eine Weile lang betrachten wir verstohlen unsere jeweiligen Brüste, wohl wissend, dass weder für ihn noch für mich Gründe zu prahlen vorliegen, aber da wir nun schon damit angefangen haben, uns auszuziehen, bleiben wir auf der Spur und bald schon finde ich mich in meiner Lieblingsposition wieder, der Gynäkologenstellung, die, das trifft sich gut, ja auch diejenige ist, in der mich alle am liebsten haben.
Am nächsten Abend, nachdem ich den Tag im Schönheitssalon verbracht habe, fühle ich mich umso prächtiger, als ich zum ersten Mal ein zartrosa und schwarz gestreiftes Mieder anhabe, ein Geschenk, das Arcady mir in Hinblick auf unsere Nacht der »Bonbonnière« gemacht hat, die bereits in vollem Gange ist, mit unzähligen Hymnen der Libertins, eingerollten und gepuderten Perücken, pastellfarbenen Tüll- und Seidenstoffen, Türmen von

Macarons und Lutschern in Form von Bischofsstäben für durchgeknallte Hirtenweiber.
Eine gewisse Zeit lang behält die Party die thematische Stimmigkeit, die Arcady ihr eingeimpft hat, aber am Ende des fünften Liedes von Mylène Farmer schlage ich Charbel einen Richtungswechsel vor und zähle dabei auf die allgemeine Trunkenheit, in der Hoffnung, dass er nicht bemerkt werde. Auf alle Fälle kippt der Abend, wenn nur Mylène läuft, verhältnismäßig schnell zum Hochamt, und man hat Partys häufig genug wegen ähnlich banaler Belanglosigkeiten fade werden sehen.
Also beginnt Charbel meine persönliche Playlist zu spielen und niemand beklagt sich. Als Arcady bemerkt, dass wir seine Musik unterbrochen haben, hebt er einen zustimmenden Daumen in meine Richtung, blickt schelmisch und deutet dann mit gleicher Geste auf die Bühne, auf welche ich mich nicht erst lange bitten lasse. An den Plattentellern murkst es irgendwie: Charbel dreht Hercules and Love Affair den Saft ab, mitten in *Blind*, zu dem ich vorhatte, richtig abzugehen. Er wird wohl ein Stück suchen, zu dem ich singen kann. Ich nähere mich dem Mikro und setze ein versteinertes Gesicht auf, während das impulsive Intro von, Bingo, *Vous les femmes* einsetzt.
Durch glückliche Fügung bin ich den Petit-Marquis-Perücken entkommen, die Arcady großzügig verteilt hat. Unter massenhaftem Einsatz von Haargel habe ich mir sogar eine Krone geformt, ziemlich zurückhaltend, aber anachronistisch zum Trash im Sinne des achtzehnten Jahrhunderts, dem Motto des Abends. Ich will eigentlich nur sagen, dass ich, trotz des zweifarbigen Mieders und der Netzstrümpfe, bei weitem nicht so tuntig aussehe wie meine Bühnenmitstreiter, und meine Gedanken drehen sich genau darum, während ich mechanisch à la Julio ins Mikro hauche – Julio, den kann ich auf Autopilot laufen lassen, kein Problem, besonders, wo *Vous les femmes* bei weitem nicht mein Lieblingslied ist und ich

keinerlei Grund sehe, meine Gefühle dafür herzugeben: *Nous les hommes, pauvres diables, la la la ...*
Ich kann mich noch so sehr um eine gehörige Portion männlicher fühlen als Ashley und Mme A., mir ist doch die komische Diskrepanz bewusst, die ich mit diesem Machogurren eines alten Verführers in den Raum stelle, und ich setze noch eins drauf, deute drei Rumbaschritte an, streichle lasziv mit einem Finger zwischen Strumpfhalter und meiner vom Peeling samtigen Oberschenkelhaut, und dies nur, um den fast schon telepathischen Anweisungen, die Arcady mir von der Bar aus erteilt, zu gehorchen.
Der Saal brüllt, ich hab das Publikum um den Finger gewickelt, aber ich bin nicht in der Stimmung, es heute Abend zum Lachen zu bringen, und vor allem nicht auf Kosten dessen, was ich an unerschütterlich Männlichem in mir spüre. Aus einer der unerklärlichen Merkwürdigkeiten der Existenz heraus beginnt der Teil meines Hirns, der nicht mit den Anforderungen der Show, singen, tanzen, entschlüsseln, und zwar das Rollen mit den Augen und das Heben der Brauen aufseiten meines Bosses und amtierenden Liebhabers, beginnt also der Teil meines Hirns, welcher die Entscheidungshoheit für sich in Anspruch genommen hat, das Mieder, die Netzstrümpfe, das Projekt namens Brustimplantate und Vaginoplastie über Bord zu werfen. Wie sehr ich auch das Spiel spiele, mich verrenke, meine Beine unter bewundernden Pfiffen sehnsuchtsvoll auseinanderspreize, es ist doch nur Show: innerlich setze ich mich entschiedener denn je auf meine Büchse der Pandora. Von nun an mag sie noch so sehr wie ein Rodeopferd unter mir aufbocken, die kleinen Mädchen mit Zöpfen und die wollüstigen rothaarigen Vamps mögen noch so verrückt auftrommeln, ich werde sie nicht öffnen – nicht nur, weil meine einzige Hoffnung, meine Mutter zurückzuerobern, in dieser Entscheidung liegt, sondern auch, weil ich nicht enden will wie Mme A.
Während meine Lippen am Mikro kleben, richte ich meine linke Hirnhälfte auf sie aus, ist diese doch jene, welche hochgradig

damit beschäftigt ist, wichtige Entscheidungen zu treffen. Im Augenblick, während sie alle Welt dominiert mit guter Miene zu bösem Spiel und auf ihren Plateauschuhen schwankt, wirft sie mir einen mitleiderheischenden Blick zu und trällert mit mir *Vous les femmes, vous mon drame ...*

Niemand, den ich kenne, besitzt mehr Menschlichkeit als Mme Arthur, niemand ist lustiger, großzügiger, scharfsinniger, niemand verdient es mehr, geliebt zu werden, und ich behaupte damit nicht, dass sie ihre Anzahl an großen Liebschaften nicht gehabt hätte, aber den wesentlichen Teil ihrer Existenz als Erwachsene hat sie damit verbracht, die furchtbaren Folgen ihrer Operationen zu tragen: Achselabszesse nach der Brustimplantation, Vaginalfisteln und wiederholte Blasenentzündungen nach der Ablation ihres Penis und ihrem Vaginalaufbau, ganz zu schweigen von den Nebenwirkungen der Hormontherapie und dem Nachwachsen der widerspenstigen Körperhaare trotz der Laserepilation. Wenn ich nicht meine ganze Freizeit meinem Körper widmen möchte, dann muss ich vor allem eines beibehalten, dieses Zwischenwesen, nicht Mann, nicht Frau, nicht Trans – Transe, wenn's hochkommt und nur wenn ich will.

Während sich Julios Stimme in der Ferne verliert und die Klaviatur bis ins Unendliche die fünf Noten erklingen lässt, die einen das Lied bereits vom Intro an wiedererkennen lassen, gibt Arcady mir ein Zeichen, dass ich noch für das nächste bleiben soll. Dieses Mal ist es Dalidas *À ma manière*. Mit den ersten Takten schon heulen die Schwachköpfe enthusiastisch auf, denn sie haben Dalida schon immer für ihren Standartenträger gehalten und dieses Lied für das Resümee ihres unbedeutsamen rebellischen und leidenschaftlichen Lebens: *Avec des faux pas, des faux plis, chacun de nous porte sa vie, à sa manière. Quand on est beau au fond de soi, un jour ou l'autre quelqu'un nous voit, à sa manière ...*

Auf jeden Fall ist es notwendig zu verstehen, dass ich hier bin, gestärkt durch meinen Erfolg und meine Schar frisch getroffener

Entscheidungen, ein Mann zu sein, meine Mutter zurückzuerobern – und, da man ja wohl offensichtlich erkennen konnte, dass sie der Sanftheit gegenüber unempfindlich war, ihr von der Härte etwas entgegenzuhalten, mittels derer sie mich an sich bindet. *Ma vie, ma vie, je n'en ai qu'une, mais je la veux libre et sans loi, j'en ai le droit, elle est à moi ...* Wie die Schwachköpfe im Publikum mache auch ich mir diese Zeilen zu eigen, die ich eben noch ungezwungen gesungen habe, denn Dalida kann noch so großartig sein, nie hatte sie in meinem persönlichen Pantheon so viel Raum eingenommen wie etwa Stevie, Michael oder Marvin.

Lieder muss man sich anhören und sich an ihnen nähren, ich wusste es schon immer. Mit den eben gesungenen *Vous les femmes* und Dalidas *À ma manière* habe ich etwas, womit ich meine Entscheidung, dem Drama einen Schlusspunkt zu setzen, untermauern kann, aber in dem Moment, wo ich meine Stimme mit einer furchtbaren Intensität ausstatte, die dazu auserkoren ist, alle Welt, angefangen bei Arcady, davon zu überzeugen, dass ich den Marie-Lines in Miedern ein Ende bereitet habe, da ist mein Blick von einem fahlgelben und mir altvertrauten Leuchten tief hinten im Raum gebannt.

Sie ist da, die Frau meines Lebens, der Traum, von dem ich soeben beschlossen hatte, dass er unmöglich weiterzuverfolgen sei, dass er niemals leibhaftig werden könne – zu schön ist er, zu weit von mir, zu viele Fisteln und zu viele Keloide würden auf mich zukommen, so viele, dass ich gleich ein armer Teufel bleiben kann. Sie trägt ein schwarzes, sehr tief ausgeschnittenes Kleid, ich kenne es nur allzu gut, habe ich ihr doch unzählige Male geholfen, dessen Haken im Rücken zu schließen, und hielt dabei meine Augen geschlossen und ließ meine Finger über die milchige Haut ihres Rückens laufen, zu Tränen gerührt von diesem Kontakt und ihrem Geruch, Moschus und Freesie, immer derselbe.

Sie ist da, aber sie ist nicht allein. Armand begleitet sie, treu noch immer seinem unerträglichen Kleidercode: Jeans und Chambray-

Hemd, Perlmuttknöpfe und rotes Bandana. Beide schwingen sie in meine Richtung die Sektflöten aus getöntem Glas, die Arcady zu allen Nächten der »Bonbonnière« rauszukramen für richtig hält. Sie haben das mir gegenüber schon einmal gebracht, und zwar jeder für sich, boshafte Toasts, verdeckte Drohungen, die man schweben lässt unter der falschen Geste des Zuprostens auf Distanz. Man möchte meinen, dass ihnen diese Lust an Einschüchterung gemein wäre. Ich wollte es nicht wahrhaben, aber sie sind wie füreinander geschaffen, und ihren Gesichtern lese ich ab, dass dieses Einverständnis zu meinen Lasten sich gebildet hat.
Ich verliere die Beherrschung, den Atem, den Rhythmus darüber, aber trotzdem muss ich das Lied von Dalida zu Ende singen, unter dem Kreuzfeuer der Blicke: so prüfend wie forsch der von Arcady, ermutigend und zärtlich der von Mme Arthur und, strahlend vor Feindseligkeit, diejenigen von Armand und Barbara, ist es mir doch auf den Weg gegeben, dieser widernatürlichen Verbindung der Mutter mit dem Liebhaber gegen den Sohn hautnah beizuwohnen. Die Line Koks, die ich mir vor einer Stunde reingezogen habe, steigt mir auf das Brutalste in den Rachen, mit einem Strom an Bitterkeit, dass ich kurz davor bin, auf die Bühne zu kotzen, was mir Arcady niemals verzeihen würde, selbst bei den lindernden Umständen nicht, die die Anwesenheit meiner Mutter im Arcadia bedeutet, diese Anwesenheit, die ich nie zu fürchten aufgehört habe und die unerwartet wahr wird im schlimmsten aller Momente, gleichwohl ich doch als Lutscher verkleidet bin und Dalida interpretiere, notorische Muse der Schwulen, selbst meine Mutter weiß das, und ich sehe ihrer steifen Haltung an, dass ihr nichts entgeht, weder mein himbeerrotes Rouge noch meine Sandalen aus rosa Nubuk und auch nicht die Konzessionen, die ich zum letzten Male Marie-Line zuliebe mache: sexy Beine, anzügliche Verrenkungen und unverschämt kokettes Augenzwinkern Richtung Publikum.
Wer wird mir glauben, wenn ich schwöre, dass ich kurz davor war, für immer meinem Szenenamen und allen Pin-up-Positionen, die

aus mir eine köstliche Miss Dezember und vor dieser eine bemerkenswerte Miss April oder eine flamboyante Miss Juli gemacht haben, abzuschwören? Ganz gewiss nicht Barbara, deren Gesicht ich noch nie so offen habe Verachtung ausdrücken sehen. Armand seinerseits strengt sich geradezu an, mich mit Blicken zu mustern, die denselben menschenverachtenden Ausdruck haben sollen, aber ganz abgesehen davon, dass er es nicht lassen kann, blöde zu grinsen, wird er, was Verachtung betrifft, niemals mit meiner Mutter auf gleicher Augenhöhe sein. Und was geht mich der Jubelgesang denn auch schon an, den Armand aus seiner Rache zieht; was geht es mich denn auch schon an, dass Armand mich von oben herab betrachtet, wenn die einzige Person, die je für mich von Bedeutung gewesen war, an meinem Arbeitsplatz in der festen Absicht auftaucht, mich in flagranti zu erwischen, da ich dabei bin, ihrem ungeschriebenen Gesetz zuwiderzuhandeln – der Kommandogewalt, die da will, dass Söhne Männer zu sein haben?
Mein Herz schlägt und meine Beine zittern, während ich die letzten Worte des Liedes tremoliere und mir dabei mit all meinen Kräften wünsche, dass ein Vorhang fallen möge und mich diesem verabscheuungswürdigen Pärchen entziehen werde – denn unleugbar liegt etwas zärtlich Eheliches in der Art, wie sie sich halten, der Arm meiner Mutter um die Taille von Armand geschlungen, schmiegt sich gleichsam dessen Hand um ihre Schulter.
Leider haben wir keinen Bühnenvorhang, und Arcady, ganz nach seiner dunklen Logik für Umsatz und ohne jegliche Ahnung von meinem Unglück und dem Brennpunkt der unheilvollen Kräfte, den Armand und Barbara bilden, beschließt, mich in meinem Lauf nicht zu unterbrechen und ein Lied singen zu lassen, dass nun tatsächlich Teil meines Repertoires ist, was sich von allein versteht, ganz zu schweigen von der Tatsache, dass es wie eine Einladung zum Vögeln klingt bei den gegebenen Umständen dieser Nacht der Libertins: *Let's Spend the Night Together.*

Sobald ich den Basslauf und die einfachen Klavierakkorde erkannt habe, werde ich nur umso heftiger von Panik ergriffen, da ich Arcadys Erwartungen bei diesem Stück kenne: nicht nur, dass ich Jagger zu geben habe, also provokant meine Lippen aufzureißen habe und dem Mikro scheinbar einen blasen muss, nein, im letzten Drittel des Songs werde ich in der Regel von Mme A. begleitet, damit wir eine dieser akrobatischen Rock'n'Roll-Nummern hinlegen, für die wir bekannt sind – bei *I'll satisfy your every need* wirft sie mich gekonnt über ihre Schulter hoch und, hopp, lande ich grazil, bevor sie mich durch ihre Petticoats, aus denen ich dann auftauche, ziehen wird, hopp, hopp, und das Ganze geht von vorne los.

Normalerweise liebe ich es, mit Mme A. zu tanzen, die ein Kavalier sondergleichen ist, und wir machen unendlich lange weiter, mit Nummern, bei denen sie mir den Arm verrenkt, und mit Spagatsprüngen, bei denen ich so tue, als ob ich mir die Genitalien quetsche und von denen ich mich unter komischen Verrenkungen erhebe. Heute Nacht jedoch, da wird mir schon bei der Vorstellung, dass meine Mutter unserer kleinen Nummer beiwohnen wird, speiübel, aber da ich von Haus aus fügsam bin, umfasse ich das Mikro und schließe meine Augen zu.

Als ich sie wieder öffne, sind Armand und Barbara noch immer da, und etwas von ihrer Feindseligkeit muss in den Raum ausgestrahlt haben, denn als ich gerade ein nasales und spöttisches *Don't you worry* von mir gebe, bemerke ich, dass man um sie herum einen Sicherheitsabstand eingehalten hat, dass man ihnen ein Rund von, bedenkt man die anwesende Menschenmenge, erstaunlichem Ausmaße belassen hat und dass sie sich darin starr aufrecht halten wie die Gerechtigkeit selbst, lebendiges Bild des Vorwurfes und Ressentiments.

Stets habe ich befürchtet, dass meine Mutter im Arcadia mit eben der Verfassung auftauchen würde, die die ihre zu sein scheint, dass sie hier reinschneien würde, um mir Rechenschaft über zwanzig Jahre Lüge und Betrug abzuverlangen, aber zugleich habe

ich niemals aufgehört zu hoffen, dass sie und mein Vater eines Abends kommen würden, um mir zu applaudieren, wie ganz normale Eltern, die die künstlerischen Darbietungen ihrer Söhne glücklich und stolz machen – und was das Furchtbare daran ist, das ist, dass Barbara und Armand, obwohl sie aus ihrer vor Hass und Verachtung rotglühenden Hölle aufgestiegen sind, diesem hartnäckigen Wunsch ähneln: ein Vater und eine Mutter, zärtlich umschlungen, die Blicke gerichtet auf ihren Sohn inmitten einer One-Man-Show.
Meine Handflächen werden feucht und ich versaue den ersten Refrain. Das Schlimmste, ich fühle die Musik wie noch nie. Charbel hat ein geniales Playback-Band, auf dem nur die Liedstimme fehlt: jedes Vibrieren der Zimbeln, jedes Klatschen der Hände, jeder Schrei des Chores dringt mir direkt ins Sternum – und zwar bis zur Stimme von Keith, der mir *Let's Spend the Night Together* in die Ohren flüstert, und Gott weiß, dass ich nur allzu gern eine Nacht mit dir hätte verbringen wollen, Keith, als deine Schönheit im Zenit stand, aber na bitte, es wird mir sogar schwer genug fallen, eine Nacht mit mir selbst hinter mich zu bringen, die nächsten vierundzwanzig Stunden zu überleben, ohne auch nur einen Gedanken daran zu verschwenden, es mit einem Rockstar zu treiben.
Genau in der Sekunde, in der ich kneifen will, auf die Knie fallen möchte, unter Schluchzern zusammenbrechen und flehentlich bitten möchte, man möge mich verschonen, springt Mme Arthur auf die Bühne, kurz vor dem sonst eigentlichen Moment. Sie erscheint, riesig in ihren ausgestellten Petticoats, in ihrer großartigen Ausstrahlung, mit ihrer Adlernase, ihrem rötlichen Toupet und ihren drei Zentimetern ergrautem Haaransatz; sie schießt aus der schonungslosen Menge hervor, all diese Stammgäste, die mir nicht ein Gran Gutes wünschen, all diese Arbeitskollegen, Arcady inbegriffen, die von meiner Not nichts gespürt haben – und wenn sie genau in der Sekunde kommt, in der ich einzugehen drohe und öffentlichen Beweis von meiner Verworfenheit ablegen werde,

dann ist dies kein Zufall, nein, dann liegt dies genau daran, dass sie mich zu Tode getroffen aufgespürt hat, daran, dass sie mich retten will, auf die Gefahr hin, dass sie mich forttragen müsste in ihren rauschenden Petticoats. Mit einer gebieterischen Sanftheit entzieht sie mir das Mikro und stößt mich in Richtung Kulissen. Undeutlich sehe ich Arcady wütend mit den Augen rollen, während Armand und Barbara meinen Abgang beobachten, ohne ihre Haltung an spöttischer Strenge aufzulösen, die sie gemeinsam angenommen haben und die ihnen so unendlich gut steht, Papa und Mama vereint in ihrer Verachtung gegenüber diesem Sohn, der keiner ist.

In meiner Lieblingsabstellkammer habe ich kaum die Zeit, mich aus meinem Mieder zu schälen, schon kommt mir der Inhalt meines Magens aus den Nasenlöchern raus, aus dem Mund, den Ohren. Auf die Knie gegangen vor dem Mülleimer und verfolgt von herzzerreißenden Würgreizen, höre ich einfach nicht mehr auf zu kotzen. Jahre schlecht verdauter Mahlzeiten steigen mir die Kehle hoch, all die schwere und fette Nahrung, die ich mich gezwungen hatte, unter den mitleidlosen Blicken Barbaras runterzuwürgen, diesen Blicken, die mir zu verstehen gegeben haben, dass ich groß und stark werden müsse für Maman. Was für ein Beschiss! Nie hat jemand mehr Arbeitseifer an den Tag gelegt als ich, um an Größe und Kraft zuzulegen, und nie hat jemand weniger Anrecht auf Rücksicht, geschweige denn Liebe, erhalten, und zwar vonseiten seiner Mutter.

Ich ergreife den Mülleimer mit beiden Händen, diesen leicht verbeulten Aluminiumzylinder, den ich nie mehr wieder mit gleichen Augen werde ansehen können und der sich mit schwindelerregender Geschwindigkeit füllt und füllt, als würde ich weitaus mehr als nur den Inhalt meines Magens in ihm aufschichten, weitaus mehr als meine von früher herstammenden Mahlzeiten plus jene, die noch kommen sollen; als würde sich in diesem Mülleimer literweise auch das Sperma wieder einfinden, das ich seit nun mehr

beinahe zehn Jahren, in denen ich Schwänze lutsche, hinuntergeschlungen habe – nur, dass ich hieran nichts zu bedauern habe, denn da war kein Beschiss am Werk, nur Glücksgefühl, und wenn es dies nochmals zu tun gälte, ich würde noch und noch davon schlucken.
Im Mülleimer, da steigt es an und da brodelt es, es wird mich bald schon überfluten, denn zu allem Fressen und allem Sperma, so scheint es, glaubt man der Farbe, dass ich auch Blut kotze, gut möglich, dass es dasjenige der wolkenbruchartigen Blutungen meiner Prinzessin ist, dieser Manifestation an Weiblichkeit, an der mein Vater mit solcher Lüsternheit Anteil nahm. Was hat es schon zu bedeuten, dass ich nackt bin, auf Knien, erbärmlich an meinen Mülleimer gekrallt, der Magen durchwühlt von Spasmen und der Rachen verbrannt von der Säure meiner Kotze, ich dränge mit aller Kraft diese Assoziationsbilder zurück, aber nicht, bevor sie mir nicht noch eine erneute blutige Würgbewegung abverlangt hätten – und selbst wenn die Annahme des Menstruationsblutes als ebenso abscheuerregend wie unwahrscheinlich angesehen werden muss, so bleibt doch nichts anderes übrig, als dass dieses Blut das Blut meiner Muter ist, das schöne klare Blut, das sie in Tropfen fallen ließ für mich, im Sommer meines dreizehnten Lebensjahres, purpurne Blütenblätter und Blütenstempel auf ihrem nackten Fuße, Kunstgriff, um die Verzauberung der Biebrza auszudehnen, das polnische Märchen, das uns bis heute aneinandergekettet hat, bis heute, bis zu dem Zeitpunkt, da ich Eingeweide und Gedärme in diesen Mülleimer speie.
Im Club, nur wenige Zentimeter von meiner Agonie entfernt, geht das Leben weiter. Sollte ich eines Tages unter die Lebenden zurückkehren, so schwöre ich, dass ich stets einen Gedanken für die Toten haben werde. Ich schwöre, dass es mir niemals mehr unterlaufen wird zu tanzen, ohne mich zu fragen, ob nicht irgendjemand just auf der anderen Seite der Trennwand seine Existenz in seinen grauenerregenden Leiden zu einem Ende bringe. Im

Übrigen werde ich nicht mehr tanzen, ich werde nie mehr zu der nötigen Leichtigkeit von Körper und Geist zurückfinden, die der Tanz verlangt. Ich überlasse dies anderen, jenen, bei denen ich das Getrampel und die dumpfen Ausrufe erkenne, jenen, die ihre Lust vollkommen und unschuldig beschäftigt, dort vorn, zwei Schritte von mir entfernt – und ich gäbe egal was dafür, egal wer zu sein, egal was für ein Dummkopf in weißem T-Shirt, egal was für eine *mtf* mit künstlicher Vagina, egal wer auch immer, nur nicht ich, sogar Cindy in ihrer Garderobe, mit ihrer durchlöcherten Haut, ihrem Lover im Knast und der Gewissheit, dass sie gegen die Wand fahren wird.

Nach *Let's Spend the Night Together* hat Charbel mit einer Disconummer weitergemacht, von der ich mir nicht einmal mehr den Titel merken möchte, von der ich aber weiß, dass sie bei mir von nun an systematisch Übelkeit erzeugen wird – und als wäre das Maß noch nicht voll, na schau, da landet er wieder bei Dalida mit *Helwa ya baladi*, ein Lied, das mir den Gnadenstoß versetzen würde, wäre ich nicht schon tot.

Ich war noch nicht einmal sechzehn, da hat mir Arcady es bereits beigebracht, bis ich es auswendig konnte, und anfangs habe ich es für ihn gesungen, in seiner Muttersprache, das liebliche und raue Arabisch der im Exil Lebenden; ich habe es für ihn gesungen, zu einer Zeit, als ich ihm noch den Kopf habe verdrehen können, wie ich da tanzte wie eine Bajadere und ihn mit Blicken provozierte, die der Hündin entsprangen, von der er wollte, dass ich sie sei; ich habe es für ihn gesungen, mit dem Mikro in den Händen, ohne meinen Blick von ihm zu wenden. Selbst wenn die Tränen über sein Gesicht liefen und ich schon kurz davor war, zu ihm zu eilen, um ihn in meine Arme zu schließen und zu trösten, da blieb ich doch die unnachgiebige ägyptische Schlampe, die er wollte, dass ich sie sei, Silbe für Silbe voneinander lösend, bis schließlich die letzten Akkorde verklungen waren und er mich endlich seine Tränen ablecken und meinen Mund über seinen ganzen Körper hasten ließ, weinend jetzt auch ich, Tränen der Zärtlichkeit und Unterwerfung. Ich hatte meine volle Größe und mein aktuelles Gewicht noch nicht erreicht, ich war dürr wie ein Wolf, dessen verzehrenden Hunger ich hatte, und immer war es Arcady, der meiner fiebrigen Verzehrtheit ein Ende bereitete und mich am Schluss immer wieder lachend von sich gestoßen hatte – nicht jedoch, bevor ich ihm nicht eine Befriedigung bereitet hätte, von der ich hoffte, dass sie der Intensität seines Schmerzes und seiner unheilbaren Nostalgie ebenbürtig gewesen sein mochte.

Wie ausgehungert ich war, wenn ich dran denke ... Es ist unvorstellbar, dass ich diesen Hunger eines Tages nicht wiederfinden würde, der vielleicht sogar der andere Name für Jugend ist, aber was soll's, ich bin fünfundzwanzig, meine Jugend, die ist jetzt – und ich fühle sie, den Hunger, das Fieber, die Jugend, wie sie aus meinem leeren und noch immer von Übelkeit bewegten Magen heraufsteigen. So kommt es, dass ich den Mülleimer Mülleimer sein lasse mit all seinem brodelnden Inhalt und mich dazu zwinge, mich wieder aufzurichten und dezente Kleider zu finden, denn ich möchte, vernichtet hin oder her, und da ja die Möglichkeit besteht, von der Frau meines Lebens auf der Bühne gesehen zu werden, dieses eine Lied singen, *Helwa ya baladi* – aber mir dreht sich der Kopf, meine Beine zittern und unglücklicherweise sind meine Klamotten in Arcadys Büro geblieben, wo ich mein Mieder geschnürt hatte, vor kurzem erst und nur für ihn.

Ich möchte dieses Lied singen, denn man muss kein Immigrant sein, um es verstehen zu können; auch muss man nicht Dalidas Stimme besitzen, ihr rührendes Schielen und ihre tragischen Geheimnisse, und noch immer könnte ich zumindest ein Geheimnis mit Dalida teilen, und eines Tages werde ich erklären, sollte ich heute Nacht nicht sterben, warum ich der Überzeugung bin, dass Dalida ein Mann war, was sie mit ebenso hohem Interesse zu verbergen trachtete, wie ich Miss Dezember und Miss Juli, ganz zu schweigen von Marie-Line und Malgorzata, kurz, all meine in

Mieder und in Sandalen mit Strassherzen gesteckten Avatare, zu unterdrücken habe.
Da es sich darum dreht, was anderes zu finden als meine Vampkleider, wühle ich fiebrig in den Klamottenbergen herum, die, abgesehen von Mme Arthur, welche all ihre Kleider in Hüllen und auf Bügeln hat, niemand sich je die Mühe macht aufzuräumen. Ich stoße auf mein altes Pulloverkleid aus Lurex, auf Arcadys Lamékleid, auf meine Musselinoberteile, auf meine mit Rüschen besetzten Röcke, meine Schlitzröcke, auf meine Longline-Büstenhalter mit Verstrebungen, auf meine folkloristischen Blusen, kurz, auf nichts, das taugen würde, bis auf, was Wunder, die an den Knien ausgebeulte Jeans, die ich abgelegt hatte, als es galt, Sascha zu gefallen, die hier seitdem liegen geblieben war und die ich jetzt anziehe, gemeinsam mit einem viel zu kleinen schwarzen Pullover, der Cindy gehören dürfte, wo ich doch noch ihren Duft des kleinen, sauberen Mädchens daran erahne, das so unbedingt ein giftiges, kleines Biest sein wollte.
Ein Blick in den Spiegel bestätigt mir, dass mein Mascara, mein Rouge und mein Make-up mit dem Schweiß und den Tränen zerronnen sind, dass meine Augen blutunterlaufen und meine Gesichtsfarbe ins Grünliche gekippt ist – nur die Krone hat gehalten, aber ich bin nicht dafür gemacht, eine Krone zu tragen, ich sollte dies Cindy und Sascha überlassen, die sich jede Form von Frisur erlauben können. Es steht um mich schlimmer denn je, aber das Schlimme ist der Feind des Bösen, desjenigen, das daraus bestünde, in den Club zurückzukehren, als wäre nichts gewesen, mit einer weiteren Lüge im Gepäck. Es steht um mich schlimmer denn je, aber zumindest wird meine Mutter in dieser Nacht einer Wahrheit ins Auge zu blicken das Anrecht haben, und es ist egal, wenn diese, wie alle anderen Wahrheiten auch, unhaltbar ist; sie wird ein Anrecht auf den Sohn haben, den sie sich allem gesunden Menschenverstand zum Trotz und gegen die Meinung ihres Ehemannes erwählt hatte; und es ist egal, wenn er totenbleich

ist und sich nicht auf den Beinen halten kann; egal ist es, dass er sich entschließt, auf Arabisch zu singen, obgleich sie doch die Araber genauso wenig mag wie die Schwulen. Aber was soll's, ich habe mir nichts erbeten, sie ist es, die mich aufgesucht hat – und immer noch werde ich mir nichts erbitten, bis auf die drei Minuten ihrer Aufmerksamkeit für das Lieblingslied meines Liebhabers, das auch ein Lied für sie ist und zugleich für alle im Exil lebenden Prinzessinnen.

Da ich keine entsprechenden Schuhe gefunden habe, gehe ich nackten Fußes auf die Bühne, mit einer Jeans, die an meinen Hüften schlackert, und einem Pulli, der meinen hohlen Bauch nicht bedeckt. *Helwa ya baladi* ist lange schon verklungen, aber Charbel ist von meinem Look derart versteinert, und hoffentlich nicht doch von meinem in Stücke zerbrochenen Gesicht, dass er sich ohne zu zögern darauf einlässt, es nochmals laufen zu lassen.

Aus dem Augenwinkel heraus nehme ich eine besondere Unruhe auf Höhe der Bar wahr, wo Armand und Barbara in eine wutentbrannte geheime Zusammenkunft versunken sind, die sie jedoch nicht daran hindert, mir ebenso häufige wie missbilligende Blicke zuzuwerfen. Es ist mir egal, ich bin nicht hier, um mir Billigung zu erbitten: weil ich zu sehr gebilligt sein wollte, hätte ich beinahe über einen Mülleimer gebeugt das Zeitliche gesegnet. Mein Magen hängt mir noch in den Seilen, der Rachen steht mir in Flammen, meine Beine schlottern, mein Herz rast und im Mund habe ich einen derart abartigen Geschmack nach Galle und Blut, dass ich erneut kurz davor bin, mich zu übergeben, und es mir eine übermenschliche Anstrengung des Willens abfordert, das Mikro zu ergreifen und den Saal mit meinem Blick herauszufordern – eine Kampfansage, die größtenteils unbeachtet die Köpfe der Schwachköpfe streift, die gerade dabei sind, auf *Heart of Glass* zu trampeln und ein Protestgebrüll erheben, als die Gitarren und Klaviertöne das Intro von *Helwa ya baladi* erneut anstimmen und gleich darauf von den unvermeidlichen orientalischen Violinen begleitet werden.

Das Mikro in der Hand, beginne ich aus der Hüfte heraus Wellenbewegungen zu schlagen und mit den Schultern zu zittern. Ich halte den Blick zu Boden gesenkt, um nicht sofort demjenigen meiner Mutter zu begegnen, denn es wäre zu hart, darin die Verachtung zu lesen, obgleich ich doch mit ganzer Seele dieses Lied ihr widme, das ich ohne eine einzige Schwierigkeit auswendig gelernt und verstanden hatte, als hätte ich mein ganzes Leben lang Arabisch gesprochen oder als läge es mir im Blute – und bedenkt man meine Couscousfresse, niemand wäre verwundert, sollte mein Vater ein algerischer Ganove sein.

Helwa ya baladi, Barbara, das ist für dich, und ich werde eine so bewegende Interpretation hinlegen, dass sie dich auf die Knie zwingt und zum Weinen bringen wird, dich, die du niemals weinst. Ich habe es immer schon gewusst, dass du dich nie davon erholen würdest, Polen verlassen zu haben, dass du noch so sehr eine sarkastische Augenbraue hast heben können, sobald ich bei jeder nur möglichen Gelegenheit mich wagte, das Thema anzusprechen, du bist doch bis heute eine Fremde geblieben und hast insgeheim deine Nostalgie genährt. *Helwa ya baladi*, wie schön es doch ist, dein Land, meine Prinzessin, wie schön sie doch sind, die spiegelnden Moore, aus denen du den Entschluss gezogen hast, fortzugehen, und die Hoffnung, ein Kind zu haben.

Sie sind immer schön, die Länder, die man verlassen hat, und immer schon haben sie alle Dalidas aller Hautfarbe veranlasst zu singen; sie sind immer schön, sobald man sie einmal vergessen hat, sobald man sich nicht mehr so recht erinnert, dass es sich um morastige Steppen gehandelt hat oder unmenschliche Wüsten, um Mülldeponien unter freiem Himmel oder unter pausenlosem Bombardement stehende Vororte, um Dörfer, in denen man hoffnungslos die immer gleichen Bräuche des Clans weiterführen würde und in denen man zu guter Letzt verenden würde durch einen Dolchstoß seines Nachbarn oder erwürgt von des eigenen Vaters Hand.

Mit diesem Bild eines Kindsmörders in mir, als die Violinen den schlagenden Anstieg des Refrains einleiten, finde ich schließlich den bar aller Hoffnung aufkeimenden Mut, meine Augen zu heben und Barbara mit den Blicken zu suchen. Ich strecke in ihre Richtung einen ebenso werbenden wie zitternden Arm, so wie auch Dalida es auf der Bühne tat, so wie auch ich es hunderte Male tat, da ich noch Kind war und das Verzeihen meiner unnachgiebigen Prinzessin hätte empfangen sollen, dieses Verzeihen, das nie erfolgte, denn zu viele Dinge gab es, die mir zu verzeihen gewesen wären, angefangen bei meiner bloßen Existenz, diesem heiklen Rätsel eines Jungen, der niemals das kleine Mädchen aus den Träumen seines Vaters sein sollte noch auch je der polnische Krieger, den seine Mutter anrief in ihren Beschwörungen an den Ufern der Biebrza.
We kolle demaa ala el khadden kanet bitsil, ich weine, aber das hält mich weder davon ab, so zu singen wie einst noch so zu tanzen, mit dem gleichen provokanten Akzent und den gleichen Hüftbewegungen wie damals für Arcady. Und fest steht, dass das Verzeihen niemals erfolgen wird: ich kann noch sehr die letzte der ägyptischen Schlampen sein, die schlimmste Hure Kairos, eine drogenabhängige K oder ein kabylischer Gangsterboss unten in seinem Knast, es würde keinen Unterschied machen, und dies gleicht beinahe einer Erleichterung. Schließlich habe ich nichts, das zu verzeihen geblieben wäre, alles befindet sich bereits auf dem Grunde des Mülleimers, zusammen mit der Kotze, dem Blut, den Tränen, dem Sperma – ganz zu schweigen von der wundersamen Milch, die für mich aus den Brüsten meiner Mutter floss, jenen beiden opulenten Globen, deren durchschimmernde Helle ich von fern wahrnehme, wie sie da so majestätisch in die schwarze Seide ihres Kleides gebettet sind. Du bist zu schön, Barbara, ich bin des Kampfes nicht fähig. Und du bist zu hart, dein Verzeihen wird niemals erfolgen, und ich habe mich damit abzufinden.

Meine Mutter löst sich plötzlich von der Bar und beginnt mit irrealer Langsamkeit die Menge zu spalten. Um sie herum pendeln die Tänzer melancholisch, die den Dancefloor nicht verlassen haben, und warten darauf, dass ich meine kleine, unangebrachte Einlage hinter mich gebracht haben werde. Nur die Fans von Dalida, ausschließlich Stammgäste, singen inbrünstig und ahmen unbeholfen meine Hüftbewegungen nach. Vom Gesicht meiner Prinzessin lese ich den ganzen Horror ab, den ich ihr einflöße; ich lese ihn von ihren slawischen Wangen ab, ihrer polnischen Nasenspitze und ihren schönen, vollen Lippen, Lippen, die ich nie habe ansehen können, ohne die Lust zu verspüren, sie ungestüm zu küssen, ihr meine Zunge bis zum Zäpfchen tief in den Rachen zu stecken, nicht um ihr weh zu tun, nein, niemals, nur um zu wissen, was es bedeutet, in ihr zu sein, in all dieser milden Süße, und ich rede hier nicht von der Lust, die mir die anderen Lippen versprachen, und nicht von der anderen Süße, der nicht weniger milden.
Ich habe einen Ständer. Aber auch das, auch das hat mich niemals davon abgehalten zu tanzen. Und da unterhalb von mir Barbaras Züge vom Ekel zusammengezogen sind, stoße ich mein Gesicht hoch in Richtung unserer müden Schnürböden, öffne ich meine Arme weit in den Raum und beginne so zu tanzen, wie ich noch nie für jemanden getanzt habe, nicht einmal für Arcady; ich beginne zu tanzen, so wie ich es heimlich nur im Schutz meines Zimmers tue, mit einem zunächst nonchalanten Zittern, einem Wellenschlag vom Bauchnabel aus, der langsam und träge das Becken erreicht, in das ich schließlich einen immer eindringlicheren und frenetischeren Rhythmus bringe.
Ich habe immer gedacht, dass es, um eine gute orientalische Tänzerin zu sein, fleischiger Flanken bedürfte, eines feisten Rückens, speckiger Falten, eines Bauches, den man von einer Hüfte zur anderen rollen könnte – das genaue Gegenteil meines Körpers also, mit diesen seinen schroff gezeichneten Bauchmuskeln und dem furchtbaren Herausstechen meiner Knochen. Zugleich habe

ich mich nie anders erträumt, denn als sinnliche Huri – als die schlimmste Nutte Kairos, vielleicht, aber zugleich auch als die allerschönste, ein triumphales Flittchen, mit Fußkettchen, einer Goldkette um die Taille – und mit Brüsten, die provozieren, sichtbar unter durchsichtigem, besticktem Musselin, deren Warzen leicht gerötet sind von der Reibung am Tuch.
Und da meine Mutter weder etwas wissen will von meinem Lied noch auch von meinem Tanz, da es für sie zu viel ist und sie ihrerseits den Punkt erreicht hat, es zum Kotzen zu finden, so widme ich Tanz und Lied allen Nutten Kairos und vor allem all jenen, die ihren Hintern verkaufen und ihr Herz als Zugabe verschenken, nur weil sie noch nie genau verstanden haben, welchen Wert es besitzt. Ich aber, Mädels, ich sage euch, niemand wird eure Gabe je angemessen aufwiegen können, niemand wird je den gerechten Preis für das festsetzen können, was so unschätzbar wertvoll ist – und ich spreche als Kenner, ich, der ich meinen Hintern und mein Herz meinen Liebhabern stets für nichts hergegeben habe, immer in der Hoffnung, dass die Unentgeltlichkeit sie nicht in die Flucht schlagen möge.
Während meine Füße eindringlich die breiten Bohlen der Bühne behämmern, vermählen sich meine Hände soeben mit dem aufreizenden Schwingen meiner Hüften und mein Lächeln wird strahlender. Vom Saal her drängen sich mir enthusiastische Ritenschreie entgegen: Arcady, Dalila, Ashley und Mme Arthur haben ihrerseits begonnen zu tanzen, und wir zwinkern uns strahlend über diese finsteren Gesichter der Vollidioten hinweg zu, die nicht begriffen haben, wie erhaben dieses Lied ist und wie sehr es doch verdient, all jenen gewidmet zu werden, die weder Land besitzen noch Würde und auch kein eindeutiges Geschlecht. Yolanda Gigliotti wusste von der Bedeutung persönlicher Tragödien, und auch ihr gehört in dieser Nacht einer meiner Gedanken.
Wafal dayman gambek alatoul, das ist das Ende. Ich verabschiede meine Welt mit einer spöttischen Pirouette, die insbesondere an

meine Mutter und Armand gerichtet ist, der sich seinerseits inzwischen der Bühne genähert hat und die gleiche entsetzte und reuevolle Miene aufsetzt wie die Prinzessin der Biebrza. Sollen sie doch. Entsetzen und Reue überlasse ich ihnen. Ich nehme den Rest, Erregung und Tanz, Jubelgesang und Lied, und den in meine Lenden und meinen Unterleib zurückgekehrten Hunger.

Charbel legt *Just an Illusion* auf, um einen jeden zufriedenzustellen, Allerweltsgäste, Schwachköpfe in weißen T-Shirts, *mtf*, die nach starken Gefühlen gieren, und auch mich selbst, der ich immer schon Leee John zum Kult erhoben hatte, aufgrund der Üppigkeit seiner drei »e«, der unerreichten Herrlichkeit seines Outfits, Tücher in den Farben des Regenbogens, Paillettenbandanas, seidene Damenhütchen und Zenturiokleider bis hin zum metallischen Body. Ich zähle die Male gar nicht mehr, an denen ich mir einen runterholte, während ich ihn *Flashback* oder *Music and Lights* habe singen hören, diesen perfekten Hit. English do it better. Ich hätte nicht in den Achtzigerjahren geboren werden sollen, ich hätte sie leben müssen.

Unglücklicherweise hatte Barbara genau zu dem Zeitpunkt, als *Just an Illusion* auf den Markt kam, ihre Besuche bei den Gynäkologen begonnen, die schließlich mit der Verkündung ihrer Sterilität mündeten, was, als die Frucht ihrer Hoffnung platzte, sie dazu bewog, mich zu adoptieren. Somit war ich also weit davon entfernt, Imagination zu hören, geschweige denn, mir dabei einen runterholen zu können. Das Wichsen kam später, aber zu spät, um noch hoffen zu können, Leee John oder Ashley Ingram in einem Londoner Nachtclub über den Weg zu laufen. Wahrscheinlich aber hätte ich sie, wäre ich ihnen kurz nach der Jahrtausendwende begegnet, nicht einmal erkannt. Eines Tages werde ich erklären, wenn ich eines Tages das Schlusswort finde für diese enttäuschende Metamorphose, wie es geschehen konnte, dass die exotischen und sexy Kreaturen des Funk und der weltweiten Discomusik (die Leee Johns, die Neil Rodgers, die Philip Baileys ...) sich in wohlsaturierte

Fünfzigjährige verwandelt haben und ich mich jetzt damit zurechtfinden muss, zwanzig zu sein, während meine Idole fünfzig sind und das Revival ihrer eng anliegenden Bodys, Hüte und Paillettenbandanas feiern.

Da die Nacht der »Bonbonnière« in vollem Gange ist, bittet mich niemand, die Bühne zu verlassen, ich bleibe, bald schon in Begleitung von Arcady, Ashley, Mme Arthur und Sascha, der seinerseits aufgetaucht ist und niemals aufhören wird, sich zu wünschen, man möge ihn anglotzen und begehren. Wir tanzen zusammen, er und ich. *Follow your emotion anywhere, is it really magic in the air ...*

Im Laufe der Zeit ist es mir gelungen, ihm anstelle seiner üblichen Pogos und als Ersatz für seine ruckartigen Bewegungen zwei oder drei Stücke beizubringen, und während die warme Stimme von Leee John und der Bass von Ashley Ingram meine Wirbelsäule entlangkrabbeln, tanze ich mit ihm, als wären wir allein auf der Welt, da doch der Hunger zurückgekehrt ist und mir die Freude, mit diesem schönen Jungen gemeinsam jung zu sein, Flügel verleiht.

Die Erregung hindert mich nicht daran, zu bemerken, dass Armand und Barbara noch immer nur dastehen, bewegungslos trotz der vielen Tänzer, die sie anrempeln. Meine Mutter trägt Pumps aus cremefarbenem Leder von äußerster Schönheit, in die es mir niemals gelungen ist reinzuschlüpfen – aber nicht etwa, weil ich es nicht versucht hätte. Sie ist frisiert wie sonst auch, mit einem luftigen Knoten, aus dem sich einige Strähnen gelöst und an ihre feuchten Wangen gelegt haben, und wäre ich noch immer ihr Sohn, ich würde mich besorgt zeigen über ihren hochroten Teint und über die Schwierigkeiten, die sie zu haben scheint, Luft zu bekommen. Das sehr eng anliegende kleine, schwarze Kleid, das ich so viele Male ihr geholfen hatte anzuziehen und das immer die Gabe besaß, die Majestät ihrer Brüste und die wunderbare Rundung ihrer Schultern noch zu heben, scheint sie zu beengen. Ich bemerke sogar eine Art ungnädigen Wulst auf Höhe der Bauchtasche, als würde sie dort ein Objekt größeren Volumens verbergen, etwas anderes auf jeden Fall als die hinreißende emaillierte Puderdose, die ich ihr zu Weihnachten geschenkt habe, ganz zu schweigen von den Lippenstiften, mit denen sie zu versorgen ich niemals gefehlt habe und die ich stets in den zartesten Farbtönen, die ihr so gut stehen, ausgewählt habe, denn dies liegt mir im Blute, die Lust, ihr eine Freude zu bereiten und zu sehen, wie schön sie ist. Für die Anerkennung, die mir dies eingebracht hat, hätte ich alle Weihnachtsfeste und Geburtstage besser sausen lassen sollen, aber ich bedaure nichts.

Could it be a picture in my mind, never sure exactly what I'll find ... Im Moment, da mein mir liebster Übergang einsetzt, wo man jeden einzelnen Schlag sowie die aufsteigenden Klavierklänge kurz vor dem Schlusschor hört, ziehe ich Sascha dicht an mich heran, Möglichkeit, damit wir Stirn an Stirn tanzen: wenn er entdecken möchte, was Rhythmus mit unseren Körpern machen kann, muss er sich nur noch führen lassen.

Während der Song zu seinem Ende findet und Sascha, nie verlegen um eine Zurschaustellung, sich das T-Shirt auszieht, um sich den Schweiß von der Stirn zu wischen, paralysiert mich ein unangenehmer Gedanke. Was da läuft, ist immerhin *Soul Sista*, ein Song, in dem Bootsy Collins mit seinen Freunden, unter ihnen die sublime Cherine Anderson, zusammen die Zeile *Your momma had to be Foxy Brown* singt. Nichts zu machen, jetzt, wo der Verdacht geschöpft ist, kann ich nicht mehr tanzen, bevor ich mir nicht im Klaren darüber bin und mich versichert habe, dass meine Mutter nicht in der Absicht hergekommen ist, mich mit einer Knarre zu töten, was alles erklären würde, sowohl das große Fragezeichen auf Höhe ihres Bauches wie auch ihre Ausstrahlung von Verstimmtheit und Entschlossenheit, die ihr permanent zur Bühne gerichtetes Gesicht erstarren lässt. Wenn ich noch den gnadenlosen und mörderischen Ausdruck von Armands Gegenwart, dieses notorisch Vorbestraften, hinzuziehe, wird die Hypothese des Revolvers schlagartig sehr überzeugend. Ich habe mir immer gedacht, wenn Armand fünfzehn Jahre aufgebrummt bekommen hat, dann wegen eines Raubüberfalls, der unglücklicherweise in einen Mord an einem in Unruhe versetzten Nachbarn ausgeartet ist, in irgendetwas Meuchelmörderisches auf jeden Fall – denn für ein leidenschaftliches Verbrechen hätte er befähigt sein müssen, Gefühle zu haben. Selbst das Szenario des Pädophilen, das ich für meine Mutter entworfen habe, schien mir stets weniger schwarz zu sein als die Realität, und in Anbetracht dieser Schwärze spricht auch nichts dagegen, dass er meiner Mutter die Waffe besorgt haben mag, womit sie sich meiner entledigen könnte, der ich mich ihnen in allen Belangen in den Weg stelle, denn damit könnte er sich bei uns einnisten, meine Mutter ficken und von ihrer Kohle leben.

Ich werde auf der Bühne sterben, genau wie Dalida – die in Wirklichkeit bei sich zu Hause gestorben ist, die aber so unendlich gern es im Scheinwerferlicht getan hätte, dass man ihren Nachruf ruhig ein wenig umschreiben kann und ihr dies zugestehen darf. Ich werde von meiner eigenen Mutter ermordet werden, genau wie Marvin Gaye – nur dass es bei ihm sein Vater war, aber das ändert an der Geschichte nichts und es wird mir zumindest eine Gemeinsamkeit mit dem großartigen Marvin verschaffen. Ich hätte es lieber gesehen, ein wenig seiner sensationellen Schönheit und seines immensen Talentes mit ihm zu teilen, aus Mangel daran aber werde ich zumindest enden wie er, Opfer der Engstirnigkeit eines direkten Vorfahren, verurteilt im Namen des gleichen ideologischen Morastes – denn wogegen meine Mutter und Marvins Vater sich widersetzen wollten mit der Mündung ihrer Knarren, das waren nicht unbedingt ihre Söhne, sondern eher eine unerträgliche Entartung, zu viele Drogen, zu viel Sex, und was mich betrifft nicht einmal der richtige, alles falsch, von Anfang an, von meinen ersten Gehversuchen in den Kleiderschränken meiner Mutter bis hin zu meinen Dragqueen-Performances auf der Bühne des Arcadia, inbegriffen all die Male, da ich Julio in meinen

Träumen lutschte, und nicht vergessen werden dürfen all jene, die ich nicht nur in meinen Träumen lutschte, all jene, die in meinem Mund gekommen sind, in meinem Arsch oder auf meinem Gesicht, das ich ihnen hinhielt.
Das Gerücht will, dass Marvin bis an die Todesgrenze gegangen sei, dass er seiner eigenen Exzesse müde geworden wäre und sein Vater nichts anderes getan hätte, als seinen Wunsch, dem allem ein Ende zu bereiten, zu erfüllen, aber an dieser Stelle gilt es zu wissen, dass ich, ganz anders als er, gar nicht wüsste, was ich lieber täte, als meine ungeregelte Existenz weiterzuführen, selbst wenn sie nichts anderes darstellen möge als eine Sammlung an Schwänzen. Wichtig ist, dass Barbara glücklich sein möge, aber ich bin mir nicht sicher, ob meine Hinrichtung ihr Glück ins Haus bringen werde, vor allem nicht, wenn Armand die Kontrolle über ihr Leben übernehmen sollte.
Während Bootsy seinen Song ironischerweise beendet, *In funk we trust, baby*, springe ich von der Bühne herunter. Ich bin nicht Marvin, und wie groß auch immer meine Vorliebe fürs Martyrium sein mag, ich möchte nicht länger eine ideale Zielscheibe darstellen, ich möchte mich nicht länger dem rachesüchtigen Zorn meiner Mutter ausgesetzt sehen, auf die ich nun zugehe, um sie zu entwaffnen. Ihr Auge wirkt plötzlich ungläubig und sie deutet eine Bewegung des Rückzugs an. Die Angst hat die Seiten gewechselt, aber Freude darüber verspüre ich keine. Ich begnüge mich damit, sie an der Taille zu packen und meine Hand in ihre Bauchtasche zu stecken, aber zu meiner großen Überraschung führt die Körperdurchsuchung zu nichts: meine Finger treffen auf keine einzige metallische Masse, nichts von einem Revolver, nicht einmal ein Taschenmesser, nur ein besonders dickes und vom schwarzen Samt gehaltenes Fettpolster. Ich muss mir eingestehen, dass meine Mutter niemals die Absicht hegte, mich zu töten, und, wenn ihr das Kleid dermaßen schlecht passt, dies nur daran liegt, dass sie zugenommen hat.

Da ich sie noch immer an der Taille halte, bemerke ich, dass auch ihr Gesicht vom Fett aufgedunsen ist, und zwar so massiv, dass ihre bernsteinfarbenen Augen auf zwei Schlitze reduziert sind, in denen ich ein solches Entsetzen lese, dass ich meinen Griff löse. Seit wann hat meine Mutter diese zittrigen Backentaschen? Seit wann hat sich ihre entzückende Nase aufgekrempelt wie ein Rüssel? Und da sie eine Kehrtwendung macht und mit fluchtartigem Gewackel Richtung Ausgang strebt, stelle ich mit Verblüffung fest, dass selbst ihr fettes Rückgrat das einer Muttersau ist – aber hatte sie nicht im Grunde genommen immer schon deren blasse Zitzen, deren flaumige Haut, die Verfressenheit und ja selbst das Gegrunze – ihr berühmtes slawisches Gurren, so schnell zum Vibrieren der Gurgel mit übelster Wirkung mutiert?
Müdigkeit packt mich und mit ihr der ganze Rest, Bestürzung, Traurigkeit, Ekel und Scham vor mir selbst. Bin ich ein Narr, geglaubt zu haben, meine Mutter wäre eine Prinzessin und die Biebrza das Königreich, in welchem Kinder entstehen – vor allem, wenn man es nicht schafft, sie selbst zu fabrizieren und es einer kleinen, übernatürlichen Intervention bedarf? Bin ich blöde, gedacht zu haben, durch eine spiegelnde polnische Verzauberung könnte sich meine jämmerliche biologische Abstammung in eine Königsdynastie verwandeln? War ich allein während all dieser Jahre mit meiner schwachköpfigen kindlichen Frömmigkeit und meiner kleinlichen Befolgung allen Diktats, das niemand je diktiert hatte? Kann es sein, dass während all dieser Zeit niemand die Befehlsgewalt innehatte – denn wenn die Königin tatsächlich eine fettleibige und sterile Muttersau war, wen dann habe ich geliebt und wessen imaginären Befehlen habe ich Folge geleistet?
Ich eile zur Garderobe, um Cindy darauf vorzubereiten, dass ich nicht nach Hause kommen werde, dass ich nie wieder in dieses Haus zurückkehren werde, in welchem ich, anstatt von Eltern liebevoll umsorgt und als deren einziger Sohn habe aufwachsen dürfen, bestenfalls der Schatten ihrer Hündinnen war und

schlimmstenfalls der ergebene Sklave einer zugleich begriffsstutzigen und undankbaren, kleinen polnischen Emigrantin.
Ich finde eine Cindy vor, die mindestens ebenso niedergeschmettert ist, wie ich es bin, blass, verwirrt, unfähig, auch nur irgendeinen Mantel an die wenigen Gäste auszuhändigen, die noch nicht gegangen sind. Victor hat sich das Leben vor drei Tagen genommen und sie hat es eben erst dank einer teilnahmsvollen SMS seitens eines Mithäftlings erfahren. Eines Tages werde ich erklären, sollte diese nicht enden wollende Nacht je ihr Ende finden, wie es gelingen kann, dass Handys in Gefängnissen zirkulieren. Ich schließe Cindy in meine Arme und für eine geraume Zeit zittern wir jeder in den Armen des anderen. Wenn wir dem Schock standhalten wollen, dann bleibt uns nichts anderes, als auf die unendliche Milde von Heroin zu zählen. Ich schleppe Cindy Richtung Backstage, wo sie weder den sauren Geruch noch den beunruhigenden Inhalt des Alumülleimers bemerkt, den ich heimlich noch entleere, bevor ich meine kleine Kerzenküche beginne, trotz aller Tränen, die meinen Blick trüben, und der Gewissheit, darüber mit mir selbst zu einem Ende gekommen zu sein.
Sobald die Spritze bereitet und bis zum Anschlag aufgezogen ist mit einem Puder von historischer Qualität, ein Gramm, welches ich für besondere Momente aufbewahrt hatte, ziehe ich Cindy den Schuh aus und versuche eine nicht zu zerstochene Vene auf ihrem Rist zu finden, dessen Schönheit und Zierlichkeit so einzigartig sind, dass ich mich im Zaum halten muss, ihn nicht leidenschaftlich zu küssen – denn wenn Barbara auch nur in meinem persönlichen Märchen eine Prinzessin gewesen war, selbst wenn sie heute eine Muttersau mit schwabbelnden Flanken ist, gerade mal gut genug dazu, sich von einem Eber wie Armand bespringen zu lassen, so verdienen ihre Füße es doch, aus der sentimentalen Katastrophe, die sich heute Abend ereignet hat, errettet zu werden – wie dies alle Frauenfüße zu werden verdienen, wenn sie nur

die zierliche Anmut und den unvergleichlichen Perlmuttglanz der Füße meiner Mutter besitzen.
Ich finde die Vene auf Anhieb, ich entsende Cindy in die tiefste Ferne, weit jenseits aller Bestürzung und allen Kummers, die ihr Victors Tod verursacht hat. Was mich betrifft, ich werde etwas mehr brauchen, um vergessen zu können, dass ich Vollwaise bin und es schon immer war, aber das Heroin tut mir gut. Da Sascha zu uns gestoßen ist, zögern wir nicht, uns alle drei hinzuknallen, mitten unter die Haarlackdosen und Cremespender, die Kleider von Madame Arthur, tadellos da unter ihren transparenten Hüllen, aber auch mitten unter die Berge aufgetürmter und zerknitterter Klamotten, unter denen mein rosa und schwarzes Mieder treibt, glänzend wie ein eben erst aus seiner Verpackung gewickeltes Bonbon, spöttisches Relikt dieses Abends, der sich so gut abzuzeichnen begann und mit dem Tode aller zu Ende ging, Victor, Barbara, Dalida, Marvin – und von meinem ganz zu schweigen, vom Tode, jenem, der sich unauffällig über dem Mülleimer ereignet hat und der aus mir eine leere Hülle machte, ein Gespenst, das gerade noch fähig ist, mit Cindy und Sascha ein zerfahrenes und merkwürdigerweise trotz seines Gegenstandes gleichgültiges Gespräch zu führen: der durch Strangulation erfolgte Suizid von Victor und das übertrieben pedantische Prozedere, dem die Familienmitglieder werden Folge leisten müssen, bevor sie die Erlaubnis erhalten werden, den Leichnam zu sehen.
Obwohl ich selbst abgeschossen und hoffnungslos bin, bleibt mir doch genügend Hellsichtigkeit, um festzustellen, dass Cindy bis zu diesem Abend noch nie diese zugleich harte und abgestumpfte Ausdrucksweise eigen war. Sie, die niemals spricht, tut es ununterbrochen, in einer fiebrigen Rede, die sie bald an Victor, bald an die Justiz richtet, die ihn aufgrund eines Kavaliersdelikts ins Loch gesteckt hat, ein kleiner Handel unter Freunden, der niemanden hat zu Schaden kommen lassen, die Markteinführung eines harmlosen Pulvers, das ihnen half, ihr Unglück geduldig

hinzunehmen – und Geduld ist es, derer es bedarf, um seine eigene Jugend zu ertragen, wenn sie sich auf dem Grunde eines abgelegenen Lochs abspielt, zwischen sechzigjährigen Eltern, beschissenen Jobs und den schlammigen Pfaden, die durch die Felder gehen.
Zwischen zwei unverständlichen Äußerungsversuchen zieht Cindy aus ihrem Büstenhalter den letzten Brief, den sie von Victor erhalten hat, ebenso albern und rachsüchtig wie die vorhergehenden. Während sie uns jene Formulierungen daraus vorliest, die am unwiderstehlichsten das Mordopfer aufleuchten lassen, jene ›Du bist nichts als eine ekelhafte Nutte‹ und ›Hau bloß ab und lass dich in den Arsch ficken, wo dir das so sehr gefällt‹, alles auch noch mit Blut geschrieben und mit Scheiße, sage ich mir, dass die einzige Lösung, die uns bleibt, darin besteht, loszuziehen und eine Bombe in der zentralen Haftanstalt hochgehen zu lassen, in der die Strafvollzugsbehörde, nachdem sie ihn sehr bewusst in den Wahnsinn getrieben hatte, Victor schließlich umgebracht hat, mit der Folge, dass das Letzte, was Cindy von ihm je erhalten haben wird, dieser hasserfüllte und buchstäblich ekelerregende Brief ist. Sie wird mit der Vorstellung zu leben haben, dass er starb, indem er sie verfluchte und sie von sich stieß, dass sie sich von anderen knallen lassen solle als von ihm, sie, die auf Sex so wenig Wert legt, dass sie möglicherweise nie wieder mehr mit wem auch immer eine sexuelle Beziehung führen wird, genesen, geimpft fürs Leben gegen eine Sache, dessen Kern des Interesses sie niemals wirklich verstanden haben aber immer mit den Irrsinnigkeiten in Verbindung bringen wird, die ihrem Macker zu Kopfe gestiegen sind und ihn mitten im Fluge haben explodieren lassen.
Wir scheiden voneinander mit diesem tröstlichen Vorhaben einer Zündung, die alle Welt jener anderen Welt wird sehen können – und wenig zählt's, wenn Victors Mithäftlinge die Leidtragenden unserer Rache sein werden: allemal gilt, ob es ihnen nun bewusst sein mag oder nicht, sie sind entsetzlich unglücklich, wie es auch die von Akne befallenen Ks sind, die glauben, sie seien dazu verpflichtet,

ihnen Sonntag für Sonntag Besuche abzustatten, und die unsere Tat von dieser wöchentlichen Fron entheben wird. Cindy und ich haben häufig genug mit ihnen gemeinsam den Bus genommen, um zu wissen, dass ein Typ im Knast das Letzte ist, was sie nötig haben. Niemand übrigens hat es nötig, einen Typen, einen Bruder, eine Mutter oder einen Vater im Knast zu haben. Und niemand hat es des Weiteren nötig, je dort hinzugehen. Unsere Tat, zu der wir uns ordnungsgemäß bekennen werden, wird deutlichstes Zeichen davon geben, zumal wir uns nicht dort aufhalten, sondern weiterziehen werden und eines nach dem anderen sämtliche Gefängnisse Frankreichs in die Luft gehen lassen werden: zentrale Haftanstalten, Zuchthäuser, Strafvollzugsanstalten, nicht eine Einrichtung, die uns entgehen wird.

Im Morgengrauen, denn nicht infrage kommt es, dass ich bei mir zu Hause noch einmal einen Fuß in die Tür setze, klopfe ich bei Arcady an, der mir brummend öffnet, eingehüllt in einen gesteppten Morgenmantel, der aussieht, als wäre er aus Kaschmir. Ich falle erschöpft aufs hochherrschaftlich mit schwarzer Seide bespannte Bett, in das er mir mit einem von zärtlicher Sorge gezeichneten Gesicht folgt. Das Heroin lässt mein Blut noch kochen und ich kann trotz meiner körperlichen und seelischen Erschöpfung nicht sofort einschlafen.

»Victor ist tot. Er hat sich das Leben genommen.«

»Der Typ von Cindy? Schrecklich.«

»Ich war noch nie so durch wie heute Nacht.«

»Ist mir nicht entgangen. Alle haben das bemerkt. Es war verrückt, wie du *Helwa ya baladi* gesungen hast.«

»Mochtest du es?«

»Sehr. Aber ich habe dich noch nie so tanzen sehen. Und dann die Klamotten, das war nicht deine Art. Auch nicht die des Hauses, übrigens. Im Arcadia hat das Personal gut gekleidet zu sein: das ist dir doch klar, oder? Und was hast du mit dem Mieder angestellt, das ich dir geschenkt habe?«

»Ich habe die Schnauze voll von Miedern, Korsetts, Büstenhaltern, Hüfthaltern; ich habe die Schnauze von Marie-Line und dem ganzen Tralala einfach voll.«
»Hat der Besuch deiner Mutter das ausgelöst?«
»Was?«
»War das nicht deine Mutter, die Rothaarige mit dem schwarzen Kleid?«
»Nein.«
Ich drehe ihm den Rücken zu und schmiege mich in seine Arme, um der Unterhaltung ein Ende zu bereiten. Nein, das war meine Mutter nicht, die Rothaarige mit dem schwarzen Kleid: meine Mutter ist eine drogenabhängige K, und mir liegt das alles im Blute, wie ihr, dieser Sinn für Drogen und Kaputtmache, nicht zu vergessen diese bezeichnende Vorliebe für miese Typen, jene, die mir nie Gutes wollen, jene, in deren Armen ich niemals einschlafen werde, die mich aber dazu bringen, dass ich mir die Beine in den Bauch stehe vor den blau gestrichenen Toren eines zentralen Staatsgefängnisses; wenn sie mich nicht auch noch auf den Strich schicken werden, es auch dort zu tun, guter alter Trick, um an ihre Kippen und ihren Whisky zu kommen. Es ist mir egal: besser, man stammt von einer Hure ab als von einer Muttersau.
»Sie ist sympathisch, deine Mutter: hab ein wenig mit ihr geplaudert. Wirkt auf mich wie 'ne richtige kleine Schlampe. Fehlt noch, dass sie mich angebaggert hätte. Weiß sie, dass ich schwul bin?«
»Du hast mit ihr gesprochen?«
»Ja. Was glaubst du denn, warum ich nicht kapiere, dass du mir hier das Blau vom Himmel lügst. Wenn meine Mutter so cool wäre wie deine, ich würde mich ihrer nirgends schämen.«
Es muss klargestellt werden, dass Arcadys Mutter eine grauenerregende Megäre ist, die zwischen Damaskus und Paris lebt und deren Besuche Arcady jedes Mal aufs Schlimmste demütigen, denn unzufrieden, wie sie darüber ist, dass sie die Anzahl der Schönheitsoperationen permanent noch steigern muss, die sie

hässlicher und älter werden lassen, betrachtet sie das Arcadia als ihr Eigentum und tyrannisiert dessen Personal mit einer dämonischen Energie und mit offensichtlichem Jubel.

»Was hat sie gesagt, meine Mutter?«

»Dass sie keine Ahnung hatte, dass du diesen Job machst, aber auch nicht weiter darüber erstaunt wäre, wo du doch noch nicht einmal drei warst und schon zu tanzen begonnen hast. Wir hatten nicht wirklich die Zeit, länger miteinander zu reden, weißt du. Ich habe sie nur auf einen Tanz eingeladen: sie hat sich gar nicht schlecht geschlagen, übrigens. Da hat sie mich dann auch ein bisschen begrapscht. Sie war fickrig, dass kann ich dir sagen. Schade, dass sie so schnell weg war.«

»Und Armand?«

»Armand, der ist noch früher los. Du siehst ihn also immer noch? Ich dachte, diese Geschichte sei lange schon zu Ende.«

»Ja, diese Geschichte ist schon lange zu Ende.«

Arcady schließt erneut seine Arme um mich. Ich spüre seinen Bauch friedlich gegen meinen Rücken gluckern und seine Atmung ist tief und regelmäßig. Er schläft, während ich weniger denn je zur Ruhe kommen kann – denn wenn meine Mutter nichts dagegen einzuwenden hatte, mich als Dragqueen zu sehen, noch mich Dalida singen zu hören oder einen Arcady zu befingern, der in einem Reifrockkleid steckt, dann muss man wohl annehmen, dass ich alles erfunden habe, dass ich ihr eingebildete Verhasstheiten und Ekelgefühle nachgesagt habe, und zwar bis hin zur verbissenen Ablehnung ihres eigenen Sohnes.

Zu meiner Entlastung und um mein verleumderisches Delirium zu entschuldigen, muss gesagt werden, dass Barbara niemals gesprochen hat. Kann man es den kleinen Jungen denn vorwerfen, die in einer solchen Stille und in einem solchen Mysterium groß werden, dass sie diese mit unheilschwangeren Reden und formellen Verboten bevölkern, vor allem, wenn ihnen die Lobhudelei und Fügsamkeit im Blute liegen? Wichtig ist, noch immer und in alle Ewigkeit, dass meine Mutter glücklich sein möge, und sie wird es ohne diesen undankbaren Sohn doch umso mehr sein, der sich so viele weitere Vorzüge ersonnen hat, um sie als erbarmungslose, launenhafte und harte Prinzessin zu lieben. Ich lasse dir dein Geheimnis, Barbara. Die Stunde der Erklärungen wird niemals schlagen, selbst jener nicht, die ich versprochen habe zu liefern und die meiner Fassungskraft doch immer entwischen.

Die Wochen, die nun folgen, ich verbringe sie zwischen Kollaps, halbem Delirium und frenetischer Hyperaktivität. Ich bin versucht, die Logistik unseres Vorhabens einer Attentatserie zu realisieren, aber ich pralle gegen den Unwillen aufseiten von Sascha und gegen die absolute Hoffnungslosigkeit von Cindy, die nur noch Heroin aus ihrem Bett zu locken vermag. Es scheint, als wäre ich in dieser Geschichte allein, wie in all den anderen – angefangen bei meinem persönlichen Märchen, dessen Moral niemals gefolgert werden wird, aus dem jedoch die blasse und rothaarige Figur der Barbara zutage treten wird, eingemauert in ihr Schweigen und auf immer regierend.

Eines schönen Tages dieses furchtbaren Winters finde ich mich schließlich in Roissy wieder, mehr denn je Königsfigur der Transgender in meinem Kamelhaarmantel. Ich hatte die Wahl, mich entweder auf die Suche nach der drogenabhängigen K und dem kabylischen Ganoven zu begeben, die mir unfreiwilligerweise das Leben geschenkt haben, oder aber auf die märchenhaften Spuren der Prinzessin von der Biebrza. Es wird somit niemanden verwundern, dass ich durch das Futter meines Mantels hindurch mein One-Way-Ticket nach Warschau betaste. Mein Flieger hebt in einer Stunde ab und mir bleibt noch eine letzte Formalität zu erledigen, wenn ich mit mir selbst Frieden schließen will – auch wenn der innere Frieden nicht wirklich mein Kampfziel ist.

In einer Schlange Reisender erblicke ich ein Pärchen um die dreißig, dessen kleiner Junge in seinem Kinderwagen laut und unruhig ist. Sie strahlen diese zugleich überlegene, verantwortungsbewusste und äußerst um die öffentliche Ordnung besorgte Haltung der Erwachsenen aus, die von Kindern begleitet sind. Ich nähere mich dem Absperrseil aus verdralltem Velours, das die Warteschlange begrenzt, und lege sanft meine Hand auf den Arm des Vaters, der zum x-ten Mal damit beschäftigt ist, die Reisepässe und Flugtickets zu kontrollieren.

»Monsieur?«

»Ja?«

»Ihr Flug geht nach Tokio?«

Noch habe ich nichts gesagt, und schon ist er beunruhigt, wie es die Leute auf Flughäfen im Allgemeinen eben sind, vor allem, wenn sie kurz davor sind, für einen Langstreckenflug an Bord zu gehen.

Leise, aber deutlich flüstere ich ihm zu:

»An Ihrer Stelle würde ich diese Maschine nicht nehmen. Mehr kann ich Ihnen nicht dazu sagen, aber ich flehe Sie an, folgen Sie meinem Rat.«

Ich entferne mich, entgleite auf den weichen Sohlen meiner Ballerinas und erreiche in Windeseile eine andere Halle, eine weitere Eincheckzone, in der ich erneut loslegen könnte, eine weitere kleine, von ihrer Wichtigkeit eingenommene Familie finden könnte, um dieser meine Mahnung einzuflüstern:

»Vor allem aber steigen Sie auf keinen Fall in diese Maschine!«

Wie viele wohl werden sie sein, die dem, was sie bestenfalls für eine üble Vorahnung, schlimmstenfalls für die Reue eines Terroristen halten, trotzen werden? Auf Flughäfen ist man ja natürlicherweise zum Aberglauben geneigt oder zur Interpretation der Zeichen, welcher Vater also, welche Mutter würde es wagen, das Schicksal herauszufordern und seinem Kinde das Risiko zuzumuten, ein Flugzeugunglück zu erleben? Und wenn sie dennoch einstiegen, trotz der inständigen Hand, die ihren Ärmel ergriffen haben wird, und der beunruhigenden Worte, die in ihr Ohr ich ihnen eingeflüstert

haben werde, wie sollten sie nicht ein bedrücktes Herz verspüren und einen flauen Magen während des ganzen Fluges?
Aber ich bin ganz ruhig: keiner derer, die ich auf diese Weise in Angst versetzt habe, wird heute reisen. Lieber kündigen sie ihren Familienurlaub auf, ihre überteuerten Tickets, ihren Aufenthalt auf anderen Breitengraden. Nach einer verzweifelten, geheimen Zusammenkunft über dem Kinderwagen werden sie die Warteschlange verstohlen verlassen, zu verängstigt, um an Bord zu gehen, aber nicht so sehr, um sich der Pein oder der Lächerlichkeit preiszugeben, ihre Ängste zu äußern – und ganz egal, ob die Maschine im Ozean versinkt und die anderen Passagiere im Flug explodieren. Ein weiteres Mal darf ich zählen auf diese Liebe normaler Eltern für ihre Kinder und auf die Gleichgültigkeit der Familien gegenüber all dem, was nicht zu ihnen gehört.
Sollte sich aber das Unerhörte ergeben, sollte einer von jenen, die ich methodisch alarmiert habe, indem ich von Halle zu Halle lief, mir einzig die Pärchen mit Kindern erwählte und meiner Stimme eine zugleich dramatische und gedämpfte Intensität verlieh, sollte sich, wie es kaum wahrscheinlich wäre, ein Vater oder eine Mutter als altruistischer erweisen als die anderen und es wagen, meine dunklen Verkündungen zu verbreiten, na, dann umso besser – denn dann bliebe zu hoffen, dass sich die Botschaft ausbreiten werde wie ein Lauffeuer und Angstmache auslösen werde bei allen Passagieren, aufsteigend bis hoch zu den Entscheidungsträgern des Flughafens, und den gesamten Flugverkehr effektiver lahmlegen werde als nur irgendein Bombenalarm.
Ich werde dann bereits schon weit weg sein, Sachsen oder Brandenburg überfliegen und mir zu meiner Unschuld gratulieren – denn kein einziges Gesetz hat je einem guten Bürger verboten, mit lauter Stimme seine irrtümlichen Eindrücke oder beunruhigenden Vorahnungen kundzutun. Die Kontrolltürme am Flughafen Frédéric-Chopin werden sich abzeichnen, ich werde mich auf den Landeanflug vorbereiten und auf meinen kleinen touristischen

Parcours durch die Lande der Barbara – eine Reise, von der ich nichts erwarte, eine Pilgerreise, die ohne jeglichen Glauben angetreten wurde, die aber dennoch mit einem Eintauchen in die grünen Wellen der Biebrza enden wird, Methode, um zu prüfen, ob Wunder nicht mehr stattfinden, sich kein Taschenspielertrick ereignen werde und ich mich nicht verwandeln werde, weder in einen Mann, der seines Schicksals sicher ist, noch in eine fraglose Frau und nicht in einen Fischreiher am Ufer, dessen Aufmerksamkeit dem Rumoren des Moores gezollt ist und der beim kleinsten Anzeichen von Gefahr unverzüglich sich davonschwingt.
Und wenig zählt's, wenn die Biebrza ihr Geheimnis niemals lüften wird, wenig zählt's, wenn ich zitternd und weinend ihren eisigen Wassern entsteigen werde, hoffnungslose Reisen wird es andere geben, andere Flughäfen, auf denen ich Panik säen werde, andere ihrer Urlaube beraubte Familien, andere an den Boden gefesselte Flugzeuge, während das meine abhebt. Es ist nicht gesagt, dass das Leben auf Kurs bleibt, während ich zugrunde gehe.

Merci à David, Djamel, Marjan, Pièrre-Olivier et Stéphanie

Weitere Bücher aus unserem Verlagsprogramm:

Lars Gustafsson | Gegen Null
(Mot Noll)
Eine mathematische Phantasie

Aus dem Schwedischen von Barbara M. Karlson

Gebunden ohne Schutzumschlag

96 Seiten, mit Abbildungen
€ (D) 19.95 | CHF 30.50 | € (A) 20.60
ISBN 978-3-905951-04-2

Marian Pankowski | Der letzte Engeltag
(Ostatni zlot aniołów)
Ein Silvenmanuskript

Aus dem Polnischen von Sven Sellmer

Gebunden ohne Schutzumschlag

88 Seiten
€ (D) 19.95 | CHF 30.50 | € (A) 20.60
ISBN 978-3-905951-05-9

Christian Uetz | Nur Du, und nur Ich
Roman in sieben Schritten

Gebunden ohne Schutzumschlag

104 Seiten
€ (D) 19.95 | CHF 30.50 | € (A) 20.60
ISBN 978-3-905951-06-6

Hélène Bessette | Ida oder das Delirium
(Ida ou le délire)
Roman

Aus dem Französischen von Christian Ruzicska

Gebunden ohne Schutzumschlag

128 Seiten
€ (D) 21.95 | CHF 33.90 | € (A) 22.60
ISBN 978-3-905951-02-8

Ludwig Lewisohn | Der Fall Crump
(The Case of Mr. Crump)
Roman

Neu übersetzt aus dem amerikanischen Englisch von Christian Ruzicska
Mit einem Nachwort von Thomas Mann

Gebunden ohne Schutzumschlag

400 Seiten
€ (D) 24.95 | CHF 37.90 | € (A) 25.70
ISBN 978-3-905951-03-5

Magda Szabó | Die Elemente
(Pilátus)
Roman

Neu übersetzt aus dem Ungarischen von Heinrich Eisterer

Gebunden ohne Schutzumschlag

296 Seiten
€ (D) 24.95 | CHF 37.90 | € (A) 25.70
ISBN 978-3-905951-01-1

Steven Uhly | Mein Leben in Aspik
Roman

Gebunden ohne Schutzumschlag

272 Seiten
€ (D) 22.95 | CHF 34.90 | € (A) 23.60
ISBN 978-3-905951-00-4

Leseproben finden Sie auf:
www.secession-verlag.com

secession

secession